LES AFFAMÉS

ZOMBIES PANIC II

Kirsty McKay

LES AFFAMÉS
ZOMBIES PANIC II

Traduit de l'anglais par Daniel Lemoine

SEUIL

Déjà paru
aux éditions du Seuil :

Zombies Panic
2012

Édition originale publiée en 2012
sous le titre *Unfed*
par Chicken House, UK.

ISBN : 978-2-02-109647-7

Conforme à la loi n° 49-956 du 16 juillet 1949
sur les publications destinées à la jeunesse.

www.seuil.com

PROLOGUE

Devant la gueule ouverte de la mort, quand on n'a que quinze ans, on ne peut pas voir défiler grand-chose devant ses yeux.

– Tous en position de sécurité ! En position de sécurité ! crie une voix.

Hein ? C'est un car, idiot, pas un avion.

Dérapage. Mon visage heurte le dossier d'un siège et tout le monde hurle. Je n'ai pas le temps de me cramponner quand un choc sourd retentit et, pendant une fraction de seconde, tout paraît immobile… Puis je vole. Le car bascule. Le monde tournoie et, impuissante, je percute des sièges, des parois, comme un chaton dans un sèche-linge. Les vitres volent en éclats et le froid entre. Bruit de déchirure… Le toit du car est arraché. Comme une bille de flipper, le car est projeté d'un côté et de l'autre, et les hurlements des passagers ponctuent chaque collision. Je tente de me cramponner – aux porte-bagages, aux sièges, aux corps –, mais tout semble glisser sous mes doigts.

Un *boum* retentit, si fort qu'il m'atteint en pleine poitrine. Je me recroqueville. Est-ce qu'on a explosé ?

Je risque un coup d'œil autour de moi. Morceaux de car, rembourrage de sièges, un sac à dos contenant un casse-croûte, une jambe. Je suis en boule entre ce qui ressemble au dessous de deux sièges.

Mon Dieu, je suis la tête en bas !

Mes cheveux pendent et le sang siffle dans mes oreilles.

Je glisse.

Je tends les bras, mais ça ne sert à rien. Je suis en chute libre.

J'atterris sur la tête. Une ombre traverse mon champ visuel. Je ferme les yeux et un objet s'abat sur moi, un objet lourd qui me plaque sur le sol et me coupe le souffle. Je devrais avoir mal, mais je ne sens rien.

– Bobby !

Une voix tout près de mon oreille. Une haleine chaude.

– Bob, réveille-toi.

Smitty.

J'ouvre les yeux, mais je ne le vois pas. Tout est flou. Il doit être derrière moi. Je suis dans une position bizarre et ce qui pèse sur moi m'empêche de me retourner.

– Ça va ?

Je tente de répondre, mais aucun son ne franchit mes lèvres.

– Ils arrivent, Bob. Il faut que tu bouges. Il faut que tu te lèves.

J'essaie. Vraiment. Mais mon corps n'obéit pas.

– Je ne peux pas déplacer ce truc, Bobby. Il faut que tu m'aides !

Il secoue ce qui m'immobilise ; c'est agaçant. J'ai besoin de dormir. Quand je me réveillerai, je l'aiderai.

– Bobby !

Il semble vraiment bouleversé. Comme s'il pleurait. Ce n'est pas le Smitty que je connais. La saloperie qu'on lui a injectée dans la jambe a peut-être provoqué des effets secondaires.

Les souvenirs de ce qui s'est passé sur le lac gelé affluent – Smitty mordu par un mort-vivant, le seul traitement possible la seringue que je serrais dans la main –, mais mon champ visuel s'obscurcit de plus en plus vite et j'ai de plus en plus envie de perdre connaissance.

Pendant un moment, c'est ce que je fais.

Puis le froid me tire de l'inconscience. Tout redevient réel. On soulève ce qui m'écrase et une paire de robustes bottes noires apparaît.

Je scrute mon sauveur. Pas Smitty. Un homme en noir : cagoule, anorak de ski, gants.

Ce sauveur me considère, puis s'accroupit et me regarde dans les yeux. Le revers de son anorak porte un insigne jaune, un X dans un cercle. Je connais ce logo. Xanthro Industries. Grand méchant. Société pharmaceutique sans foi ni loi et – ne l'oublions pas – employeur de ma mère. J'aurais nettement préféré être sauvée par quelqu'un d'autre.

La douleur me submerge quand la réalité s'impose à mes nerfs.

Ensuite plus rien.

CHAPITRE 1

Je me réveille, aspirant frénétiquement l'air, comme si on m'avait tenu la tête dans de l'eau glacée.

Seule. Dans un lit.

Pas d'autres bruits que mes hoquets et les battements de mon cœur dans mes oreilles. Suis-je paralysée ? Je tends une jambe, jure quand mes orteils heurtent le pied du lit. Non, apparemment pas. *Super !* Les mains crispées sur les flancs métalliques froids du matelas, je fixe le plafond blanc et lumineux, me cramponne en attendant que la pièce cesse de tournoyer. Je secoue doucement la tête pour y dissiper la brume.

Où suis-je ?

Ho ! ho. Les souvenirs surgissent un par un, comme une armée de diables jaillissant de leurs boîtes.

Un voyage scolaire d'enfer. Moi – la nouvelle de la classe –, née au Royaume-Uni, mais transplantée pendant quelques années en Amérique. Fraîchement rentrée au pays, sans amis et avec un accent bizarre. On était dans un autocar ; il y a eu une tempête de neige, un arrêt dans un café, L'Étape gourmande, du jus de légumes empoisonné. Mes camarades sont devenus inhumains avec un Z majuscule. Puis : hello ! Ma mère, créatrice du sérum Osiris, capable de transformer les gens en monstres dévoreurs de cerveaux.

Un voyage scolaire tout ce qu'il y a de banal, quoi.

Et, bien sûr, il y a Smitty. Le mec le plus énervant du monde, le roi du sarcasme. Un baiser, et ces morsures horribles à sa jambe. Après, je lui avais donné la seule seringue d'antidote existante pour qu'il puisse se soigner.

Mais on avait été secourus par un autocar de collégiens pas très différents de mes anciens camarades avant leur transformation en morts-vivants, non ?

Oh… mais le car a eu un accident.

Smitty… ?

Maman… ?

Les autres… ?

Je me souviens des gémissements, puis d'autre chose. Des sauveteurs ? Qui m'a dégagée ? Pourquoi ne puis-je pas m'en souvenir ?

Mon cœur se serre, j'étouffe.

Ne panique pas.

Je suis en vie, c'est énorme. Je suis dans un lit, Dieu sait où, mais ça n'a pas d'importance, parce que je suis *vivante.*

Sur la table de nuit, à ma droite, se trouve un gros livre. Je tends le bras, mes doigts sont faibles, et le livre semble lourd. *Aïe.* Quelque chose est collé au dos de ma main et un mince tube en plastique aboutit à un sac de liquide incolore suspendu à un support chromé. *Beurk.* J'ai envie de débrancher le tube, mais la peur des conséquences m'en dissuade.

Je pose le livre à la couverture vert bouteille sur ma poitrine, et je l'ouvre. Une bible et un tampon : « Propriété de l'hôpital Sainte-Gertrude ».

Bon, où tu es, Gertrude ? Et tu reviens bientôt chercher ta bible ?

Je repose le volume sur la table de nuit.

Au moins, je sais où je suis.

Dans un hôpital.

C'est ce qui se passe quand les zombies envahissent le monde… l'hôpital est vide. C'est un classique. Le survivant se réveille seul. Tout le monde a disparu. L'hôpital a été abandonné. Les couloirs sont tachés de sang, parsemés de chariots renversés. Le téléphone est décroché et le combiné émet une tonalité agonisante. Plus âme qui vive.

Mais il y a les morts.

Et les morts-vivants.

J'avale ma salive. C'est réel. Ça m'arrive !

Concentre-toi. Essaie de t'asseoir. Je me tourne sur le côté gauche et tente de me redresser. Il y a une fenêtre, store levé. La lumière extérieure est faible et je ne peux pas voir ce qu'il y a derrière la vitre ; je ne vois qu'une fille, sur un lit, qui se regarde.

Ça alors !

La silhouette est blême, avec des yeux sombres énormes et des membres maigres. *Moi*. Bon sang, je suis aussi squelettique qu'un mannequin anorexique. Je lève une main tremblante jusqu'à ma tête.

On m'a rasé le crâne.

Je me penche vers la fenêtre dans l'espoir de voir plus nettement mon reflet. Cicatrice énorme sur l'avant et le côté de ma tête. Je passe un doigt tremblant sur le réseau de points de suture. Que m'est-il arrivé ? Des larmes me piquent les yeux. *Non. Ne craque pas, espèce de dégonflée.*

Suffit… J'ai besoin d'explications, et tout de suite.

– Salut ?

Ma voix est aussi éraillée que si je m'étais gargarisée avec des guêpes. Si ce n'était pas inquiétant, ce serait drôle.

Je tire sur les draps pour parvenir à m'asseoir. Mes pieds nus touchent le carrelage froid. Puis-je me lever ? Douleurs. Mais il faut que je sorte de cette chambre. Que je m'évade. Il faut que je survive, encore une fois.

Derrière moi une porte s'ouvre. Une silhouette se tient dans l'encadrement, lèvres étirées en un sourire grotesque. Les bras tendus, l'apparition se précipite vers moi, m'attrape à l'instant où j'allais m'évanouir.

Elle pousse un cri quand je m'effondre sur le lit, me débattant de toutes mes faibles forces. Je tente désespérément de me cacher sous le drap, ferme les yeux et, les genoux contre la poitrine, j'attends la morsure.

– Tu ne devrais pas te lever !

Idiote !

L'apparition parle. *Eux* ne disent rien. Et elle n'essaie pas de bouffer mon cerveau. J'ai peut-être jugé les choses un peu vite. Je baisse légèrement la couverture et jette un coup d'œil.

– Désolée de t'avoir fait peur.

Une femme. Bien vivante.

Le sourire réapparaît : bouche énorme et grosses dents de cheval. Pas jolie, mais pas monstrueuse. Elle a de grosses joues, des cheveux frisés blond-gris, des lunettes. Et elle est énorme. Obélix sous stéroïdes. Je ne suis pas cruelle : je n'ai simplement jamais vu de personne aussi ronde.

Je bats des paupières. Je veux dire quelque chose, mais aucun son ne franchit mes lèvres.

– Je m'appelle Martha.

Sa voix est grave et apaisante, ses yeux intelligents.

Je m'assieds.

– Salut.

Ma voix est un croassement.

– Je travaille à l'hôpital. Tu ne risques rien.

Elle se tait, comme pour me laisser le temps de prendre la parole. C'est gentil, mais je me méfie toujours un peu des adultes qui me traitent en égal.

– Je regrette d'avoir crié, reprend-elle avec un large sourire. Ton réveil a été un choc… dans le bon sens du terme, bien entendu ! Je peux m'asseoir ?

– Bien sûr.

Elle se dirige vers moi délicatement, comme si elle était montée sur roulettes, attrapant au passage une chaise qu'elle pose silencieusement à la tête du lit.

Martha s'assied lentement ; la chaise grince mais tient le coup. Elle croise les mains sur son gros ventre ; elles sont étrangement minces, les ongles sont manucurés et roses. Un doigt porte une bague ornée d'une opale.

– Tu dois avoir beaucoup de questions. Laisse-moi d'abord te résumer la situation.

– D'accord.

– L'autocar où tu te trouvais a eu un accident. Tu as été blessée à la tête et aux jambes, mais tu t'en tires très bien. Tu n'as aucune raison de t'inquiéter. Tu es restée longtemps inconsciente. Tu te souviens d'avoir été transportée à l'hôpital ?

Elle se penche légèrement vers moi.

Je secoue la tête.

– Je suis restée combien de temps dans les vapes ?

Elle prend une profonde inspiration, hésite, comme si je risquais de paniquer.

– Un peu moins de six semaines, dit-elle, les sourcils levés. Quarante jours, en fait.

J'avale ma salive. Ça pourrait être pire : j'aurais pu être cryogénisée, me réveiller après la mort de tous les gens que je connaissais et avec une coupe de cheveux complètement démodée. Une minute… ma coupe n'est pas exactement *tendance*.

Martha sort soudain un grand sac-poubelle de la table de nuit.

– Tes affaires. Récupérées dans le car.

Elle me tend le sac, que je saisis avec méfiance. Il est blanc et « Produits toxiques » est écrit dessus en rouge.

– Désolée, ajoute-t-elle. Il ne contient rien de dangereux, c'est promis. C'est juste que je n'avais rien d'autre sous la main.

Je l'entrouvre et regarde à l'intérieur. Mon téléphone, mon T-shirt, mon blouson en polaire, mes chaussettes et mes bottes, mes sous-vêtements.

– Tout a été lavé. Malheureusement, il a fallu couper ton pantalon dans l'ambulance.

Elle se frotte les mains comme si elle les lavait, et sa bague brille.

– J'espère que ce n'était pas ton préféré, poursuit-elle. Je suis sûre qu'on pourra t'en prêter un quand tu seras capable de te lever.

Sans un mot, je laisse le sac tomber sur le dallage. Dès qu'elle sera partie, je me jetterai sur le téléphone.

– Roberta... dit-elle.

– Bobby.

– Bien sûr, admet-elle en hochant la tête. J'ignore si tu sais ce qui se passe, mais ces dernières semaines ont été... intéressantes.

Intéressantes ? Ouais. On peut dire ça.

– Je ne voudrais pas te choquer...

– Aucun risque.

– Très bien, dit-elle, toujours hésitante. Il y a eu une épidémie.

Elle s'interrompt pour voir comment je vais réagir. Je décide de jouer les idiotes, pour l'instant.

– Une maladie dangereuse s'est répandue dans la région où tu te trouvais, reprend-elle, les paupières plissées, et une part relativement importante de la population a été touchée. Les malades devenaient violents et attaquaient les gens. Je ne t'apprends rien, n'est-ce pas ?

– Pas vraiment.

Elle hoche la tête comme si je venais de confirmer ce qu'elle savait.

– Malheureusement, cette maladie est très contagieuse. Elle s'est répandue très vite.

Maintenant, elle m'intéresse.

– Elle s'est répandue ? Jusqu'où ? Combien de malades ?

– Rober… pardon, Bobby, l'Écosse est en quarantaine.

Je me frotte les yeux.

– Pardon ?

– L'Écosse a été isolée du reste du Royaume-Uni… du reste du monde, en fait. Personne ne peut y entrer ni en sortir. Le gouvernement tente de contenir la maladie, mais elle s'est installée très vite et menaçait de toucher toute la population. Des mesures ont été prises pour mettre un terme à cette situation, restaurer la sécurité…

Je lève une main.

– Une minute. Où sommes-nous ?

– En Écosse, répond-elle en secouant tristement la tête. Tout près d'Édimbourg. Pour le moment, nous sommes en confinement. Mais tu n'as pas de raison de t'inquiéter. C'est un hôpital militaire. Nous avons une clôture très efficace et des mesures de sécurité draconiennes.

Je sursaute.

– Vous êtes en train de me dire que ce n'est pas fini, qu'ils sont dehors ? je m'écrie, le sang me montant à la tête et me donnant le vertige.

Qu'ils sont derrière la « clôture » ? Pourquoi est-ce devenu incontrôlable ? Comment en est-on arrivé là ? C'est pas vrai !

Je pose les mains sur mon visage et m'appuie contre la tête du lit.

– Ça n'a pourtant rien de difficile, je reprends, les yeux rivés sur elle. On en a tué un paquet et on n'est que des ados. Il suffit de leur couper la tête. Ou de les faire exploser. Ça marche aussi.

Le déluge de larmes qui coule sur mes joues me stupéfie. Je ne peux m'empêcher de trembler, comme si j'étais en manque de drogue… C'est sûrement le cas.

– Je t'assure que tu es en sécurité ici, insiste-t-elle en posant une main délicate sur mon bras. On dispose de nourriture, d'eau et d'électricité. D'après le gouvernement, il n'y en a plus que pour deux semaines au maximum.

Je respire profondément et les sanglots cessent. Je suis un peu gênée. Mais je suppose que j'avais de bonnes raisons de pleurer. Bon, selon elle, on est en sécurité. Dans un hôpital militaire. Dans un sens, je ne pouvais pas espérer mieux. Militaire. Donc des armes. Et de grands mecs forts sachant s'en servir. Je peux passer deux semaines ici… ensuite, la vie redeviendra totalement normale. Je rentrerai auprès de ma mère, la Scientifique Folle, je retrouverai mon ami Smitty, la Seule Source Connue d'Antidote. Je ferme les yeux.

– Et les autres passagers du car ? je demande.

Elle soupire. C'est mauvais signe.

– Bobby, il y a malheureusement eu des victimes.

Je presse les poings sur mes yeux.

– Des passagers ont été contaminés, poursuit-elle. D'autres ont péri dans l'accident.

– Qui a survécu ?

Vite !

– Tu es l'une des quatre.

La bouche ouverte, je la dévisage. *Seulement quatre ?* Sur tous les occupants du car ? Ados, professeurs, tout le monde ?

– Je le regrette beaucoup, Bobby, ajoute-t-elle. Mais malheureusement, ce n'est pas tout.

Je me mords la lèvre ; je sais ce qu'elle va m'annoncer.

Elle hoche tristement la tête.

– Bobby, ta mère est morte.

Les mots flottent et s'immobilisent entre nous. Je ne les laisse pas approcher. Pas encore. Je ne peux pas.

Puis les sirènes retentissent.

Puissantes, stridentes. Si inattendues et assourdissantes que ma poitrine me fait mal. Ou bien c'est mon cœur qui se brise, je n'ai pas le temps de déterminer ce que c'est.

– Reste ici !

Martha se lève, traverse la pièce avec une rapidité étonnante, entrouvre la porte et jette un coup d'œil dehors. Elle a peur. Elle essaie de le cacher, mais on ne regarde à l'extérieur de cette façon que lorsqu'on est terrifié.

– C'est sans doute un exercice, explique-t-elle.

Son visage est très crispé et je comprends que ce n'est PAS un exercice.

Elle se penche sur moi et je sens son déodorant : sucré et aigre.

– Bobby, il faut que tu me fasses confiance. Tu es ma priorité numéro un.

Martha ne me laisse pas le temps de réagir. Je suis prise de vertige. Elle est en train d'injecter un liquide dans le tube aboutissant au dos de ma main.

– Non ! Qu'est-ce que vous faites ? je hurle.

Je bascule en avant, ma tête semble rester à la traîne tandis que mon corps gravit la plus raide des montagnes russes.

– Ne t'inquiète pas, me dit-elle. C'est pour ton bien.

J'arrive en haut et entame la longue descente vers le néant.

– Non !

Je tente de crier plus fort, mais n'émets qu'un gémissement.

– Tout ira bien, dit Martha près de la porte. Je reviendrai te chercher.

Puis je coule.

CHAPITRE 2

– Roberta, réveille-toi !

Smitty se penche vers moi et je sens son shampoing à la framboise. Il m'embrasse tendrement sur le front ; sa main est chaude sur ma joue.

Je ne le vois pas. Ma vision est floue. Je me frotte les yeux, mais ça n'arrange rien.

Idiote ! Tu ne vois rien parce que c'est un rêve.

– Lève-toi. C'est pas le moment de roupiller, dit-il d'une voix douce. On est sur le chemin de nulle part et c'est toi qui as la carte.

Je plisse le front.

– Vraiment, Smitty ? Tu pratiques le message onirique mystérieux, maintenant ?

Il rit.

– Je fais comme je peux, Bob. C'est ton *subconscient, après tout.*

Il a glissé les mains sous le drap et je sens sa peau contre la mienne. Un souffle doux et chaud caresse mon cou. Papillonnement de cils contre mon crâne rasé.

La joie m'envahit. Je tends la main et le touche. Le blouson de cuir familier crisse un peu quand j'attire Smitty contre moi, heureuse de le serrer dans mes bras. Son visage s'approche du mien. Je tente d'ouvrir les yeux pour plonger mon regard dans le sien, mais mes paupières refusent de se lever. Nos lèvres se touchent ; on s'embrasse longuement. Plus rien ne m'intéresse, sauf ce baiser. Smitty se place sur moi et je le laisse faire, émerveillée et un peu effrayée par son poids. Le baiser devient plus ardent, plus passionné et je m'abandonne à lui, une vague de chaleur se répandant dans tout mon corps. Je pose la main sur ses cheveux, ouvre la bouche, et sa langue touche la mienne. Je me sens effrontée. Je me sens merveilleusement bien. Je me sens heureuse.

Puis sa langue s'enfonce davantage, emplit ma bouche et, tout d'un coup, je suffoque. Je ne peux plus respirer, j'essaie de le repousser, de hurler, mais il est lourd, il écrase ma poitrine, et ses mains, douces et aimantes il y a une minute, sont maintenant griffues et déchirent ma chair.

J'ouvre les yeux. J'arrache une touffe de cheveux noirs à un crâne blanc au regard dément. Des dents s'enfoncent dans ma joue et la douleur explose dans tout mon visage.

C'est un mort vivant. Et j'en serai bientôt un, moi aussi.

Les sirènes hurlent toujours quand je reviens à la réalité, le souffle court, les paupières collées et une traînée de salive séchée au coin des lèvres.

Maman. Maman est morte et je fais des cauchemars cochons où Smitty joue le rôle principal.

Je n'arrive pas à croire qu'elle soit morte. Je *refuse* d'y croire.

Je me frotte le visage pour chasser la culpabilité et la menace d'un chagrin incontrôlable, puis je me redresse et arrache la saleté de tube fixé au dos de ma main. Je passe le bout des doigts sur la plaie ; ça guérira. Les dents serrées, je dégage mes jambes de sous le drap et transfère mon poids sur mes pieds. Puis je ressens une vive douleur entre les jambes.

Mon Dieu !

Il y a un autre tube. Et celui-là entre là où aucun tube ne devrait pénétrer. Ma main indemne tâtonne sous le drap, je saisis un sparadrap et, sans même penser à la douleur ou aux conséquences, j'arrache le tube et le jette comme s'il était brûlant.

Pense à ta mère. Lutte contre la souffrance par la souffrance.

Un liquide jaune pâle s'écoule du tube. Comble de l'horreur ! Un sac de pisse, suspendu au flanc du lit, se vide et forme une flaque sur le dallage.

Aïe, aïe, aïe.

C'est le pire réveil de ma vie. Et, vous pouvez me croire, il y en a déjà eu de très mauvais.

Je ramasse le sac contenant mes affaires avant qu'il soit mouillé et m'habille rapidement : sous-vêtements, T-shirt, blouson en polaire, chaussettes et bottes. Rien pour couvrir les jambes ; pour le moment, elles resteront nues. Je fourre le téléphone dans une botte, contourne prudemment le lac Pipi, gagne la porte sur la pointe des pieds. Elle est fermée à clé, bien sûr. Je pose l'oreille dessus dans l'espoir d'entendre quelque chose. Cris ? Hurlements ? Éclats de rire ? Mais je ne perçois que la plainte des sirènes.

Puis elle cesse.

Je m'éloigne de la porte.

Silence.

Quelqu'un va arriver. C'était une erreur et on va venir me rassurer.

Mais il ne se passe rien. Le silence est pire que tout.

Je remarque une écritoire à pince sur le meuble proche de la porte. « Roberta Brook » est écrit en haut d'une feuille de papier réglé. Des heures, des jours et des nombres mystérieux sont griffonnés sous mon nom. Je parcours les notes. Des trucs que je ne peux espérer comprendre, parce que c'est du jargon médical en sténo et qu'en plus je ne peux pas déchiffrer l'écriture. Ça ne m'étonne pas ; ma mère est médecin et personne ne peut lire ses pattes de mouche.

Maman. Non ! ne pense pas à ça !

Je me force à poursuivre ma lecture. « Analyses » ? Quelque chose, *virus* ? Un froid glacial m'envahit soudain Ils croient sans doute que j'ai le virus Osiris qui transforme les gens en zombies. Quelque chose, puis « porteur » ? « Indicateurs », quelque chose, et « masqué par d'autres facteurs ». Quoi ?

« Porteur » ? Je secoue lentement la tête. Une personne sur un million, d'après ma mère. Des gens qui ont le virus mais ne se transforment pas en zombies. Mon père était dans ce cas. Ça n'a rien changé pour lui au bout du compte, parce qu'il est tombé malade, puis est mort avant que ma mère ait pu le sauver.

C'est peut-être héréditaire ? Qu'est-ce que ça impliquerait, si j'étais comme lui ? Un tas de trucs ! Cette idée me fait frissonner.

Il faut que je sorte de cette pièce. La fenêtre. Un papillon se pose sur la vitre devant moi, et bat des ailes avec élégance.

D'accord, je ne sais pas à quoi je m'attendais, mais sûrement pas à ça.

Je suis face à une forêt tropicale où des papillons volettent de feuille en feuille. Je cligne des paupières. Au-delà du feuillage et des insectes se dresse un mur percé de fenêtres. C'est une cour au centre d'un bâtiment. Il y a des fleurs tropicales dont les couleurs vives tranchent sur la verdure. Des plantes avec d'énormes feuilles. Des lianes sur les murs, entre les fenêtres noires. Et des centaines de papillons de toutes tailles et de toutes couleurs. Cramponnée au rebord de la fenêtre, je contemple ce spectacle.

Boum.

La porte. Je pivote si vite que je me fais mal au cou. *Aïe.* Quelqu'un vient.

Gémissement. Raclement.

C'est Martha ou…

Plainte. Nouveau raclement.

Pas un humain. *Un monstre.*

Boum.

Bon sang, ils sont là !

Quelle blague, cet hôpital militaire ! Je croyais qu'ils mettraient un peu plus longtemps à me trouver. Un mélange de peur et d'écœurement s'empare de moi. J'avais oublié ce qu'ils provoquaient. Et maintenant qu'ils sont de retour, c'est comme si je les avais affrontés hier.

Boum. La porte bouge un peu. Gémissements plus forts. Il y en a plusieurs, à présent. Trois ou quatre, sans doute. Le battant semble épais. Mais je n'espère pas qu'il tiendra indéfiniment.

Réfléchis. *Vite.*

Je pousse la table de nuit contre la porte.

Et après… Passer par la fenêtre ? Pour me retrouver où ? Dans une cour fermée… *Réfléchis !* Affolée, je regarde autour de moi.

Il y a un carré, en haut d'un mur, d'une cinquantaine de centimètres de côté, couvert d'une grille en plastique. Une arrivée d'air conditionné ? Je tire la chaise jusqu'au mur et monte dessus pour mieux voir. Pendant ce temps, les zombies coordonnent leurs efforts et frappent tous en même temps contre la porte, qui commence à céder. Vive le travail d'équipe ! Je n'ai que quelques minutes.

Je lève les bras et saisis la grille. Deux tractions et elle cède, dévoilant un trou juste assez grand pour qu'une fille maigre puisse s'y glisser.

Mais il est trop haut. Il faut que je monte sur autre chose.

Je jette un coup d'œil frénétique dans la chambre. Le lit est la seule solution. Je descends de la chaise. C'est un lit sur roulettes ; ça devrait être facile. Les paumes moites, je tente de le tirer. Rien à faire : il y a un frein. Je le cherche. En vain.

Craquement en provenance de la porte. Ils ont réussi à casser la serrure. La gâche n'est plus fixée à l'encadrement. C'est une question de secondes, maintenant.

Allez ! Je manœuvre plusieurs leviers. La tête du lit se soulève, des claquements retentissent. Mais cette saleté ne bouge pas.

La table de nuit bascule et la porte s'ouvre. Ils entrent. Je suis fichue.

Je me précipite de l'autre côté du lit. Je les regarde, c'est plus fort que moi. Je devrais tout faire pour déplacer ce machin, mais l'imminence de ma mort future et sanglante me paralyse. Ces monstres vont me mettre en pièces.

Des enfants.

Des zombinos. Une demi-douzaine, et d'autres encore qui arrivent. Des mômes. Neuf, dix ans ? *Mon Dieu !* La tristesse me serre la gorge. Plusieurs sont nus. Les autres portent des vêtements déchirés, tachés de sang, de salive, de tout ce qui peut s'écouler des orifices d'un être humain. Leurs jeunes visages sont maigres, creusés et violacés. Quelques-uns ont perdu une partie de leur corps. Doigts retournés vers l'arrière et cassés, membres manquants, et un jeune garçon marchant sur un moignon.

Les chefs de la bande vacillent, s'arrêtent et me dévisagent. On s'observe par-dessus le lit. Le plus grand d'entre eux est une fille élancée, pâle et nue, une entaille en forme de Y grossier sur sa poitrine plate et son ventre. On l'a autopsiée et recousue. Sa chevelure est rousse et frisée. Je suis prête à parier qu'elle était belle et faisait la fierté de sa mère… mais ses cheveux sont plaqués à présent, comme si elle les avait coiffés en arrière après s'être transformée en zombie. Et la moitié de son crâne a disparu, comme lorsqu'on ôte la partie supérieure d'un œuf à la coque. Elle titube. Je fixe ses yeux vitreux, essaie de lui dire : *Non, la Rouquine, s'il te plaît, ne me fais pas de mal… Je ne suis qu'une gamine, comme toi.*

Les autres ne bougent pas. Peut-être perçoivent-ils mon désespoir ?

L'espérance dilate ma poitrine. Peut-être refuseront-ils d'attaquer un autre jeune ?

Puis la Rouquine rejette la tête en arrière et rugit.

Ils avancent sur moi comme un seul homme. Il n'y a pas d'alliance entre les jeunes. Ils veulent dévorer mon cerveau.

Au prix d'un effort énorme, je tire le lit, en soulève une extrémité, puis le traîne vers le mur et mon salut. La Rouquine tend les bras vers moi. Je bondis sur le lit en saisissant la chaise, pose celle-ci sur le matelas et saute dessus. Les gamins morts-vivants foncent sur moi, les bras tendus, et dans ma hâte, je glisse puis retombe sur les draps. Les doigts cassés me touchent, me griffent, tentent de m'arracher de la chair… mais ils n'atteignent que mon blouson en polaire et, sans laisser à mes agresseurs le temps de pousser leur avantage, je roule sur moi-même et m'étale de l'autre côté du lit.

J'essaie de me redresser, mais quelque chose m'immobilise : un fil entouré autour de moi qui plaque mes bras contre mes flancs. Je tire dessus et un objet tombe. C'est la perfusion, toujours reliée à la poche suspendue au support métallique. Mais la poche s'est vidée et son contenu, mêlé au lac Pipi, me mouille les jambes. La tige métallique gît près de moi. Je n'ai pas besoin de réfléchir ;

je m'empare de cette arme, me redresse et bondis sur le matelas.

Faisant tournoyer le support au-dessus de ma tête, je pousse un cri guttural et frappe deux gamins. Le premier s'effondre et la tige métallique poursuit sa course jusqu'au second. Sa tête éclate comme une citrouille trop mûre, dans un déluge de bouillie nauséabonde. J'esquive les projections et frappe de nouveau. La partie supérieure du support, où la poche était suspendue, se détache et l'extrémité est maintenant pointue et tranchante. *Bien. Pointu et tranchant, c'est ce qu'il me faut.* Je frappe le jeune garçon au moignon ; l'équilibre n'étant pas son point fort, il bascule en arrière.

Trois à terre ; cinq ou six à abattre.

Ils hésitent ; ma résistance les étonne peut-être. Ce sont des mômes, après tout. Jouer les gentils petits monstres est sûrement une tactique efficace. Leurs victimes ne se décident sans doute à se battre que lorsqu'il est trop tard.

La Rouquine a esquivé la première attaque ; elle est futée. Elle se jette en direction du lit. Elle est rapide, en plus… davantage que tous les zombies que j'ai croisés. Mais pas très. J'abats le support sur l'arrière de son crâne et son visage heurte le matelas. Je redresse la chaise, pivote, pose un pied dessus.

Mais la Rouquine n'est pas morte. Elle saisit ma botte, tire dessus avec une force étonnante, et je me retrouve près d'elle sur les draps. Elle est sur moi, forcenée et maigre, simple sac d'os reliés par des tendons, les dents à quelques centimètres de ma peau nue. Son haleine empeste le poisson pourri. J'ai envie de hurler, mais n'ose pas ouvrir la bouche, de peur que sa bave nauséabonde n'y pénètre. Je parviens à dégager le support qui était coincé entre nous, et il glisse sur le côté. Je repousse la Rouquine de toutes mes forces, saisis le support et, à l'instant où elle retombe sur moi, l'enfonce sous son menton. Le métal pénètre facilement dans la chair, jusqu'à son visage et ressort par une orbite, projetant un œil vitreux sur sa joue. Je n'ai jamais rien vu d'aussi répugnant.

Ça ne l'a pas achevée, mais ça l'a un peu perturbée. Elle hoquette, bat des bras, se désintéresse de moi au profit de la tige métallique, qu'elle tente d'ôter. Je saute sur l'occasion. Je la repousse et monte sur la chaise.

Les autres avancent, mais ils n'ont aucune chance. La chaise me tenant lieu de tremplin, je me hisse tête la première dans le conduit. Une main effleure ma cheville, mais il est trop tard. Je me propulse à l'intérieur et fléchis les jambes. Je suis hors d'atteinte, en sécurité.

Ce n'est qu'ensuite que je me demande si ce conduit aboutit quelque part. Ça pourrait être une impasse. *Ha. Ha. Ha.*

Je m'aperçois que j'ai les yeux fermés. Je les ouvre. Noir. Il fait complètement noir. Merde. Une lampe torche me serait bien utile. Mon téléphone pourrait me fournir de la lumière, mais je ne veux pas décharger la batterie. À cet instant, dans les films, le héros allume un briquet, mais comme fumer ne fait pas partie de mes mauvaises habitudes, ce n'est pas une solution envisageable. Je vais devoir avancer à l'aveuglette.

J'entends toujours les gémissements des zombies. J'avance un peu puis me retourne et essaie de regarder derrière moi. Qui sait, peut-être un de ces monstres a-t-il compris comment utiliser le lit et la chaise ? Mais il n'y a, derrière moi, qu'un carré de lumière. Bien.

Le conduit n'étant pas assez large, je dois ramper sur les coudes et les genoux. La surface est glissante et j'ai souvent l'impression de reculer. Mes paumes moites couinent sur le métal.

Aïe ! Ma main heurte une surface dure. Impasse, finalement ? Mon cœur se serre. Une minute… Un courant d'air sur le sommet de mon crâne. Je lève la tête. Je ne vois rien. Je tends une main. Bon, ça monte. Je ramène mes jambes sous moi et me redresse prudemment. Je suis presque debout, quand mon crâne rasé touche le plafond. Un nouveau conduit s'ouvre devant moi. *Super.* Un accès au niveau supérieur. Je me hisse dans ce nouveau passage.

Maintenant que je suis loin de la chambre, je n'entends plus les gémissements. Mais il y a un bourdonnement grave, une sorte de palpitation. Je frissonne en imaginant ce que je risque de rencontrer. Serait-il possible qu'il y ait un monstre dans le conduit ? Grimper n'est pas leur truc, d'accord, mais ils pourraient y être entrés ailleurs, devant moi. C'est tout à fait vraisemblable. Je m'arrête et tends l'oreille.

Je perçois un rythme. C'est forcément un bruit mécanique. Je prends mon courage à deux mains et repars. Une seule direction possible : vers l'avant. Il fait chaud et je transpire sous mon blouson en polaire. Et puis j'aimerais vraiment que mes jambes soient couvertes.

J'atteins une nouvelle paroi. On monte encore ? Non : du vent contre ma joue droite. Le conduit tourne à quatre-vingt-dix degrés. Le courant d'air s'intensifie et la palpitation devient soudain plus nette.

Je vois quelque chose ! Un carré de lumière pâle devant moi. J'avance.

Il y a un ventilateur au bout du conduit, et la lumière vient d'une grille fixée au plancher. Ou bien je peux prendre à droite. *Décisions, décisions.* L'un ou l'autre pourrait me permettre de sortir de ce labyrinthe.

Je regarde la pièce située sous la grille.

Un lit.

Une tête. Oui, une fille est assise sur le lit. Ses jambes sont sous ses fesses : elle est sur la défensive. Je me mets à espérer : une personne vivante.

Je pousse doucement la grille… Je ne veux pas lui faire peur, mais y a-t-il une autre solution ? *Merde*, la grille ne bouge pas. Dois-je appeler ? Probablement pas : elle va paniquer. En plus, il faut que je sois sûre qu'elle n'est pas contaminée ou folle. J'appuie plus fort. La grille cède et atterrit en plein sur la tête de la fille.

Elle hurle et tombe du lit. Oh non ! Je l'ai tuée ?

Des sanglots. Peut-être invalide à vie, mais pas morte. Je vais devoir descendre la tête la première. Les mains sur le bord de l'ouverture, je me glisse dedans : tête, épaules et fesses. Puis je m'accroche par les genoux et reste suspendue.

La fille m'aidera peut-être ? Je la cherche des yeux.

Mais un cri strident retentit et je reçois un coup au visage. Je tombe sur le lit – pas aussi mou que je l'espérais – et la fille attaque, me frappe à la tête avec un objet. Je protège mon visage avec mes bras.

– Arrête ! je crie. Ça va ! Je ne suis pas un zombie !

Les coups cessent. Je jette un coup d'œil prudent.

Devant moi, une expression furieuse sur le visage, brandissant une bible vert bouteille, se tient Alice.

CHAPITRE 3

– Toi ! s'écrie Alice, tremblante. Tu veux me faire mourir de peur ?

Elle lance la bible sur moi.

– C'est bon ! je crie. On se calme !

– Qu'est-ce que tu fiches ici ?

– Moi aussi, Alice, je suis contente de te voir.

– Ils te poursuivent ?

Elle me pousse hors du lit et scrute le conduit.

– Non, je dis en me levant avec difficulté, les bras douloureux à cause des coups de bible. On est en sécurité, ici ?

Elle secoue sa tête blonde. Sa chevelure me semble plus brillante que jamais, sans doute parce que mon crâne est rasé.

– Probablement pas. Cette femme m'a dit que je ne risquais rien, ici ; je n'aurais pas dû oublier qu'il ne faut jamais faire confiance aux grosses.

Donc elle connaît Martha. Alice est cruelle et va droit à l'essentiel, mais il faut admettre qu'elle a raison. Je gagne la porte et pose une main hésitante sur la poignée.

– Tu es enfermée, toi aussi ?

– Qu'est-ce que tu crois ?

Abandonnant la bouche d'aération, elle gagne la fenêtre et regarde dehors entre les lames du store.

– J'étais sûre que ces conneries recommenceraient tôt ou tard, ajoute-t-elle. Il y en a combien ?

– Je ne sais pas, je réponds en me frottant la main. Quelques-uns ont enfoncé la porte de ma chambre. Des mômes. Le conduit d'aération était la seule issue.

– Tu crois qu'ils pourraient défoncer celle-ci ? s'inquiète-t-elle.

– Possible, je dis en éloignant le lit du mur. Aide-moi à le pousser contre la porte. Ça sera déjà ça.

Elle soupire et proteste, évidemment, mais accepte. Une nouvelle fois, les freins du lit sont serrés, ce qui rend l'opération superamusante. On grogne et gémit pour le placer en position.

Ensuite, on s'assied côte à côte sur le dallage. Alice me dévisage, les paupières plissées.

– Tu es vachement plus moche que d'habitude. Qu'est-ce qui t'a pris ?

Je passe la main sur mon crâne.

– On ne m'a pas demandé mon avis.

– Très sexy, la coupe militaire, fait Alice avec une moue dégoûtée. En plus, tu sens le pipi. Et *ça* ? ajoute-t-elle en montrant mes jambes nues. Qu'est-ce qui s'est passé ? On t'a volé ton pantalon ?

Je fixe son pantalon de survêtement pêche.

– Alors que toi, tu es à la dernière mode, je constate.

Prends ça, ma fille.

– Au moins, je ne montre pas mes fesses, dit-elle d'un air dégoûté. Ils ont aussi fait des expériences sur toi ?

– Non… Quoi ? Enfin, ils auraient pu faire n'importe quoi. Je suis restée sans connaissance pendant des semaines après l'accident. Tu sais qui nous a conduites ici ?

Alice secoue la tête et ses cheveux ondulent avec élégance. Comme je les lui envie !

– Je me suis réveillée sous une tente en plastique. En quarantaine, au cas où je me serais transformée. On m'a dit que je ne pouvais même pas appeler mes parents. Depuis, je perds la boule.

Rien de neuf. Je lui adresse un bref regard.

– Les autres ? Tu les as vus ? Pete ? Smitty ?

Elle hausse les épaules.

– On m'a seulement dit qu'il y avait quatre survivants.

– Tu n'as pas demandé qui ?

– Bien sûr que si ! crie-t-elle. Mais ils se contentaient de me servir des plateaux-repas dégueus et de me faire des piqûres. Tout ce que je sais, c'est que l'Écosse grouille de monstres. J'espère, poursuit-elle en se tournant vers moi, que Smitty ne s'est pas zombifié. Parce que si c'est arrivé, je te parie tout ce que tu veux qu'il s'en prendra à moi.

Personnellement, je crois plutôt que Smitty, s'il est devenu zombie, n'aura pas la moindre envie de mordre Alice.

– Il ne peut pas s'être transformé. Je lui ai injecté une seringue d'antidote dans la jambe, tu te souviens ?

Alice bat des paupières.

– Comment je pourrais oublier ? Tu as fait passer ton petit ami avant le reste de l'espèce humaine !

Je pince les lèvres et lève les yeux au ciel avec une expression indiquant à la fois : « Sûrement pas ! » et « Ce n'est pas mon petit ami ! » Mais je n'ai pas prononcé les mots. Pour éviter le drame d'une discussion interminable avec Alice et parce qu'une part de moi-même pense qu'elle a peut-être raison. Sur les deux points.

– Ta mère pourrait peut-être nous renseigner, dit-elle en inclinant la tête vers la porte, comme si maman se trouvait derrière. Nous aider à sortir d'ici. Elle s'est bien débrouillée, la dernière fois.

– Ouais, je fais, la joue pressée contre la vitre, tentant de voir derrière les fenêtres de l'autre côté de la cour. Mais on m'a dit qu'elle était morte.

Alice sursaute.

– Tu es sérieuse ?

– Ouais.

Je me tourne vers elle. Elle a posé une main sur sa bouche et ses paupières clignent très vite. Sa main retombe.

– C'est horrible, dit-elle, les yeux brillants de larmes. Comment on va sortir d'ici, maintenant ?

Gentille Alice ! Tu ne penses qu'à la façon dont ça t'affecte, toi, hein ?

– J'ai peut-être une idée.

Je lève une jambe et sors le téléphone de ma botte.

– Mon Dieu ! s'écrie Alice. Tu as essayé d'appeler de l'aide ?

– Pas encore.

J'allume l'appareil et prie intérieurement. Il met une éternité à s'initialiser. Alice s'impatiente et se penche pour regarder l'écran. Elle gémit et rejette la tête en arrière.

– Ne dis rien. Pas de réseau. Quelle surprise ! Il n'y en a *jamais*.

Je vais jusqu'à la fenêtre, en vain.

– Bon, je soupire. Allons quelque part où il y en a.

– Si cet endroit existe !

Alice a peut-être raison et mon estomac se noue. Je regarde les messages. Rien de nouveau. Deux vieux textos de maman. Ma gorge se serre un peu en les voyant. Je suis sur le point d'éteindre l'appareil quand une icône que je ne connais pas, dans un coin de l'écran, attire mon attention.

Était-elle là avant l'accident ?

C'est un petit livre. Ça indique, je crois, que des contacts sont enregistrés ou un truc dans le genre. Pourquoi cela me trouble-t-il ?

– Qu'est-ce qu'il y a ? demande Alice.

– Rien.

– Tu crois que je suis aveugle ? Qu'est-ce qui t'inquiète ?

Je secoue la tête, certaine que ça va sembler minable.

– Je suis Bobby-pas-de-Potes, tu te souviens ? Mais l'écran indique que des contacts sont enregistrés.

– Donne, dit Alice en m'arrachant l'appareil et en naviguant avec adresse dans le menu. Heureuse de t'annoncer que tu as maintenant des amis.

Je reprends le téléphone. L'écran affiche une liste.

Marigold.

Maman.

Poffit.

Smitty.

Les mains tremblantes, je lis la liste deux fois pour m'assurer que je ne me trompe pas. Puis je clique sur « maman » et un numéro apparaît.

Soulagement.

Maintenant, je suis absolument sûre que ma mère est vivante.

Et qu'elle essaie de communiquer avec moi.

Quelqu'un a enregistré ces noms et ces numéros après l'accident. Et ce n'est pas moi. Je regagne le pied du lit et me rassieds sur le carrelage froid.

– Ma mère a enregistré ces numéros.

Alice, troublée, serre les lèvres.

– Tu ne viens pas de dire qu'elle était morte ?

– Je crois que Martha m'a menti.

Je relis la liste. Maman, d'accord ; Smitty, très bien. Mais les deux autres ? La conversation n'est pas le point fort de Marigold. C'est le chat grincheux de ma grand-mère, qui me déteste et fait régulièrement ses besoins sur mon lit.

Et Poffit... Ce nom-là balaie mes derniers doutes. C'est aussi le plus humiliant. Poffit est le nom du doudou dont j'ai été obligée de me séparer quand je suis entrée à l'école. Je reconnais que je l'ai récupéré à neuf ans lorsqu'on est allés s'installer aux États-Unis. Sans lui, au début, je n'aurais pas pu m'endormir.

Donc, sauf si quelqu'un est parvenu à puiser dans ma mémoire – très peu probable, même dans les circonstances actuelles –, seule ma mère peut avoir enregistré ces trucs embarrassants dans mes contacts.

– Pourquoi t'a-t-elle donné de faux amis ?

Alice s'assied près de moi et, les paupières plissées, fixe le téléphone. Je reporte mon attention sur l'écran comme pour l'obliger à livrer ses secrets.

– Ma mère ne fait rien sans raison. Ça signifie forcément quelque chose.

J'ouvre Marigold et un numéro s'affiche : 876883764889.

– Super ! s'exclame Alice. Ce n'est même pas un numéro normal.

J'appuie sur « appeler ». Je sais qu'il n'y a pas de signal, mais c'est peut-être un de ces numéros d'urgence qui, selon les légendes urbaines, marchent en toutes circonstances.

Rien à faire. Pas de connexion.

J'ouvre « maman ». Le numéro est 5555006005959.

– Celui-ci est encore plus long, je marmonne. Ridiculement long.

J'ouvre mon doudou et Smitty.

86337274343.

55461760328189.

– Étrange, dit Alice, penchée sur l'écran. C'est un code ?

Je rejette la tête en arrière et heurte le lit. *Bon sang, maman !*

– Ça ne m'étonnerait pas d'elle.

Je reviens au premier numéro. Est-ce que ça serait 1 = A, ce genre de truc ? Bon, ça serait vachement trop facile, mais aucune chance de déchiffrer un système plus élaboré, d'autant moins que ma tête semble pleine de coton. C'est à peine si je me souviens de l'alphabet.

Très bien, donc…

– Un crayon et du papier.

Alice lève les yeux au ciel mais s'exécute.

876883764889 serait…

– Note les lettres, je dis, concentrée. H, G, F, H… Non, ça ne marche pas. Aucun mot ne commence comme ça.

En plus, il n'y a ni 1 ni 2 et elle ne serait pas allée au-delà de la neuvième lettre de l'alphabet.

J'ai la migraine.

Réfléchis !

Je passe le pouce sur le clavier, suppliant l'appareil de me donner la solution. Et elle apparaît.

– C'est un texto, je m'écrie.

Alice plisse le nez.

– Quoi ?

– Mon téléphone est un vieux modèle. Pas de clavier AZERTY, seulement des chiffres correspondant à plusieurs lettres, comme sur une ligne fixe

Le sang me monte à la tête et je cherche fiévreusement l'option permettant d'envoyer un message.

– Si j'ai raison… il faut taper le numéro comme si c'était un texto et les lettres apparaîtront.

Je tape les chiffres.

Tpmttdpmgttw.

– Ouais, c'est très clair, maintenant, ironise Alice.

Mes mains tremblent.

– Il y a encore une solution…

Le téléphone émet un bip et je sursaute. BATTERIE FAIBLE est affiché sur l'écran.

– Non ! je crie. Ne meurs pas tout de suite !

– Continue, ordonne Alice.

Je tripote nerveusement l'appareil, le laisse presque échapper, fais défiler les options jusqu'au moment où je trouve ce qu'il me faut. Je choisis « saisie prédictive » dans le menu et tape les chiffres.

Troutesmittw.

Ma gorge se serre. *Smitt*. Ce n'est pas un accident. Je scrute de nouveau le clavier.

– Troutes mitt whaou ? suggère Alice.

Le W correspond au même chiffre que le Y. Smitty… Je passe le pouce sur les touches… Bien sûr, le même chiffre permet d'obtenir le T et le V. J'effectue les substitutions et ça marche.

– *Trouvesmitty*, je crie en me levant et en montrant l'écran à Alice. Trouve Smitty !

Elle ne partage pas ma joie.

– Ta mère n'aurait pas pu laisser un vrai message ? Comme une personne normale ? Oh, non…

j'ai oublié. Vous appartenez à la même famille de cinglés. Rien de normal chez vous.

– C'est un message, Alice ! Ma mère est en vie et veut qu'on trouve Smitty.

– Tu en es sûre ? ironise Alice. Pourquoi s'intéresserait-elle à lui ? Elle a pris un coup sur la tête ou quoi ?

– C'est parfaitement logique, j'insiste, agacée. Il est la seule source de l'antidote à Osiris. Il est peut-être le seul espoir d'enrayer l'épidémie qui transforme les gens en zombies. Et s'il a disparu, je suis prête à parier que tout le monde le recherche.

– Et nous aussi ? gémit Alice en secouant la tête. Franchement, pourquoi faut-il que tout tourne autour de ce crétin ? Comme s'il comptait !

Elle me regarde et demande :

– Mais il compte peut-être pour toi ?

Je reste impassible tout en cherchant la repartie la plus cinglante. En vain.

Alice se lève.

– Alors, où est-il ?

Je fixe le téléphone.

– Les autres numéros. On les décode et ils nous l'indiqueront !

BATTERIE FAIBLE apparaît de nouveau et les bips se font plus insistants. Merde !

– On s'occupera des autres numéros plus tard. De toute façon, pour trouver Smitty, on doit d'abord sortir de cette chambre.

J'éteins le téléphone et le glisse dans ma botte.

– Ce conduit d'aération ? Il a une issue ? demande Alice.

Je pense à l'embranchement que je n'ai pas pris à droite.

– Possible.

Alice soupire.

– Bon, allons-y.

Avec la commode et une chaise, je construis une sorte de tour permettant d'atteindre le conduit pendant qu'Alice fourre je ne sais quoi dans un petit sac.

– Hé ! je crie, lance-moi ce drap ! J'en ai besoin pour faire une corde.

– Génial, Raiponce, répond Alice, qui s'éclaircit ostensiblement la gorge et ajoute : Tu veux que je monte à la corde ?

– Raiponce utilisait ses cheveux, pas une corde. Et elle descendait. Donc…

– Bobby, on s'en fiche !

Elle secoue la tête, me rejoins sur la commode et saisit le drap.

– Donne-moi ça ! reprend-elle. De toute façon, tu ne pourras pas…

– Bas les pattes !

Je le lui arrache et on se le dispute bêtement, en équilibre instable sur la commode.

Clac.

On tourne la tête vers la porte. La serrure vient de s'ouvrir.

– Merci, Seigneur ! souffle Alice

Elle lâche le drap et s'apprête à sauter sur le dallage. Je saisis son bras.

– Attends !

Elle me regarde d'un air mauvais.

– Quoi ? La porte est déverrouillée. Sortons pendant que c'est possible !

Elle a sans doute raison, mais j'hésite. Je ne peux quitter le battant des yeux.

– C'est que… Les portes sont fermées à clé depuis longtemps. Il n'y a personne, tu l'as vu. On ne sait pas qui est de l'autre côté.

Alice lève les yeux au ciel.

– Tu as dormi trop longtemps. Viens ! Jusqu'ici, ce n'est pas la réflexion qui nous a permis de survivre.

Exact.

– Très bien, je dis. Va jeter un coup d'œil.

– Moi ? s'écrie-t-elle. Ça n'a jamais été mon boulot. C'est toi la version féminine de *Seul face à la nature.*

Je prends une profonde inspiration et suis sur le point de lui expliquer en long, en large et en travers pourquoi ce qu'elle vient de dire est complètement faux quand…

Boum. Boum. Boum.

On se tourne vers la porte.

Boum. Boum. Boum.

La poignée bouge. Le lit fait obstacle mais le battant pivote un peu plus à chaque poussée.

Alice se cramponne à moi.

– Mon Dieu, ils sont là ! gémit-elle.

– Le lit devrait les arrêter, je dis, persuadée du contraire.

Boum.

Le dernier coup est le plus puissant et la porte s'ouvre, percute le lit, qui roule vers le centre de la pièce. *Saloperies de freins. Ils choisissent le bon moment pour se desserrer !* Il heurte notre commode et on s'envole. Du coin de l'œil, je vois Alice atterrir de nouveau sur le meuble, à quatre pattes, comme un jeune singe agile, mais je suis beaucoup moins en forme. Je tombe lourdement sur le sol, le souffle coupé, les côtes et un bras meurtris.

Le lit et la commode masquent l'entrée et j'entends des pas. Combien ? On peut les esquiver, les distancer ? Mais impossible de me lever : un bras paralysé, des jambes s'agitant en pure perte. Ce n'est pas le moment d'exécuter des figures de *break dance*. Puis Alice est là, au-dessus de moi, et me tend une main – je n'en reviens pas ! –, que je saisis. Elle tire et je suis presque debout, quand elle tourne la tête vers la porte, blêmit et me lâche…

Je retombe sur le dallage. Alice est figée, en état de choc. Pourquoi reste-t-elle immobile ?

Je suis son regard jusqu'à la porte. Deux personnes se tiennent dans l'encadrement. La première est un jeune de haute taille, robuste, tenant un extincteur comme si c'était un bélier.

La deuxième est un autre ado aux cheveux blond très clair, à la peau très blanche. Il avance et nous sourit.

– Si vous voulez vivre, suivez-moi, dit Pete.

CHAPITRE 4

Pete devait mourir d'envie *depuis toujours* de dire cette réplique. Il reste immobile, comme s'il attendait nos applaudissements, et je prends la mesure de son nouveau look. Ses cheveux blond clair sont coiffés en crête iroquoise et il porte une queue-de-pie ainsi que des lunettes de plongée. Que Pete soit devenu rétro futuriste pendant qu'on avait le dos tourné… c'est le pompon.

Le colosse qui l'accompagne ne se tord pas de rire et c'est plus troublant encore. Ce mec est grand et aussi massif qu'un tank ; il a des cheveux blonds coupés en brosse, la peau brune et une très jolie fossette. Il nous regarde, Alice et moi, comme s'il se demandait qui il allait inviter à danser. Je serais curieuse de savoir comment Pete l'a convaincu de se joindre à lui.

– Qu'est-ce que vous attendez ? nous crie Pete. Bougez-vous !

Alice me regarde comme pour dire : Il nous donne des ordres, maintenant ? Je partage sa confusion, mais ce n'est pas le moment de se poser des questions. Je lève les bras pour l'aider à descendre, mais le grand mec m'a devancée. Il lui sourit et lui tend la main.

– Salut, dit-il. Je m'appelle Russ.

Il se tourne vers moi et ajoute :

– Heureux de faire ta connaissance.

– Salut, je réponds d'une voix rauque, en agitant stupidement les doigts.

Heureuse de faire ta connaissance, moi aussi. C'est ta première invasion de zombies ? Tu pourrais me prêter une arme ?

– On n'a pas le temps de bavarder, prenez ce qu'il vous faut, aboie Pete. On ne reviendra pas.

Il tourne les talons et gagne la porte, suivi par son nouvel acolyte et par Alice avec son sac. Je m'assure que le téléphone est dans ma botte et les rejoins dans le long corridor. Les sirènes se sont tues, mais des lumières orange et rouge clignotent au plafond, comme dans une boîte de nuit de la mort. Le couloir est désert. Personne n'est venu danser avec nous… Pour le moment.

Pete et compagnie se dirigent sans traîner vers un bureau massif. Pete ouvre la voie, légèrement devant Russ, qui porte l'extincteur comme s'il ne pesait rien. Alice trottine derrière eux, jetant un coup d'œil dans toutes les pièces devant lesquelles on passe.

– Où on va ? je demande à Pete.

– Dehors, murmure-t-il, dramatisant la situation.

– On sort ? glapit Alice en s'arrêtant net. Avec ces monstres ?

– Exact.

Pete avance avec détermination.

– C'est plus sûr, explique Russ. Il y en a plein, ici. Ils vont nous coincer tôt ou tard.

Alice frémit et moi aussi. Pete, arrivé au bout du couloir, s'est accroupi près du bureau et nous fait signe de le rejoindre. On obéit et on se place près de lui, comme des quilles de bowling sur le point d'être éparpillées par la boule. Le couloir s'étend devant nous, dans la direction opposée à celle de la cour, vers les profondeurs de l'hôpital. Vers l'inconnu.

– Où est la sortie ? je dis.

– Chut, fait Pete, un doigt sur les lèvres, dans un déluge de postillons. Écoutez !

On tend l'oreille. J'aimerais qu'il se trompe, qu'il en fasse trop ou que son imagination lui joue des tours, mais le bruit me fait l'effet d'un coup de poing dans le ventre. Une plainte. À peine audible, mais de plus en plus nette.

– Les mômes ! je souffle. Je les ai vus ; ils sont entrés dans ma chambre.

– Tu as été mordue ? demande Pete.

– Devine.

Je lève les yeux au ciel. Tout le monde se tourne vers moi, méfiant.

– Non, je n'ai pas été mordue, je reprends en me demandant pourquoi on passe toujours pour un menteur quand on dit ça. Vous pouvez vérifier si vous voulez.

C'est alors que les zombinos apparaissent au bout du couloir.

– La chambre de Martha ? dit Russ en se tournant vers Pete.

– On peut la verrouiller, approuve Pete et, sans me laisser le temps de critiquer leur décision, ils partent en courant dans la direction des minizombies.

Les gamins apprécient ; ils tendent leurs petits bras mutilés et gémissent plus fort. J'échange un regard avec Alice. *Pourquoi allons-nous vers eux ?* Puis je pige. Au milieu du couloir, les garçons tournent à droite et entrent dans une pièce. *D'accord, on a sans doute intérêt à les suivre.* Quand on y arrive, les zombies s'approchent d'un pas rapide. On se précipite à l'intérieur et Russ claque la porte, tire un verrou et tourne la clé dans la serrure.

– Épais, dit-il en frappant la porte du plat de la main. On ne risque rien.

Ouais, je pense. *Tu ne sais pas du tout à quoi tu as affaire. Si tu le savais, tu renoncerais tout de suite à ce sourire. Même s'il est plutôt joli.*

– Bon boulot ! crie Pete. On a réussi.

– Ah oui ? je fais en regardant autour de moi. Où est la sortie ?

La petite pièce est à la fois un bureau et un salon. À l'extrémité opposée se trouvent deux fauteuils dépareillés à motif floral aux teintes passées, un chariot avec une théière et un sucrier, ainsi que des étagères, le tout éclairé par une lampe avec un abat-jour à glands. Près de nous, il y a des classeurs, un bureau moderne et un fauteuil pivotant. La seule lumière est celle d'un ordinateur, sur lequel Pete se penche comme s'il était aux commandes d'un vaisseau spatial. Il saisit la souris et clique.

– Une application permet d'accéder à la surveillance vidéo, je l'ai vue la dernière fois que Martha m'a convoqué pour une séance de thérapie.

Il s'assied dans le fauteuil à roulettes et clique plusieurs fois. L'écran se divise et affiche six images grises de chambres d'hôpital.

– J'y suis ! reprend-il. Maintenant on peut surveiller cet étage.

Il se tourne vers moi, une expression satisfaite sur le visage.

Je gagne le bureau. Six autres images s'affichent sur l'écran, mais celles-ci sont animées. Les morts-vivants arpentent les couloirs.

– Ça peut nous aider à atteindre la sortie ? je demande.

– Possible, dit Russ, qui regarde par-dessus mon épaule. On voit où ils sont et on prépare un itinéraire.

– En espérant, je dis, qu'ils ne se contenteront pas de se poster devant la porte pour nous empêcher de sortir. Génial !

– Tu as une meilleure idée ? fait Pete, agressif. Ça va marcher, ce plan. Dès qu'ils me laisseront le champ libre dans ce service, j'irai repérer les sorties possibles. Si rien ne marche, on n'aura qu'à attendre ici que les autorités reprennent le contrôle de la situation.

Il s'appuie contre le dossier du fauteuil, fait craquer ses phalanges puis lisse sa crête iroquoise.

– Tu *espères* qu'elles y arriveront, dit Alice, installée dans un fauteuil. Mais il n'y a aucune garantie.

Pete la foudroie du regard.

– Tu veux bien nous en dire plus sur les issues ? je demande en me penchant vers Pete et en fixant ses yeux vert pâle. Parce que si tu te fais bouffer, il faut que je sache où aller.

Il avale sa salive.

– Bon, il y a plusieurs possibilités, répond-il, embarrassé. Par exemple : dans la direction d'où venaient les gamins zombies, une porte donne sur la cour. Il y a forcément une sortie là-bas.

– Pourquoi on n'y est pas allés tout de suite ? crie Alice.

– Euh… Il me semble avoir dit : « dans la direction d'où venaient les gamins zombies », soupire Pete.

– D'autres solutions ? j'insiste.

– Oui, deux. Mais elles impliquent l'escalier, à l'autre bout du service.

– D'où venaient les zombies… je soupire, découragée.

Pete acquiesce, les lèvres serrées.

– Alors on est coincés ? hurle Alice, quittant le fauteuil, gagnant la porte à grands pas et braquant l'index sur elle, comme si c'était sa faute. J'en ai marre d'être coincée ! On l'a déjà été. Être coincé, c'était à la mode il y a six semaines !

Elle plaque les mains sur le mur, comme pour l'abattre. Soudain, la cloison disparaît et les enfants monstrueux sont là, à quelques centimètres de nous, bavant et griffant le vide.

Comme un seul homme, on crie et on recule. Pete se jette sous le bureau.

Mais les zombinos n'avancent pas. Je ne comprends pas tout de suite pourquoi.

– Du verre, je souffle.

La cloison est devenue transparente. Russ se dirige lentement vers les petits monstres et tend une main prudente. Le bout de ses doigts touche une surface lisse et le mur redevient opaque. Une nouvelle fois, on sursaute et on crie, mais Russ reste cool. Il pose de nouveau la main sur la cloison. Les gamins réapparaissent.

– Du verre intelligent, explique Pete en sortant de sous le bureau.

– Un miroir de l'autre côté ? suggère Russ en avançant vers les monstres. Regardez. Ils se voient mais ne peuvent pas nous voir.

Il lève la main vers l'endroit où une fillette presse le visage contre la vitre en une grimace horrible de joue broyée et de traînées de sang.

Sous mes yeux, un petit zombie tend la main vers le reflet de la fillette, se tourne vers cette dernière et touche son visage. Ensuite, se regardant dans la glace, il passe les doigts dans sa tignasse hirsute. Il saisit une mèche, l'arrache, puis contemple l'enchevêtrement de cheveux et de peau.

– Vous avez vu ? je souffle. Il a compris que c'est un reflet.

– Et alors ? dit Alice. Tu crois qu'il a les boules parce qu'il a oublié son gel ?

Je secoue la tête.

– Il a réfléchi. Les anciens zombies n'étaient pas capables de ça.

– Hein ? fait Alice. Ils les ont améliorés ?

– J'en suis sûre. Ils sont différents, plus agiles et plus futés.

– Bon sang !

Pete se lève, incline la tête, considère le groupe et ajoute :

– Je crois que Bobby a raison. Ce n'est pas de bon augure. Affronter des monstres stupides et vacillants est terrible, mais ce sera un véritable enfer si leur motricité et leur aptitude au raisonnement ont été améliorées.

– Fais-les disparaître, gémit Alice et, pour une fois, je suis d'accord.

Russ touche le mur à la hauteur du front de la fillette et la cloison redevient opaque.

– Martha était bien installée, je constate. Jolie vue.

– On ne se laisse pas impressionner ! dit Pete en se rasseyant dans le fauteuil. Et on tient le coup !

Mon Dieu ! Est-ce que ça peut être pire ?

– Où est l'armée ? me demande Alice, comme si je le savais. Ils m'ont dit que c'était un hôpital militaire. Où sont les soldats ?

Pete s'éclaircit la gorge.

– Eh bien, on n'en a pas vu beaucoup. Je suppose que l'armée est très occupée au-dehors. J'imagine qu'il n'y a ici que le personnel indispensable.

– Bon, passons, Martha vivait dans cette pièce, je dis. On devrait la fouiller. On fera forcément des trouvailles intéressantes.

– Comme quoi, par exemple ? demande Alice, boudeuse.

Je hausse les épaules.

– Des indices sur les sorties. Des armes. Les trucs habituels.

J'ouvre les tiroirs du bureau et j'ajoute :

– Pete, jette un coup d'œil sur ces dossiers et vois s'il y a des informations dans l'ordinateur.

Il lève ses sourcils blonds.

– Qu'est-ce que je suis en train de faire, selon toi ?

Il y a un tableau d'affichage près de moi, et j'y cherche un plan, des mesures d'évacuation d'urgence, des renseignements quelconques… Mais ce qu'on y a punaisé ne sert à rien. Modifications d'horaires, menu de la cafétéria, numéros de postes téléphoniques. Dans le coin inférieur droit se trouve une carte postale représentant un phare. Instinctivement, je la prends et la retourne. L'envers est vierge, à l'exception des mots : « Phare d'Elvenmouth », en bas, en petits caractères. Je plisse le front. Pourquoi cela me trouble-t-il ? Je retourne de nouveau la carte postale ; le phare est mince, blanc, avec une bande jaune en haut et un toit noir. Je la remets en place. Un souvenir des vacances de Martha, rien de plus.

Je me tourne vers Russ et Alice.

– Vous deux, je dis, participez un peu ! Allez chercher à manger et à boire… ou même des informations. Des renseignements sur qui dirige l'hôpital… sur nos dossiers médicaux, sur qui sont les autres patients… Plus on en saura, mieux ça sera.

Russ s'appuie contre la porte.

– Inutile de gaspiller de l'énergie pour rien.

– Ouais, renchérit Alice. On va venir nous chercher.

– Tu as raison, Alice, je dis. Ça a *très bien* marché la dernière fois qu'on a été encerclés par les morts-vivants.

Personne ne conteste.

– Alors on se contente d'attendre ? je reprends, levant les bras en un geste d'agacement.

Aucune réaction.

– Je suppose que ça veut dire oui, j'ajoute. On pourrait aussi se frayer un chemin jusqu'à la sortie avec un extincteur et les propos acérés d'Alice.

Personne ne rit. Personne ne pige. *Bon sang, Smitty me manque.*

– Quand la voie sera libre, on sortira, déclare Russ, qui ouvre le frigo. En attendant, mettons-nous à l'aise. Quelqu'un veut un yaourt à la myrtille ? Il n'y a pas de jus de légumes.

– Tu es au courant de ça ? demande Alice.

– J'en ai entendu parler plusieurs fois, répond Russ en souriant. Je ne peux pas m'empêcher d'espérer voir un jour l'Homme-Carotte.

– Mauvaise idée.

Je ferme brutalement un des tiroirs du meuble classeur. Je suis trop furieuse pour me concentrer correctement sur son contenu.

– Les fichiers sont cryptés, annonce Pete. Les e-mails aussi. Il faudrait un miracle.

– Prie sainte Gertrude.

J'ouvre la seule autre porte, qui donne sur une salle de bains. Dieu merci, on a parfois un peu de chance. Au moins, on pourra faire pipi. Je prends une profonde inspiration, referme la porte et me retourne vers les autres, qui fouillent la pièce sans enthousiasme. Il semblerait que ce soit le moment où chacun raconte ce qui lui est arrivé. Je prends un ton enjoué :

– Alors, qu'est-ce que j'ai manqué ? Qu'est-ce que vous avez fait pendant que j'étais dans le coma ?

Pete se tourne vers moi, ses lunettes de plongée réfléchissant la lumière.

– Tu veux dire que tu es restée dans le cirage après l'accident ?

– Apparemment, je réponds en battant des paupières. Et permets-moi de dire qu'il y a eu du laisser-aller pendant que j'étais inconsciente. Quand je me suis évanouie, il n'y avait que quelques zombies dans la neige ; à mon réveil, tout le pays était en quarantaine. Un vrai désastre !

Prenant appui sur le bureau, Pete fait rouler son fauteuil jusqu'au milieu de la pièce, sûr que ça va nous impressionner.

– Je suis resté une semaine à l'isolement, raconte-t-il. Russ aussi.

Je sors un paquet de dossiers du premier tiroir du meuble classeur, les pose par terre et les feuillette. Ce qu'ils contiennent est très ennuyeux. Je me tourne vers Russ.

– Tu étais dans le car, toi aussi ?

Il hoche la tête.

– On rentrait d'Aviemore. Voyage scolaire. En fait, j'ai vu votre école, là-bas. Je vous ai reconnus quand on s'est arrêtés pour vous faire monter.

– Et Pete t'a raconté ce qui nous était arrivé ?

– Oui. L'Étape gourmande. L'apocalypse pendant le déjeuner. Une entreprise diabolique, Xanthro, qui crée un virus transformant les gens en zombies. Hallucinant ! Extraordinaire que vous ayez été plus malins que les étudiants dans le château, et que vous vous soyez enfuis !

– Ouais, on s'est bien débrouillés.

Je me demande comment Pete lui a présenté les événements. Sans doute avec lui dans le rôle du chef. Je souris en pensant que je pourrais rétablir la vérité, si j'avais envie d'être méchante. Pete lit dans mes pensées, m'adresse un regard inquiet et poursuit pour éviter que je ne fasse des vagues :

– Nos chambres se trouvaient aussi dans ce service. On nous autorisait à nous réunir dans une salle commune, durant la journée. On échangeait des informations, mais pas beaucoup. Je crois qu'ils écoutaient nos conversations.

– Et vous suiviez une psychothérapie avec Martha ?

Je range les dossiers et passe au tiroir suivant.

– Traitement classique de la dépression post-traumatique, explique Pete. Probablement destiné à nous tirer les vers du nez.

Je me tourne vers Russ.

– Et toi ?

– Il n'y a pas grand-chose à raconter, répond-il en secouant la tête. Un peu avant que notre car ne stoppe pour vous prendre, on s'est arrêtés dans un garage où un type donnait des briques de jus. Le prof en a pris, les a distribuées juste avant qu'on vous rencontre. Vous connaissez la suite. On a eu un accident.

Je continue de feuilleter des documents quand, soudain, une feuille contenue dans un dossier « strictement confidentiel » me fait sursauter. Mon nom et celui d'Alice.

Je fixe les mots sans les comprendre. Il faut que je lise ça tranquillement. Je plie la feuille, la glisse discrètement dans la poche de mon blouson en polaire et poursuis la conversation sans éveiller les soupçons.

– Je suis désolée, je dis à Russ. Pour tes potes. Tu sais ce qu'ils sont devenus ? Leurs… corps… ont été transportés ici ?

Il hausse les épaules.

– Martha refusait de me donner des informations précises. Je suppose qu'ils sont morts. Mais qui sait ?

Il frissonne et ajoute :

– J'espère que je ne les rencontrerai pas dehors.

– Ouais, ça craindrait, dit Alice. Surtout si tu étais obligé de leur couper la tête pour les empêcher de te mordre. Ou de les écrabouiller. Ou de les carboniser.

– Merci de nous le rappeler, Miss Compassion, marmonne Pete en passant le bout des doigts sur le côté de sa crête iroquoise. Martha était plutôt avare d'informations. Elle m'a seulement dit qu'il n'y avait que quatre survivants et que tout le monde s'était vu accorder le temps de récupérer tranquillement.

Il se tourne vers moi et reprend :

– J'ai deviné que tu en faisais partie. J'ai observé très attentivement son visage quand elle a prononcé ton nom. Tout est dans les micro-expressions, tu vois ?

– Ah bon ? je fais.

– Et Alice, poursuit Pete, j'ai vu son dossier sur le bureau de Martha, un jour. J'ai compris qu'elle s'en était tirée. J'ai supposé qu'elle était à l'isolement parce que ses blessures étaient très graves.

S'il y avait des cheveux sur ma nuque, ils se dresseraient.

– Des blessures ? dit Alice. Je n'ai pas été blessée.

– Qu'est-ce qu'il y avait dans le dossier ? je demande à Pete.

– Qu'est-ce que ça peut te faire ? s'écrie Alice en me foudroyant du regard.

– Je n'ai rien pu lire, répond tristement Pete.

– Ha ! triomphe Alice, l'index braqué sur moi.

– Ils l'ont peut-être enfermée pour éviter les conflits, je marmonne, levant les mains comme si j'étais prise de panique. Tenez bien Alice en laisse !

Elle me lance un regard noir.

– Au moins, j'ai tous mes vêtements.

– Et quels vêtements !

Je lui adresse un sourire morose.

– Ouais, bon… Mais moi, je ne suis pas malade, alors que toi, tu étais dans le coma. Tu as forcément quelque chose.

La feuille pliée dans ma poche semble brûlante.

– La seule chose que j'aie, *Malice*, c'est que je ne te supporte pas.

– Ne recommence pas à m'appeler comme ça !

– Tiens, ça me fait penser à Smitty, intervient Pete.

– Pourquoi tu parles de lui ? je demande sèchement.

– Il est ici ? Tu l'as vu ? dit-il. Et ta mère ? Elle peut sûrement nous aider. Elle l'a fait la dernière fois.

Il blêmit.

– Quatre rescapés, reprend-il en posant une main sur mon épaule. On est quatre. Je suis désolé, Bobby.

Je me lève d'un bond.

– Laisse tomber. Si tu veux faire quelque chose pour moi, fouille l'ordinateur et trouve le moyen de sortir d'ici. Vite !

Je gagne la salle de bains à grands pas et claque la porte derrière moi.

CHAPITRE 5

Bon, c'était un peu mesquin et Pete ne le méritait peut-être pas, mais je ne supportais plus d'être enfermée dans cette pièce. En réalité, je suis épuisée. Jamais encore je n'ai été fatiguée au point de devoir lutter pour rester debout. Comme si mes six semaines à jouer à la Belle au bois dormant n'avaient pas suffi.

Et, surtout, il faut que je lise ce document.

Je le sors de ma poche et en parcours les mots, qui ondulent sous mon regard angoissé.

Possibilités de récupération d'O/vc… haute priorité… individus devant être maintenus à l'isolement jusqu'à nouvel ordre…

Puis le nom d'Alice. Et le mien.

Une liste… De médicaments ? D'analyses pratiquées sur nous ? J'ignore totalement ce que signifient les mots. Fille de deux médecins, je devrais le savoir.

Je remets la feuille dans ma poche et pose le front contre le miroir. Il est merveilleusement frais. J'ai de la fièvre, j'en suis sûre. Je suis peut-être malade. Je pourrais parfaitement m'effondrer dans cette salle de bains, sac d'os et de peau, le virus suintant par tous mes pores douloureux.

– *Reprends-toi…* me souffle Smitty à l'oreille.

– Tu ne pourrais pas la fermer ? je lui crie. Si tu n'as rien d'intéressant à dire, ne la ramène pas !

J'attends sa réponse, en vain.

Je regarde mon reflet. Ce séjour à Sainte-Gertrude ne me réussit pas. Est-ce que je deviens folle ? Est-ce l'arrêt brutal des médicaments ou suis-je en train de me transformer ? Je regarde les courts cheveux noirs qui poussent sur mon crâne. Peut-être friseront-ils. Je me demande si ça m'ira.

Quelque chose dans le miroir attire mon attention. Je me retourne.

Au-dessus des toilettes, une grille familière est fixée au mur.

Merci, Gertrude. Une issue ?

D'accord, fin de la récréation. J'abaisse l'abattant de la cuvette pour monter dessus, lève les bras et ôte la grille. Un pied sur le réservoir, je parviens à me hisser jusqu'au conduit et à jeter un coup d'œil à l'intérieur. J'y glisse la tête et les épaules, les jambes pendantes. Un courant d'air me caresse le visage ; je ne vois pas grand-chose, mais c'est suffisant. Un ventilateur barre le passage : ce n'est pas une issue de sortie. Très contrariant.

– Tu as trouvé quelque chose ?

Je me cogne la tête contre le plafond du conduit. En me tordant un peu, j'aperçois Russ dans l'encadrement de la porte.

– Non.

Je frotte mon crâne et me rends compte que, de l'endroit où il se trouve, Russ a une vue imprenable sur mes fesses seulement couvertes par ma culotte. Je pivote rapidement sur le réservoir, pose un pied sur l'abattant et glisse, me cramponnant au porte-serviette pour ne pas tomber. Mais le porte-serviette cède ; une tige de métal chromé à la main, j'atterris sur le linoléum puant, au pied de la cuvette.

– Ça va ?

Il tend la main pour m'aider à me relever, mais je ne la prends pas et me redresse seule.

– C'est bon, merci.

– Pas d'issue, là-haut ?

Il ferme silencieusement la porte donnant sur le bureau.

– Exact.

Je tire sur mon blouson en polaire. *Bon sang !* Pourquoi a-t-il fallu que mon pantalon disparaisse dans l'accident ?

– Au moins, tu as une arme, maintenant.

Du menton, il montre le porte-serviette. Je le regarde, moi aussi. Il a peut-être raison.

– Et je sais que tu es toujours à la hauteur, ajoute-t-il.

– *Ha ha !* dit Smitty dans ma tête. *Tu l'étais il y a une minute, Roberta !*

– Ne crois pas tout ce que raconte Pete, je marmonne en m'asseyant près d'un radiateur froid.

Russ me dévisage et je rougis.

– En fait, ce n'est pas ça, dit-il. Je t'ai vue en action.

Je lève les sourcils.

– Vraiment ? Quand ?

Il s'agenouille et s'assied près de moi, le dos contre le mur.

– Tu m'as fait tomber.

Il fixe tristement ses pieds, puis relève la tête et me regarde.

– Sur la piste de ski, à Aviemore, explique-t-il. J'étais tranquillement en train de battre mes copains dans la dernière ligne droite (il se penche vers moi, comme pour me faire une confidence) et voilà qu'un ninja dément déboule derrière moi et me renverse. Comme tu peux l'imaginer, mes copains ont trouvé ça très drôle, dit-il avec une moue amusée. Ensuite, il s'est avéré que c'était une fille et ils ont trouvé ça encore plus marrant.

J'ai l'impression de m'en souvenir. Devant moi, un type ne contrôlait plus sa trajectoire, tournait brusquement dans un sens puis dans l'autre… mais, au bout du compte, c'est moi qui avais été responsable de la collision parce que je n'avais pas su prévoir ses changements de direction. On ne peut contrôler que soi-même, pas les autres, disait mon père. Donc protège-toi et ne te laisse pas entraîner dans une situation où ton sort est entre les mains de quelqu'un d'autre.

– Je suis désolée.

– Pas de souci.

Il sourit. Il est plus près de moi, maintenant ; on est côte à côte, mais il s'est approché sans que je m'en aperçoive et on se touche presque.

– Seul mon amour propre a souffert… et mon image aux yeux de mes potes, ajoute-t-il, son visage s'assombrissant soudain. Mais à présent, ça ne leur fait plus ni chaud ni froid.

– Je suis désolée pour ça aussi, je marmonne.

Je gratte mon crâne rasé puis, gênée, cesse de le faire.

– Tu n'y es pour rien, dit-il. Toi aussi, tu as perdu des proches dans ce car… Smitty ? Et… mon Dieu… ta mère aussi ?

– Ouais.

Embarrassée, je change de position.

– Je ne veux pas me mêler de ce qui ne me regarde pas…

– Non, je réponds en me tournant vers lui. Je crois… (je cherche mes mots)… qu'il ne faut pas se fier aux apparences. J'ai une information à partager.

– Ouais ? Je suis tout ouïe.

Ses yeux marron fixent de nouveau les miens.

– Avec Pete aussi.

Russ fronce les sourcils.

– Tu es sûre de vouloir que les autres soient au courant ?

Je le fixe.

– Alice sait. Et Pete… eh bien, je fais confiance à Pete.

Russ lève les sourcils.

– Ah bon ? Ça m'étonne.

– Pourquoi ? Il est parfois prétentieux et agaçant, mais je lui confierais ma vie. C'est un peu comme… Bon, après tout ce qu'on a vécu, Pete, Alice et moi, c'est un peu comme si on formait une famille.

Russ rit et secoue la tête.

– Waouh ! Ça me surprend. C'est un type bien, pas de problème, mais il s'intéresse beaucoup trop à ce virus et il veut vraiment tout savoir sur Xanthro, ce qui se passe dehors, qui dirige tout ça.

– Ah ouais ? je fais, étonnée. Il en a parlé avec toi ?

– Sans arrêt. Ça m'inquiétait un peu.

Il me sourit, me tapote le bras de sa grosse main puis se lève d'un bond.

– Mais c'est génial d'avoir des amis dans ces circonstances, ajoute-t-il.

– C'est sûr, je dis, me levant et gagnant le miroir pour me donner une contenance. Accorde-moi quelques minutes et je me mettrai à table.

Sans laisser à Russ le temps de répondre, Alice entre soudain.

– Sortez ! Sortez !

Russ entre en action, m'arrache le porte-serviette des mains et le lève au-dessus de sa tête.

– Ils sont à l'intérieur ?

– Non, crie Alice, en passant devant lui. Je vais dégobiller.

Elle a tout juste le temps d'atteindre la cuvette, se penche et vomit.

– Mon Dieu, Alice !

Je tends la main dans l'intention de lui frotter le dos, puis décide que c'est une mauvaise idée.

– Ça va ? je demande.

– Yaourt à la myrtille… hoquette-t-elle avant d'avoir de nouveaux haut-le-cœur. Ne restez pas ici !

Je me tourne vers Russ, qui me rend le porte-serviette, puis on obéit.

Dans le bureau de Martha, Pete est toujours devant l'ordinateur. Russ a raison : Xanthro l'a toujours fasciné, mais ce n'est pas une raison pour douter de lui… Vraiment ? *Bien sûr que non !* Il est comme ça, voilà tout. Je pose mes fesses presque nues sur la table de travail, près de lui, et un bruit de succion retentit. Je tousse dans l'espoir de le couvrir.

Pete me regarde de ses grands yeux verts.

– Je suis désolé, Bobby.

Tout d'abord, je crois que c'est à propos du bruit de pet que ma cuisse vient de faire, mais je m'aperçois qu'il regrette en fait notre prise de bec.

– Pas de problème, je dis en glissant la main dans ma botte. Bon, j'ai une info à partager… Ma mère n'est pas morte et je suis sûre que Smitty est en pleine forme. En tout cas, ils l'étaient quand maman m'a laissé un message.

Je lève mon téléphone.

– Quoi ? s'écrie Pete. Tu as un texto ?

Je secoue la tête.

– Quelqu'un – forcément ma mère – a placé des contacts dans mon répertoire. Avec des numéros imaginaires très bizarres. Il semblerait que les chiffres soient un code. Enfin, c'est ce que je crois.

Pete ne peut contenir son enthousiasme.

– Tu l'as décrypté ?

Il espère très fort que je n'y sois pas parvenue. Il a une envie folle de le faire.

– Ouais, je dis, heureuse de lire la déception sur son visage. Enfin, en partie. Dans le premier, les chiffres correspondent aux lettres du clavier du téléphone. Quand on les tape avec la saisie prédictive, les mots apparaissent.

Je hausse les épaules, comme si l'explication technique était sans importance.

Alice sort de la salle de bains, une poignée de mouchoirs en papier sur la bouche.

– Je suis toujours en vie. Merci de vous être fait du souci pour moi.

Pete l'ignore complètement.

– Montre-moi le message, Bobby.

Alice voit le téléphone et lève les yeux au ciel.

– Oh, tu vas adorer, fait-elle.

– Que dit ce message ? s'impatiente Russ.

– Je n'ai décrypté que le premier, je réponds en allumant le téléphone.

– Et ? demande Pete.

– Il signifie : trouve Smitty.

Ils me regardent fixement.

– Donne-moi ça !

La crête iroquoise de Pete vacille un peu quand il tend la main.

– Du calme, mon gars ! je dis.

Machinalement, je referme la main sur l'appareil.

– Montre-moi !

Bon, d'accord, j'ai très envie de leur expliquer. Partager ma découverte avec Alice revenait à peu près à expliquer la division à un panda. Je leur montre la liste.

– Marigold et… Poffit ? s'étonne Russ. Tes relations ont de drôles de noms.

J'hésite, mais il n'y a pas moyen d'y échapper.

– C'est ce qui m'a permis de deviner que ma mère avait placé ces noms dans le répertoire. Personne, sauf elle, ne connaît Marigold et, euh… Poffit.

– Et ce sont ?

Ça vient d'Alice, bien sûr, depuis le coin où elle s'est assise. Parce qu'elle sait que ce sera gênant.

– Marigold est le chat de ma grand-mère, j'explique en grimaçant. Et Poffit… Poffit était mon, euh… mon doudou.

Je rougis, me force à rire, ajoute :

– Vous savez, le truc qu'on emporte partout quand on est gamin.

– Donc seule ta mère était au courant, intervient Russ.

Dans l'espoir d'avancer un peu, j'ouvre « Marigold ».

– Regardez. Voilà 876883764889. Tu tapes ce numéro comme pour rédiger un texto et tu obtiens « Trouve Smitty ».

Pete s'empare du téléphone pour essayer et je le laisse faire. Il arrive au même résultat et siffle.

– Ça marche.

Il hoche lentement la tête, tape une nouvelle fois les chiffres et constate :

– Elle dit vrai.

– Évidemment, je réponds, exaspérée. Éteignons-le avant que la batterie soit à plat.

À cet instant, l'appareil émet un bip. Je tends la main pour le prendre à Pete.

– C'est futé, constate Russ. Elle est intelligente, ta mère.

– Très intelligente, parce que c'est assez simple pour que je puisse comprendre.

Je fais signe à Pete de me rendre l'appareil, mais il n'en tient pas compte.

– On note les numéros, dit-il en cherchant un stylo et du papier des yeux. On pourra facilement trouver les lettres ; ensuite, au pis, ce sera une affaire d'anagramme.

Le téléphone émet un nouveau bip.

– La batterie va lâcher ! je crie.

– C'est bon, soupire Pete. Ils font ça pendant une éternité avant de s'éteindre définitivement.

Il déniche enfin un stylo et appuie sur les boutons.

– Oh ! Mince… souffle-t-il.

– Pete ! je hurle. La batterie est à plat, hein ? Beau boulot !

Je me laisse de nouveau tomber sur le bureau. Mes fesses nues font le même bruit que quelques instants plus tôt mais, cette fois, je m'en fiche.

– Sans importance, dit-il en examinant la partie inférieure de l'appareil. Je sais où trouver un chargeur générique.

– Où ?

Je refuse de partager son enthousiasme.

– Près du poste des infirmières. Le grand bureau, dans le couloir, derrière lequel on s'est cachés.

Je bats des paupières.

– Le bureau du couloir ? je demande. Ce couloir grouille de zombinos !

– Merveilleux ! s'écrie Alice, impatiente, en se tournant vers moi. Va chercher !

– Quoi ? je dis en levant les mains. Dehors, avec eux ? On se calme, ma fille !

– Ça sera facile, s'emporte Alice.

– Alors vas-y toi-même, je réponds sur le même ton.

– Pas question ! hurle-t-elle.

– Et pourquoi pas, pour une fois ? je hurle à mon tour.

– J'irai, intervient calmement Russ.

On se tourne vers lui. Puis vers l'écran. Et de nouveau vers lui.

– Je le ferai. J'irai. Pas de problème, dit-il en gagnant une alcôve où se trouvent des portemanteaux. Regardez ce que Marta avait prévu en cas de situation désespérée.

Il montre une veste foncée, passe les doigts dessus.

– Renforcée, précise-t-il. Kevlar.

– À l'épreuve des morsures… je marmonne.

Il m'adresse un large sourire.

– J'espère, dit-il, glissant une main à l'intérieur du vêtement pour sortir un casque et des gants. Chouette, hein ?

– Qu'est-ce que tu vas faire ? demande Alice. Foncer sur eux ? C'est la mort assurée !

– Très casse-cou, affirme Pete en secouant la tête. En plus, ces messages, même s'ils sont vraiment importants, ne nous permettront pas de sortir d'ici. Il faut encore localiser une issue.

Russ touche la cloison, qui devient transparente et ne révèle que quelques zombies.

– Ils sont moins nombreux. Je peux y aller.

Il met le casque, enfile les gants et ajoute :

– En plus, ça pourrait préparer le terrain pour notre évasion. Je réussirai peut-être à leur faire peur et à dégager le chemin jusqu'à la porte de la cour. Recharger le téléphone prendra du temps et on ne pourra déchiffrer le code qu'ensuite. Si j'y vais maintenant, on pourra rester à l'abri ici en attendant de partir.

– Mais les zombies ! s'écrie Alice.

– Ils sont petits. Je suis grand.

Il lui adresse un sourire assuré ; ses yeux couleur de caramel pétillent et Alice cède un peu à son charme. Il se tourne vers Pete et lui donne une claque sur l'épaule.

– Où se trouve ce chargeur ? s'enquiert-il.

Pete avale sa salive, puis se souvient qu'il est le Grand Chef. Il remonte ses lunettes de plongée.

– Il était branché. Il y a une prise de courant sur le mur, à droite du bureau. Enfin je crois. Mais s'il n'y est pas, fouille les tiroirs.

Pas un simple aller et retour, donc. Russ aura besoin de temps.

– Du gâteau, dit Russ sans la moindre trace de sarcasme.

Il met le casque à viseur réfléchissant. On dirait le fils de Buzz l'Éclair et d'Iron Man. Il ouvre les verrous et pose la main sur la poignée de la porte.

– Souhaitez-moi bonne chance, dit-il.

– Attends ! je crie. Je t'accompagne.

Je prends la deuxième veste ; Martha ne laissait rien au hasard. Elle est vachement lourde. Je l'enfile par-dessus mon blouson en polaire. Elle est beaucoup trop grande. Elle a l'avantage de couvrir un peu mieux mes fesses. Mais mes jambes sont toujours nues, et il n'y a ni casque ni gants supplémentaires.

– Tu ne peux pas sortir seul, j'ajoute. Ils sont trop nombreux. L'un de nous les distrait, l'autre va chercher le chargeur. Je suis rapide.

Enfin, je l'étais... Je chasse cette pensée et poursuis :

– Je les occuperai pendant que tu fonceras jusqu'au bureau.

Qu'est-ce que je fabrique ?

– Si vous voulez y aller, c'est maintenant, intervient Pete, penché sur l'ordinateur. Des zombies adultes se pointent, et ils viennent peut-être par ici.

– Au moins, prends ça.

Russ ôte le casque et les gants. Je secoue la tête.

– De toute façon, avec ce truc, je ne verrai rien, je dis, puis je me tourne vers Alice : Mais j'aimerais bien avoir les jambes couvertes.

– Quoi ? s'écrie-t-elle, ébahie. Tu veux mon pantalon de survêt ? Tu peux toujours courir.

– Allez, Alice, donne !

Je n'ai pas d'autre solution ; mon derrière, même maigre, n'entrerait pas dans le pantalon en polyester de Pete.

– C'est le comble du sans-gêne ! Ne FAIS PAS de taches de zombies dessus, dit-elle en commençant de l'ôter. Ni de transpiration. Toi ! crie-t-elle à Pete. Tourne-toi ! Je refuse que tu te rinces l'œil pendant que je me déshabille. Pervers !

Pete bredouille et proteste, le visage écarlate, mais tourne le dos. Bizarrement, l'idée que Russ la voie en culotte ne semble pas la gêner. Elle me lance le pantalon pêche, que j'enfile. Hum. Ce n'est pas mon genre, mais il faudra que je m'en contente.

– Allons-y.

Je passe en mode Captain America. Je compense l'absence d'armure par le courage. Je prends mon porte-serviette, Russ son extincteur, puis la porte s'ouvre et se referme sans me laisser le temps de réfléchir à cette idée stupide.

CHAPITRE 6

Les lampes rouge et orange ne clignotent plus. Les morts-vivants n'aiment peut-être pas le disco. Les p'tits zombinos ne sont plus massés devant la porte, mais près du bureau des infirmières, à gauche, peut-être parce que l'odeur humaine y est plus forte que dans les couloirs aseptisés.

– On va les attirer de ce côté, je dis en montrant, à droite, l'endroit où le couloir fait un coude. Je les occuperai et tu pourras foncer chercher le gros lot.

J'assure ma prise sur mon porte-serviette, serre les dents, et on se dirige vers le bout du couloir. Je sais où je vais : juste avant le coude, il y a une porte à double battant ouverte et, près d'elle, un chariot. Je suis devenue une spécialiste : un saut et un bond me permettront d'atteindre le haut d'un des battants, où je resterai en équilibre pendant la mission de récupération de Russ. Deux gros tuyaux sont fixés au plafond ; je pourrai me cramponner à eux.

Autrefois, je ne réfléchissais pas ainsi, je ne me préoccupais pas des issues, des possibilités de fuite, des armes ou des barricades. Mais, dorénavant, je ne pourrai plus jamais m'en empêcher. Même quand je serai vieille et acariâtre, et que je raconterai tout ça à mes petits-enfants pour leur faire peur.

À supposer que j'arrive à l'âge adulte.

– Et maintenant ? crie Russ derrière sa visière de Robocop.

On a atteint la porte. Le couloir se prolonge un peu au-delà, puis tourne à quatre-vingt-dix degrés sur la gauche. Je vais jeter un coup d'œil et constate avec satisfaction qu'il n'y a pas de zombies. Entre-temps, près du poste des infirmières, les zombinos se sont retournés pour voir ce qui se passait et se dirigent vers nous.

– Ils arrivent. Attends, je dis en grimpant sur le chariot. Ils vont se déployer en avançant. Quand ils seront plus près, tu pourras foncer.

Je fourre le porte-serviette sous ma veste et pose le pied sur un distributeur de liquide antibactérien pour me hisser jusqu'en haut de la porte et m'y asseoir. Je vacille, pas vraiment agile à cause du blouson en polaire et de la veste, mais je m'agrippe aux tuyaux du plafond.

Les minimonstres sont proches à présent et font claquer leurs petites mâchoires, leurs horribles halètements dégageant une odeur de poisson pourri.

Je montre le poste des infirmières presque désert. Tout se déroule comme prévu.

– Fonce ! Vas-y !

Russ rugit et pousse le chariot, qui tient lieu à la fois d'arme et de bouclier, puis il accélère et file droit sur les petits zombies. Il prend de la vitesse… se jette à plat ventre sur le chariot comme sur une luge et fonce, projetant des corps dans toutes les directions. Je l'acclame et attire ainsi l'attention de plusieurs zombinos sur mon perchoir.

Le chariot heurte violemment le bureau des infirmières et Russ s'envole, tête la première. Heureusement qu'il ne m'a pas donné le casque. C'est drôle et ça me le rend plus sympathique que ses démonstrations de bravoure. Rien ne vaut une scène comique. Mon rire fait trembler la porte et je m'accroche plus fort aux tuyaux pour ne pas tomber.

– Je vais bien ! dit-il en se relevant, le casque de traviole.

Il se lance aussitôt à la recherche du chargeur, disparaît derrière le bureau et met chaque seconde à profit, comme si c'était une question de vie ou de mort. Ce qui est le cas, évidemment.

En dessous de moi, le groupe est massé contre la porte, les zombinos levant leurs petits bras dans l'espoir de saisir un pied. Je maintiens les jambes à l'horizontale ; c'est dur pour les abdos et la tranche du battant me fait mal aux fesses. Ils sont six ou sept, maintenant, jouant des épaules, se poussant contre le mur, contre le distributeur de liquide antibactérien, contre un gros bouton sur lequel est écrit OUVERTURE/FERMETURE...

Merde !

La porte bouge. Ces petits voyous ont eu de la chance et appuyé sur le bouton. La porte se ferme. Je ne peux pas pivoter avec elle et suis obligée de rester suspendue aux tuyaux. Je me cramponne, les jambes pendantes, les bras en feu, la prise de mes mains incertaine sur les tubes poussiéreux. Je suis brûlante : montée d'adrénaline et sueur de la peur. Les muscles de mon ventre protestent vigoureusement quand je tente de lever les jambes pour passer les pieds au-dessus du tuyau, et ce fichu porte-serviette, sous ma veste, m'empêche de fléchir mon corps. Bon sang ! J'agite les jambes, et les gamins, les bras levés, me frappent comme si j'étais la *piñata* d'un anniversaire de zombies.

– Russ ! je hurle (c'est difficile quand on est suspendu, mais j'y parviens). Tu as trouvé ?

Il est toujours derrière le bureau, invisible.

– Pas encore !

C'est à peine si je l'entends.

– Dépêche ! J'ai besoin de toi !

J'ai l'impression que mes épaules vont se disloquer. J'avance nerveusement une main, les genoux fléchis, les pieds tout juste hors d'atteinte. Puis-je progresser ainsi ? Au moins pour m'éloigner des zombies ? La sueur coule dans mes yeux. Je n'ai pas le choix : je ne tiendrai pas longtemps. Il faut essayer. Main droite, main gauche, main droite. Mes jambes se balancent, me donnent un rythme. Le porte-serviette glisse à chaque balancement. J'y arrive ! Une gamine sans lèvres, au sourire permanent, a de la chance et réussit à saisir un de mes pieds. Je me dégage, mais elle revient à la charge.

– Russ ! je crie, d'une voix plus insistante. Je vais lâcher prise !

Sa tête apparaît au-dessus du bureau.

– Je l'ai, dit-il. Mais il est emmêlé dans d'autres fils…

Je n'ai pas besoin d'explication, contente-toi de faire vite ! Mais je sais que, même s'il ne tarde pas, je suis à bout de forces. Le groupe m'encercle. Impossible de sauter hors de sa portée et de fuir. Le porte-serviette finit par dégringoler sur le dallage et je ne vais pas tarder à le suivre. Mes mains cèdent, je pousse un cri et tombe.

J'atterris sur l'un des zombinos, que j'écrabouille plus ou moins. Aussitôt, je me mets en boule, me réfugie sous ma veste comme une tortue dans sa carapace. Des ongles griffent mon dos, mais le tissu pare-balles me protège. Il faut que je m'éloigne avant qu'ils ne trouvent un carré de peau ou ne me tournent sur le dos comme un hérisson. Je pousse un cri strident, roule sur moi-même aussi vite que possible, percute la porte en verre donnant sur la cour, et voilà ma solution. Il y a, à mi-hauteur, une barre sur laquelle est écrit POUSSEZ. Je lève les bras et obéis avec joie. La porte émet un claquement sourd et pivote. Je roule dans la cour, me retourne et la referme derrière moi avec les deux pieds.

Je reste immobile, essoufflée, mes semelles contre le verre et le dos sur le béton. Je lève la tête et regarde mes poursuivants. Ils sont là, de l'autre côté de la porte vitrée, pressés contre elle, et se demandent visiblement pourquoi ils ne peuvent pas m'atteindre.

– Je vous ai eus !

La porte frémit quand un zombie lève les mains et frappe la barre. D'autres l'imitent. Bon sang ! Ils *copient* ce que j'ai fait. Ils vont réussir à ouvrir. J'appuie mes jambes contre le bas de la porte.

Une issue ? Toujours couchée, je tourne la tête et tends le cou pour voir derrière moi. *Il fait chaud, ici. Une minute…* Je repère une échelle scellée dans le mur, dans le coin opposé. Je la suis des yeux. Il y a probablement une trappe dans cette serre, permettant de sortir.

Boum.

La porte tremble et percute mes genoux. Où est Russ ? Il ne va pas m'abandonner ici, hein ? Il semble être un type bien et je crois qu'il m'apprécie, mais on ne peut être sûr de rien.

Les visages se détournent de moi, une écume blanche éclabousse la vitre et les zombies se dispersent. Je crois tout d'abord que cette substance blanche est de la cervelle, que Russ a trouvé un fusil à pompe et perdu la boule. Il est bien derrière la porte – visière levée, visage hagard –, mais son arme est un extincteur et la substance de la mousse.

Mes jambes se détendent, je roule sur moi pour lui dégager le chemin et il franchit la porte.

– Viens ! crie-t-il.

Je me lève d'un bond alors que Russ frappe un zombie vacillant avec l'extincteur. Ils sont aveugles, la figure couverte de mousse, ce qui les handicape.

– J'ai le chargeur, indique-t-il en tapotant sa poche. Vite.

Il me fait signe et je suis sur le point de le suivre, mais je ne peux ignorer l'échelle. Les zombies hors de combat, c'est le moment ou jamais.

– L'échelle, je dis, l'index tendu. C'est peut-être le moyen de sortir. Allons chercher les autres et profitons de l'occasion pendant qu'on peut.

Il commence par secouer la tête, puis son visage se fige lorsqu'il se tourne vers le couloir.

– Les adultes. Ils nous ont trouvés. D'accord, on va essayer.

On se précipite dans le couloir et on slalome parmi les enfants aveuglés. Russ se fraie un chemin avec le chariot et, par miracle, je trébuche sur mon porte-serviette ensanglanté, que je ramasse. Il pourrait s'avérer utile plus tard. Quand on arrive au bureau de Martha, la porte est ouverte et Pete se tient dans l'encadrement. Ils ont dû tout voir sur l'écran, mais je suis étonnée qu'il soit parvenu à convaincre Alice de le laisser ouvrir.

– On peut accéder à la cour, crie Russ. Et là il y a une échelle qui conduit sur le toit.

– Je veux mon pantalon de survêt !

Alice est assise sur le bureau, son T-shirt tendu jusqu'au point de rupture, sous son sweat à capuche, pour cacher sa culotte.

– On n'a pas le temps ! je proteste.

– Je ne bougerai pas tant que tu ne me l'auras pas rendu.

Alice abat les poings sur le bureau.

– Donne-le-lui ! s'emporte Pete.

– Vous êtes aussi cinglés l'un que l'autre, je marmonne.

Mais j'ai déjà commencé de l'ôter. Le bas s'accroche à mes bottes et je saute sur un pied en essayant d'enlever cette saloperie couleur pêche. Je gagne finalement la bataille et le lance à Alice, qui l'enfile en un temps record.

– Merci, madame, j'ironise.

– En voiture ! dit Russ en tapotant le chariot.

Et on embarque, moi devant, puis Pete et Alice qui gémit. Russ, derrière, nous pousse et court jusqu'à ce qu'on ait pris assez de vitesse. Il grimpe à son tour, et on fonce en hurlant. Le vent fouette mon crâne rasé, et une petite partie de moi trouve cette nouvelle course folle dans le couloir plutôt amusante. À la hauteur de la porte, Russ descend et freine le chariot, qui oscille de gauche à droite jusqu'au moment où il s'arrête.

– Hé !

Alice est éjectée et s'étale aux pieds d'un petit mort-vivant, qui se penche sur elle. Je suis tentée de l'abandonner à son sort, mais je lève la jambe et shoote dans la tête du zombie. Quand je me penche pour lui tendre la main, elle grimace de dégoût.

– Tu veux me rendre service ? Pas de coups de pied tant que tu n'auras pas de pantalon.

Avec une brutalité exagérée, je l'aide à se relever.

– Tu aurais préféré que je le laisse te mordre ?

Un rugissement retentit, mais ce n'est pas Alice. Les morts-vivants adultes sont arrivés. On a joué trop longtemps à chat avec les mômes. Les grands sont là et il ne faut pas traîner.

On court jusqu'à la porte. Russ l'ouvre et on sort dans la cour. Il claque la porte et la coince avec l'extincteur. Je prends conscience de la chaleur tout en regardant autour de moi pour m'assurer qu'aucun petit monstre ne nous a suivis – et qu'il n'y a pas d'autres survivants –, mais on est seuls. Pour le moment.

– Mon Dieu ! Mon Dieu ! hurle Alice. Chassez-le !

Je pivote, croyant qu'un zombino s'est cramponné à une de ses jambes. Un gros papillon tacheté est posé sur sa main tendue, qui ouvre et ferme ses ailes avec élégance. Alice agite son autre main dans sa direction, hésitant à le toucher.

– Crève ! dit Russ en l'écrasant d'un coup de poing.

Alice pousse un cri et le malheureux papillon bat faiblement des ailes, puis tombe sur le sol, disloqué. Les yeux de Russ lancent des éclairs. Je suppose qu'il hait les insectes.

– L'échelle ! crie Pete en montrant le coin du bâtiment.

– C'est très haut, gémit Alice.

– Elle conduit au toit, je grommelle. Qu'est-ce que tu croyais ?

Russ lui prend la main et la serre.

– Ça ira, Alice.

Elle n'a pas l'air convaincue, mais je crois que l'arrivée imminente des zombies et l'aide de Russ vont la persuader d'essayer.

J'arrive la première au pied de l'échelle, j'en saisis les montants et me hisse. Le métal est si fin qu'il entaille presque mes mains. Je regrette de ne pas avoir pris les gants… À mesure que je monte, je m'aperçois que tout le monde a une vue imprenable sur mes fesses et regrette plus encore de ne pas avoir gardé le pantalon de survêt.

Je gravis les premiers barreaux aussi vite que possible. Ils sont glissants et le porte-serviette me gêne. L'échelle est très près du mur et il me semble, chaque fois que je pose le pied sur un barreau, que je vais basculer en arrière. Je jette un coup d'œil au-dessous de moi. Pete me suit, profitant du spectacle, et Russ, sur le sol, tente toujours de persuader Alice. Je suis prise de vertige et reporte le regard sur ma destination. Pas question de s'arrêter.

En bas, un bruit de verre brisé retentit.

Merde ! Ils ont franchi la porte. Je jette un nouveau coup d'œil. Un flot de morts-vivants, petits et grands, pénètrent dans la cour. Ils ne mettent pas longtemps à nous repérer.

– Dépêchez-vous ! hurle Alice, qui s'est engagée sur l'échelle.

Je franchis le muret bordant le toit, pose le pied sur une surface gravillonnée et cherche des ennemis du regard. Je n'en suis pas absolument sûre, mais je crois qu'on est seuls. La cour est un puits carré, au centre de l'hôpital. Des conduits d'air conditionné se dressent sur la surface du toit, ainsi que des cubes en brique avec une petite porte sur un flanc, sans doute des relais électriques, ce genre de trucs. Mais, exception faite de quelques papillons aventureux, rien ne bouge.

Et, au-dessus de nous, il y a un plafond en verre. Je suppose que j'espérais découvrir une trappe en haut de l'échelle, la franchir, sortir de l'oasis tropicale et retrouver ce bon vieux froid humide de l'Écosse. Mais le plafond couvre toute la surface du toit. Bizarre. On est toujours à l'intérieur. Le plafond n'est pas loin. Si on formait une pyramide humaine, mes compagnons et moi, on n'aurait pas de mal à le toucher. Des parois de verre entourent aussi le bâtiment, comme si l'hôpital était une maquette dans une serre. Je regarde une nouvelle fois autour de moi. Où est la sortie ?

Quelque chose cloche. À la réflexion, je l'ai pressenti la première fois que je suis entrée dans la cour. La lumière était bizarre et, allongée sur le dos, empêchant les zombies d'ouvrir la porte, j'avais compris qu'elle n'était pas naturelle.

À travers le plafond de verre, je cherche l'horizon des yeux, et mon cerveau ne peut interpréter ce que je vois.

Je cours jusqu'à l'extrémité opposée du toit, jusqu'au mur extérieur, et regarde au-delà du verre.

Il n'y a rien.

CHAPITRE 7

Pas de ciel.

Tout est noir derrière les parois transparentes. Pas comme dans l'espace ; ça n'a rien à voir. Une cavité, puis de la matière dense. De la roche. Je vois le grain de la pierre, des fissures, des irrégularités.

Pourquoi, bon sang, un hôpital serait-il entouré de roche ?

Je frotte la vitre. Elle est couverte de buée et derrière, au-dessus de nous, de la lumière simule le jour. Si je plisse les paupières, je distingue les ampoules.

Pete me rejoint, essoufflé.

– Quelle est la situation ? demande-t-il en poussant ses lunettes de plongée sur le sommet de son crâne.

– J'ai l'impression d'être dans un aquarium géant.

Il me dévisage, agacé.

– Qu'est-ce que tu racontes ?

Je montre la vitre. Il suit le plafond des yeux jusqu'au mur opposé… et voit ce que je vois.

– Je crois qu'on est entourés de roche. Comme dans une caverne, ce genre de truc.

– C'est incroyable ! Pourquoi auraient-ils… ?

Il court – et il en faut beaucoup pour inciter Pete à courir ! – jusqu'à une paroi de verre, qu'il palpe. Il me crie :

– On est complètement enfermés !

À cet instant, Alice arrive en geignant et Russ, derrière elle, la pousse pour l'aider à franchir le muret. Ses joues sont rouges et je ne crois pas que ce soit seulement parce que les zombies la poursuivent. Mon Dieu ! ce qu'elle peut être irritante… Elle me regarde de travers.

– Tu ne pouvais pas te grouiller un peu ? dit-elle. Ces monstres me mordaient presque les talons.

Je l'ignore et jette un coup d'œil dans la cour. Les zombies y sont de plus en plus nombreux. Massés en bas de l'échelle, ils lèvent la tête. C'est inquiétant ; ils savent où on est allés et l'un d'eux tend la main vers les barreaux, tente de monter.

Russ prend pied sur le toit à son tour.

– Alors, où on va ? demande-t-il en se tournant vers Pete, qui palpe toujours la paroi. Hé… qu'est-ce que… ? ajoute-t-il en observant le plafond. Où est la sortie ?

– Il n'y en a apparemment pas, je dis.

Russ secoue la tête et rejoint Pete. On le suit.

– De quoi parlez-vous ? s'enquiert Alice, qui n'a pas encore pigé. Ô mon Dieu !

Elle frappe la paroi de verre du plat de la main et s'écrie :

– Il y a forcément une porte, quelque chose !

Russ s'éloigne en courant. L'équipe de L'Étape gourmande le regarde faire le tour du toit, comme un chien de berger, puis revenir, à peine essoufflé.

– Il n'y a pas d'issue, annonce-t-il.

– On est sous terre, marmonne Pete.

Je me tourne vers lui. Alice le fixe comme s'il sentait mauvais.

– Pardon ? dit-elle.

Pete s'assied, pose le front sur les genoux et montre, d'un geste circulaire, ce qui nous entoure.

– J'aurais dû y penser. Où un hôpital militaire serait-il le plus en sécurité ? Sous terre. Caché, protégé, secret.

– Tu es sérieux ? dit Russ. Ça semble absolument incroyable.

– Pourquoi ? fait Pete, ses yeux vert pâle fixés sur Russ. Dans les îles Anglo-Normandes, il y a des hôpitaux militaires souterrains datant de la Seconde Guerre mondiale ; ce sont des attractions touristiques, maintenant. Et on a construit, en Écosse, un abri antiatomique où des centaines de personnes ont trouvé refuge pendant la guerre froide. Trente mètres sous terre. Je l'ai visité l'été dernier.

– Pas étonnant, raille Alice.

– Et il y en a sans doute beaucoup d'autres, ajoute Pete.

– Pourquoi cet endroit si secret, caché, protégé grouille-t-il de morts-vivants ? je demande. Ils sont descendus par la cheminée pendant que les gens avaient le dos tourné ?

– Ils étaient peut-être déjà là, suggère Pete. On essayait peut-être de les soigner, ou bien ils étaient morts et sont revenus à la vie.

– Possible, admet Alice. Mais il est plus probable qu'ils l'aient flairée, continue-t-elle en me montrant du doigt. Ils la suivent partout. Ce qui compte, c'est de sortir d'ici.

– Très juste, admet Russ en m'adressant un regard contrit. Enfin, la deuxième partie de ta phrase, je veux dire.

– Absolument, renchérit Pete. Ces endroits sont souvent piégés. Ou bien, il y a un système d'autodestruction. Quand les installations sont en danger, elles se remplissent automatiquement d'eau pour que personne ne puisse sortir.

– Tu nous fais marcher ? je crie.

– En tout cas, celles où se trouvaient les nazis blessés.

– Des zombies nazis, maintenant ? gémit Alice.

– Pas la peine de flipper, Alice, il n'y a pas de nazis ici, je lui lance sèchement. Ça ne te suffit pas d'avoir appris qu'on est plusieurs étages sous Racoon City[1] ?

Comme je m'y attendais, elle ne comprend pas l'allusion.

– L'important, c'est qu'il y a forcément une issue, je poursuis, et qu'on sera sans doute obligés de rentrer dans le bâtiment avant de pouvoir sortir. Je crois qu'il faudra passer par là, j'ajoute en montrant les bouches d'aération.

– Mon Dieu ! gémit Alice. Pourquoi tiens-tu toujours absolument à ramper dans des conduits ?

Je vais jusqu'à l'une d'elles et tire sur la grille.

– Euh, Bobby, intervient Pete, on pourrait simplement passer par la porte.

Il montre le toit de l'autre côté de la cour. Un bloc de briques se dresse en son milieu. Je l'avais négligé, croyant que c'était un conduit d'aération ou une cheminée, mais c'est visiblement une petite pièce abritant un des escaliers du bâtiment.

– Allons voir, décide Pete.

À cet instant, une détonation retentit derrière lui et on se tourne tous dans cette direction. Elle

1. Ville américaine imaginaire dont les habitants se transforment en zombies, dans le jeu vidéo *Resident Evil.*

vient de la cour. Elle est suivie d'une deuxième, puis d'une troisième.

– Hé ! s'écrie Alice. Ils leur tirent dessus.

On se précipite vers le muret.

– Qui ? Où ?

Je scrute la cour. Un nouveau coup de feu claque et, instinctivement, on se cache derrière le muret. Il me semble qu'on tire depuis le côté opposé.

– Là-bas, souffle Pete. Dernier étage, troisième fenêtre à partir de la droite.

Une détonation et un éclair confirment sa conclusion. Mais un autre coup de feu retentit, le bruit venant d'une autre direction. Des zombies sont à terre. Les tireurs les abattent avec compétence.

– Combien sont-ils ?

Pete se redresse pour mieux voir, tout en se servant de moi comme bouclier humain, au cas où. Quand je hausse les épaules, il a l'air exaspéré.

– De toute façon, qu'est-ce que ça peut faire ? dit Alice. Ils sont de notre côté.

Sans nous laisser le temps de la raisonner, elle se lève, agite les bras et crie :

– Ho hé ! On est ici ! Vous pouvez venir nous sauver ?

Il y a un bruit cristallin, de la poussière de brique jaillit, et Russ plaque Alice sur le sol. Elle reste immobile, les yeux dilatés.

– Ils nous tirent dessus !

– Sûrement une erreur, dit Russ. Un index qui a glissé.

– Mon cul ! s'emporte Pete. Ce sont des hommes entraînés. Ils ne commettent pas d'erreurs.

Et il a raison, j'en suis certaine. Ils connaissent la situation, ils savent que les zombies ne vont pas sur les toits, ne font pas signe et n'appellent pas.

Quelque chose, en bas, attire mon attention.

– Attendez ! Des survivants !

Trois silhouettes sortent par la porte qu'on a empruntée. Un homme aux cheveux gris en tenue d'infirmier et une femme en tailleur soutiennent un jeune type blessé. Ils restent près du mur, loin des morts-vivants massés au pied de l'échelle. Ils ont vu les tireurs, eux aussi, leur font signe et les appellent à l'aide.

Deux coups de feu. Deux victimes. L'homme, puis la femme. Le jeune type lève la tête ; je lis la terreur et l'incompréhension sur son visage.

Nouveau coup de feu. Il ne sera plus jamais terrifié.

Je me cache derrière le muret, la peur au ventre.

– Mon Dieu, mon Dieu, mon Dieu, souffle Alice, les joues trempées de larmes. Ils les ont abattus de sang-froid. Ils voulaient de l'aide et ils les ont tués ! Qu'est-ce qu'ils vont nous faire ?

On se presse contre le bas du muret et on essaie de disparaître.

– Ils savent qu'on est ici, dit Russ. Il faut partir.

Je me tourne vers Pete.

– C'est ça, l'autodestruction ? Éliminer tout le monde pour limiter les risques ?

Pete secoue la tête.

– Non. L'autodestruction est le dernier recours. Si on en était à ce stade, les tireurs seraient morts, eux aussi.

– C'est encourageant, dit Russ en m'adressant un regard qui me rassure un peu. Venez, ajoute-t-il en longeant le muret à quatre pattes. Allons jusqu'à la porte.

J'hésite. N'est-ce pas le chemin que prendront les tireurs maintenant qu'ils savent qu'on est là ? Mais nous ne sommes que des gamins. Ils ont des cibles prioritaires, à savoir les hordes de zombies. Il y a une petite chance pour qu'ils nous gardent pour la fin, si on ne les dérange pas.

Alice, qui suit Russ, lève délicatement ses mains.

– Aïe, aïe, aïe, c'est très inconfortable.

– Désolée, je dis en la doublant. La prochaine fois, on choisira un toit en velours.

Coups de feu.

Les détonations sont presque rassurantes parce qu'elles montrent que les tireurs n'ont pas bougé. Quand elles s'arrêteront, ils auront abattu tous les monstres et se mettront à notre recherche. On arrive au coin du bâtiment et on continue notre chemin. Tant qu'on sera près du muret, on ne risquera rien. On sera en danger dès qu'il faudra courir à découvert jusqu'à la porte. On a tout intérêt à espérer qu'elle soit ouverte.

Soudain, les coups de feu cessent. Russ s'est sans doute arrêté, parce que je heurte Pete et Alice percute mes fesses nues. Un vrai carambolage !

Une courte étendue de toit nous sépare de la porte.

Penché en avant, Russ se dirige vers elle. Je suppose que c'est dans sa nature d'être un éclaireur tenant à s'assurer qu'aucun danger ne nous guette. C'est gentil, mais aussi un peu agaçant. Si je suis honnête avec moi-même, je crois que je suis simplement furax qu'il ne soit pas Smitty. Smitty y serait allé, lui aussi, mais il aurait lancé une mauvaise blague, m'aurait fait un clin d'œil et aurait trouvé le moyen d'insulter Alice, tout ça en même temps. Et ç'aurait été très énervant mais également merveilleux.

– *Roberta, pas de sentimentalisme !* me souffle Smitty à l'oreille.

Et il a raison. Ce genre d'idée ridicule ramollit. Et rend vulnérable.

Accroupi près de la porte, Russ tourne lentement la poignée. Bien. Il l'entrouvre et jette un coup d'œil derrière. Il lève le pouce puis nous fait signe de le rejoindre. En arrivant à la porte, je jette un dernier coup d'œil derrière moi ; la cour est silencieuse et personne ne nous tire dessus. Je suis Alice à l'intérieur ; Russ me sourit, entre et referme derrière nous.

On est en haut d'un escalier éclairé par une ampoule derrière une grille métallique. Je saisis la rampe.

– Attends ! dit Russ, une main levée. N'oubliez pas que ces types sont entraînés, qu'ils ont des armes et un plan. N'imaginez pas que vous pourrez les battre. Si on se trouve nez à nez avec eux, laissez-moi les mettre hors de combat.

– Tu en es capable ?

Alice semble sur le point de s'évanouir.

– Je connais quelques trucs, lui répond Russ avec un clin d'œil, mais si je t'en parlais…

– Tu serais obligé de me tuer ?

Elle flirte, elle aussi. Et, bizarrement, ça me fait froid dans le dos.

On descend quatre à quatre. Je compte sept paliers et l'escalier continue. Voyage au centre de la Terre. Mes oreilles se bouchent. Ça devient effrayant. Je m'arrête et me tourne vers Pete.

– Où est le rez-de-chaussée ? On va finir par atteindre la lave du noyau terrestre.

Pete me fait une grimace, mais je vois qu'il est heureux de faire une pause pendant quelques secondes.

– Tout en bas, je suppose, dit-il, essoufflé. Là, il y aura forcément un ascenseur qui monte jusqu'à la surface.

On débouche sur le palier suivant et je m'immobilise.

– Regardez !

Il y a un corps. Une personne en blouse blanche, couchée. Inerte. Je crois tout d'abord que c'est une femme à cause de sa longue queue-de-cheval châtain, mais, de plus près, je me rends compte que c'est un homme.

– Bizarre, dit Pete. Les cheveux.

– Abject, fait Alice. Il doit vivre sous terre depuis 1977.

Russ rit.

– Pete veut dire que c'est un militaire, normalement. Depuis quand les soldats ont-ils les cheveux longs ? On leur rase le crâne.

– Ouais, admet Alice. Comme à elle.

– Il s'occupe peut-être de leur site web, je blague.

Mais quelque chose cloche. Et ça empire. Le type se réveille.

Il se redresse lentement, à la force des bras, tête baissée. À l'instant où il se tourne vers nous, je m'aperçois que la moitié de son crâne a disparu. L'œil restant nous voit et je suis prête à JURER que l'homme sourit. Les mains tendues, il avance.

Je serre le porte-serviette. Russ, près de moi, se raidit.

– Il est seul. On peut l'éviter.

En haut de l'escalier, une porte claque.

– Les soldats ! glapit Pete.

– Du calme, intervient Russ. Bobby, donne-moi le porte-serviette.

Je le lui tends mais, au même instant, une porte s'ouvre derrière le type et des morts-vivants apparaissent. Je sursaute, le porte-serviette heurte la rampe et je le lâche. Il tombe dans la cage d'escalier et atterrit avec un tintement presque harmonieux. Je me penche par-dessus la rampe. Puis j'éprouve une sensation bizarre, comme si un regard brûlait l'arrière de mon crâne, et je lève la tête.

Une cagoule noire, quelques étages plus haut.

Une deuxième surgit, un peu plus bas.

Puis une troisième, deux ou trois étages au-dessus.

– On file, je crie.

Ce n'est plus la peine d'éviter de faire du bruit.

Impossible de descendre. On remonte un étage en courant, on franchit une porte donnant sur un court couloir, on tourne dans un autre et on continue de courir. Mais, à l'extrémité, des zombies arrivent : médecins et infirmières récemment transformés et… affamés.

– Demi-tour, hurle Russ.

On regagne l'autre bout du couloir et je repère une porte près de laquelle une petite plaque est fixée. Je parviens juste à distinguer des lettres.

– Ici ! La porte n'a pas de poignée !

Il y a un clavier numérique, mais le battant est entrouvert. Nous pouvons entrer et refermer derrière nous. Je montre le bout du couloir. On s'y précipite, Russ ouvre la porte et on la franchit. La pièce, très petite, est meublée de placards et d'étagères où des vêtements et des chaussures sont rangés. Un passage donne sur une salle plus vaste.

– On est encore coincés ! hurle Alice. Et ils savent où on est !

Russ secoue la tête.

– On a été trop rapides. Les zombies n'ont pas vu où on allait.

– Notre seul problème, c'est les soldats, dit Pete, lugubre.

– Exact, mais ils ne nous chercheront pas ici, je dis. En tout cas pas avant un moment.

– Qu'est-ce qui te fait croire ça ? demande Alice.

Elle me regarde de travers. Puis elle plisse son joli petit nez, en une expression de dégoût, et, pour une fois, je n'y suis pour rien.

– Bon sang, quelle est cette odeur ? s'écrie-t-elle.

Elle m'a frappée aussi dès mon arrivée, mais ne m'a pas étonnée. Elle est si forte, si intense que mes yeux pleurent.

Pete sait. Je l'ai vu lire le mot gravé en petites lettres sur la plaque. Il gagne le passage et jette un coup d'œil prudent dans l'autre pièce. À ses pieds, il y a un récipient contenant un liquide, un peu comme à l'entrée d'une piscine. Dans mon ancienne école, on appelait ça le « bain à verrues ».

– Désinfectant, dit-il, levant un pied, puis l'autre, et regardant le liquide goutter. En tout cas, c'est la note dominante. Avec une base de viande avariée. Mais l'odeur principale est celle du… formaldéhyde.

– For… Quoi ?

Alice n'a toujours pas compris. Mais le visage de Pete est blême et Russ sait, lui aussi. Je décide de venir au secours d'Alice.

– C'est la morgue.

CHAPITRE 8

– La *quoi* ?

Je la dévisage : elle ne comprend *vraiment* pas.

– La morgue, je répète. Ne me dis pas que tu ne connais pas ce mot. C'est là qu'on met les morts.

– Comme si j'étais une spécialiste des cadavres ! proteste-t-elle en rougissant. Je connais ce mot, évidemment.

Elle m'adresse un bref regard, me montre du doigt et reprend :

– Une minute. Tu nous as conduits dans une pièce où on entrepose les morts ? Tu as perdu la boule ? me demande-t-elle.

Je l'ignore, passe près de Pete et entre dans l'autre pièce. L'odeur est pire, et celle qu'elle masque aussi : une puanteur de poisson pourri, maintenant très familière.

La lumière vive contraste avec l'obscurité de la pièce que je viens de quitter. Celle-ci est beaucoup plus grande. Une douzaine de chariots s'y trouvent, quelques-uns renversés. Des sacs en vinyle noir, des draps sur eux. Des compartiments réfrigérés énormes occupent un mur. Trois rangées de dix portes carrées. De quoi stocker trente cadavres ? Ça fait beaucoup ; on a prévu le pire quand on a conçu cet endroit. Et on a eu raison.

À droite des compartiments, une porte est ouverte. Je passe entre les chariots et jette un coup d'œil dans une salle vide entièrement carrelée. Il y a, çà et là, des taches de sang. Je n'entre pas.

– C'est ici qu'ils les enfermaient, je dis.

Pas étonnant. Parce que, oui, si nous sommes dans un hôpital militaire souterrain, cet endroit est sans doute très sûr. Il faut vraiment le vouloir, pour descendre jusqu'ici et, en plus, en étant lourdement armé. Et je n'ai pas vu de zombies – même la version améliorée – avec des fusils. Donc, quand l'hôpital a été envahi, il semble très probable que la menace venait de l'intérieur.

Ils étaient parqués ici, mais ils n'y sont plus.

– Futé ! dit Russ, derrière moi, me faisant sursauter. Tu as deviné que, si les morts-vivants se baladaient dans les couloirs, c'est qu'ils n'étaient plus ici. Bonne déduction.

Je ne peux contenir une bouffée de fierté. C'est stupide, mais j'ai envie que Russ m'apprécie. Dieu sait qu'en l'absence de Smitty, j'ai besoin d'amis.

Je me retourne vers la salle principale et regarde les compartiments. J'espère qu'ils sont vides.

– Et maintenant ? demande Alice. Ce n'est pas une sortie.

Visiblement, de son point de vue, je ne peux rien faire de bien. Et ça va. Ça ne me gêne pas.

– On attend, je dis en me tournant vers le petit groupe. On ne touche à rien. En tout cas à rien qui ait l'air d'une sécrétion. Je crois qu'on est en sécurité pour le moment, si on ne fait pas de bêtises. On peut charger le téléphone et élaborer un plan.

Ça ne plaît pas à Pete. Il secoue la tête et ses lunettes de plongée menacent de s'envoler.

– On leur a laissé le temps de prendre position à la sortie. Ils savent qu'on est ici ; ils fouilleront partout et, au bout du compte, il leur suffira de nous enfermer dans cette pièce.

Je commence à paniquer parce que je soupçonne qu'il a raison. Ils pourraient nous enfermer ici pour de bon et laisser les zombies se charger du reste. Ou nous laisser mourir de faim. Ou déclencher l'autodestruction… eau, gaz, peu importe.

– On met vite un plan au point, dit Russ tout en regardant autour de lui. On fouille… il y a des objets qui peuvent servir d'armes, des vêtements de sécurité.

Il ouvre un placard, puis un ou deux tiroirs, et ajoute :

– Prenez tout ce qui vous paraît utile et, ensuite, on file.

– Le chargeur.

Je me tourne vers lui. Il le sort de sa poche et me le lance. Je repère rapidement une prise et le branche. Puis je sors le téléphone de ma botte. *Je vous en prie, je vous en prie, faites que ce soit le bon.*

De temps en temps, quelque chose marche. Et là, c'est un de ces moments : le téléphone et le chargeur sont comme cul et chemise. La prise se loge parfaitement dans le petit trou de l'appareil et une minuscule pyramide de barres apparaît dans un coin de l'écran.

– Oui ! je m'écrie, tapant du pied et me trouvant aussitôt ridicule. Ça charge.

– Génial, grogne Russ. Cinq minutes maxi… Et on se tire.

– Une seconde, Russ, intervient Pete.

Quand il veut faire preuve d'autorité, c'est à la fois irritant et hilarant. Il se tourne vers moi.

– Jetons de nouveau un coup d'œil sur les numéros enregistrés sur le téléphone.

– Bonne idée, je dis.

Pete plonge dans le décodage, Russ fouille un placard et Alice ouvre des tiroirs.

Tout le monde se rend utile, sauf moi. J'avais une autre raison de vouloir entrer dans cette pièce et, maintenant qu'on y est, il me faut trouver ce que je cherche, même au péril de ma vie. Il y a un PC sur un bureau, mais je l'ignore – il y aura des mots de passe, les fichiers seront cryptés – et je me dirige vers les bons vieux classeurs. Ayant grandi entre deux médecins, je sais que les docteurs se méfient souvent de la technologie et j'espère trouver l'info que je cherche sur le papier.

J'ouvre un tiroir et examine son contenu. Des dossiers suspendus par ordre alphabétique. J'en sors un au hasard.

– Hé ! crie Pete, le deuxième numéro ne donne rien. Il y a des zéros et un point. Ça ne veut rien dire… On ne peut pas avoir de zéro, le zéro, c'est un espace.

– Bien joué, maman adorée, raille Alice.

– Laisse-moi un peu de temps.

Pete se remet à taper et je reporte mon attention sur le dossier.

Des documents médicaux. Je lis la première page : sexe féminin, dix ans, nom : Alderson Isabel.

Je passe aux feuilles suivantes. Il y a des photos choquantes. Un cerveau. Un morceau de viande rebondi, violet, probablement un foie. Ça ne me trouble pas tellement jusqu'au moment où j'arrive au cliché suivant… son visage.

C'est la Rouquine, la gamine avec qui je me suis battue dans ma chambre. Isabel Alderson. Les cheveux bouclés ne laissent planer aucun doute.

Glups. Maintenant, je sais pourquoi elle n'avait qu'une moitié de tête. On a scié le sommet de son crâne et photographié son cerveau comme un jouet dans un œuf de Pâques.

– J'ai trouvé !

La voix de Pete me fait sursauter. Je me tourne vers lui et il sautille sur place comme s'il avait un furet dans le caleçon.

– Le troisième message, « Poffit » ?

– Ouais ? je réponds.

– *Souslepont*, dit-il avec un large sourire. Voilà ce qu'il signifie.

– C'est là que se trouve Smitty ? me demande Russ. Sous un pont ? Ou dans un endroit appelé Souslepont ?

– Quelle précision, *maman !* fait Alice d'une voix traînante.

Je ne peux pas réfréner mon enthousiasme. Ça ne signifie rien… mais, au moins, on obtient des réponses. Même si on ne sait pas ce qu'elles veulent dire.

– Continue, Pete ! je lance.

– Ça marche.

Il tapote à toute vitesse sur le clavier.

Je parcours les notes, mais c'est du charabia. Un mot me saute tout de même aux yeux.

Bon sang ! Il est écrit là.

– Osiris.

Je l'ai prononcé à voix haute sans m'en apercevoir.

– Quoi ? demande Russ.

– C'est le dossier médical d'un des jeunes qui m'ont attaquée dans ma chambre, je dis aux autres. Il est écrit noir sur blanc que la fille était contaminée, que « les analyses ont montré la présence d'Osiris ».

– Ouais, et alors ? fait Alice. Rien d'étonnant, c'était un zombie.

– Mais tu ne comprends donc pas ce que ça signifie ? j'insiste en fixant Pete. Osiris.

Je frappe le document de l'index.

– L'hôpital appartient forcément à Xanthro, déduit Pete en posant le téléphone.

– Mon Dieu ! s'exclame Russ.

Il me rejoint et regarde le dossier par-dessus mon épaule.

– Pourquoi ? dit Alice.

– Parce que seul le personnel de Xanthro sait que le virus a un nom, j'explique. Ma mère et son équipe ont appelé l'antidote Osiris 17 et le catalyseur Osiris Rouge.

– Possible, admet Russ. Mais on ne peut pas savoir si tout le monde ne l'appelle pas comme ça depuis plusieurs semaines. Et on ne peut pas vérifier.

– Il y a des preuves, j'insiste. Les hommes en noir qui sont venus sur les lieux de l'accident avaient un petit X jaune au revers de leur col. Je m'en souviens maintenant. C'est le logo de Xanthro.

– Tu es sûre d'avoir vu ça ? demande Russ.

– Je crois… J'étais pas mal dans le cirage, mais est-ce que je pourrais voir en rêve ce genre de chose ?

– C'est possible, dit-il simplement.

– Et le type de l'escalier ? Les cheveux longs et l'armée ne font pas bon ménage, on le sait… Mais s'il appartenait à Xanthro, il pourrait très bien porter une queue-de-cheval.

Je désigne la porte du pouce puis j'ajoute :

– Et la preuve décisive : ils nous tirent dessus. Ça, c'est irréfutable. Je refuse de croire que l'armée abattrait des ados non contaminés.

Pete hoche la tête.

– J'espère bien.

– C'est peut-être un hôpital militaire, mais Xanthro est dans la place, je dis, puis je montre mon téléphone que Pete a posé sur le comptoir, et je poursuis : Ma mère a trafiqué mon appareil. Elle a dû le prendre sur les lieux de l'accident et le faire entrer ici en cachette. Ou bien elle l'a confié à quelqu'un. De toute façon, elle a forcément des relations à l'intérieur de cet hôpital.

– Bon, on peut y aller, maintenant ? s'impatiente Alice.

Elle n'a pas tort.

– Deux minutes. Il faut que je vérifie quelque chose.

– Dépêche, dit Pete.

Je me remets au travail. Je range le dossier de la Rouquine et ouvre les tiroirs jusqu'à ce que je trouve les noms commençant par S. Je sais ce que je cherche.

Smitty, Robert.

Je passe le doigt sur les dossiers. Il y a plein de S. Plein de Smith… puis un Snaith… Je vérifie. Pas de Rob Smitty.

– Il est temps de remballer, dit Russ. On est ici depuis trop longtemps.

– J'ai presque fini.

Du bout de l'index, je cherche Lindsay, Dr Anna. Au travail, ma mère utilisait son nom de jeune fille.

Il n'y a rien.

Je cherche à B… B comme Brooks, mon nom de famille – celui de mon père – au cas où elle serait classée à ce nom-là. Rien non plus.

Je repousse brutalement le tiroir.

– On y va, je dis. Tout de suite.

– Bordel ! s'écrie Pete en secouant la tête. Je n'arrive pas à décrypter les deux autres numéros.

– Tu les as notés ? je demande.

Il acquiesce.

– Super. On file.

Je cherche une arme des yeux et m'aperçois que mes compagnons ont pris ce qu'il y avait de mieux. C'est très impressionnant. Alice, un outil sans fil sous le bras, est la tueuse à la perceuse.

Russ s'est emparé d'une scie chirurgicale à batterie… de celles qu'on utilise pour ouvrir le crâne des cadavres dans les séries sur la police scientifique *Ouais, top.* Et Pete a le plus grand couteau de boucher du monde.

J'aurais aimé un appareil électrique parce qu'Alice ne devrait jamais être mieux armée que moi. Cette fois, il faudra que je me contente des restes. Je fouille dans un tiroir et choisis un bistouri. Ce sera pratique dans un espace réduit et, surtout, nettement plus efficace que cette saloperie ridicule de porte-serviette. En plus, je ne me couperai sans doute pas un bras, ce qui risque d'arriver à Alice.

– Tout le monde est prêt ? demande Russ.

En réponse, un bruit indistinct retentit.

– Ils sont ici ! hurle Alice.

– Non, je dis. Ça venait de cette pièce.

– Un interphone ? fait Pete en levant la tête, optimiste.

Mais je ne crois pas qu'il ait raison.

Nouveau bruit, plus long cette fois et comme des mots indistincts.

Impossible de ne pas entendre d'où ça vient.

– Dans un des compartiments réfrigérés, dit Pete en montrant le mur opposé.

Comme un seul homme, on recule d'un pas.

– Est-ce que ça… nous parle ? souffle Alice.

– Ne panique pas, je dis.

– Ils sont fermés, fait Russ en posant la main sur le bras d'Alice. On ne risque rien. Ce qui se trouve à l'intérieur ne peut pas sortir.

Le bruit retentit de nouveau et on sursaute.

– Quel casier ?

Russ fait un pas en avant.

– Non ! glapit Alice.

Le bruit lui répond.

Je me dirige prudemment vers les compartiments.

– Ici, je souffle en montrant un de ceux du milieu, à un tiers de la longueur du mur. Celui-là, je crois. Ou celui de dessous.

– N'approche pas, supplie Alice.

Mais quelque chose cloche. Ça ne ressemble pas aux bruits habituels des zombies : gémissements, plaintes, rugissements même… Ni à l'étrange gargouillement de ceux dont la décomposition est très avancée. C'est nouveau dans le répertoire des zombies : des mots indistincts.

– C'est une radio, je dis.

– Qu'est-ce que tu racontes ? raille Alice.

Je me tourne vers les autres.

– Approchez, vous entendrez. C'est un talkie-walkie. Ici, je poursuis en tapotant le compartiment du bout de l'index. Dans celui-ci. Vous entendez ?

Russ avance. Les autres ne sont pas convaincus.

– Il y a plus d'une voix, j'explique. Je crois qu'il est réglé sur les conversations des soldats.

Russ approche le visage du casier que je montre. Les voix retentissent de nouveau et il se tasse un peu sur lui-même, mais ne recule pas. Il a du cran, il faut le reconnaître.

– Elle a raison, annonce-t-il aux autres avec un large sourire. On a peut-être un coup de chance.

Il tend la main, saisit la poignée du compartiment.

– Attends ! glapit Alice. Et si c'était un zombie avec une radio ?

Russ se tourne vers moi.

– On n'a pas le choix, je dis. Ouvre.

Il acquiesce. On se tient prêts à utiliser nos instruments chirurgicaux. Russ prend une profonde inspiration, tire sur la poignée.

La porte pivote.

Un chariot. Vide.

Le talkie-walkie transmet :

– *Équipe alpha, confirmez votre position. Terminé.*

Les mots résonnent dans le compartiment et on sursaute. Mais il n'y a ni cadavre ni zombie à l'intérieur. Russ fait un pas de côté et tire le chariot. Le talkie-walkie se trouve au milieu, près d'une traînée rouge, comme si une main ensanglantée l'avait posé à cet endroit.

– Hé, mets ça !

Pete sort des gants en caoutchouc d'une boîte et me les lance.

Je les enfile. Je tends la main et saisis prudemment le talkie-walkie. Les voix retentissent et je le lâche presque.

– *On est au quatrième, Renard noir, dans l'aile ouest, et on se dirige vers le nord. Terminé.*

Ce *sont* les soldats.

– Ils sont au quatrième, dit Pete, blême. Nous aussi.

On se presse maintenant autour de l'appareil.

– Tu as dit qu'ils ne fouilleraient pas cet endroit, souffle Alice, paniquée.

– *Équipe alpha, ici Delta leader. Nous avons des éléments hostiles au huitième. Civils et monstres. Renforts demandés immédiatement. Terminé.*

– Mon Dieu ! gémit Alice en levant les sourcils. C'est vraiment le langage de l'armée. C'est comme la *guerre*.

– Absolument.

Pete savoure l'aspect désespéré de notre situation.

– *Affirmatif, Delta. Alpha confirme sa venue imminente en renfort. On termine notre fouille. Ensuite, on vient vous sauver la mise. Terminé.*

– *Tu veux manquer la fête, Alpha ? Terminé.*

– *Laissez-nous quelque chose. On doit s'assurer que les jeunes ne sont ni dans le couloir nord ni à la morgue, et la fouille du quatrième sera finie. On arrive dans quelques minutes. Terminé.*

– La morgue ! s'écrie Alice.

– Les jeunes. C'est forcément nous.

Je lance le talkie-walkie à Pete et je fonce jusqu'au vestiaire. Affolée, je tourne sur moi-même. Russ est près de moi.

– Est-ce qu'on pourrait se barricader ? je demande.

Alice nous a rejoints, suivie par Pete.

– Il faut partir tout de suite, dit-elle.

– On n'a plus le temps, je réponds en saisissant une chaise métallique que je tente de coincer sous la poignée de la porte. (Pitoyable.) Ils sont dans le couloir.

Je m'empare d'une canne suspendue à un crochet et tente de l'utiliser pour immobiliser la chaise. Ridicule.

– Une minute, intervient Russ en éloignant la chaise. S'ils ne peuvent pas entrer, ils comprendront qu'on est ici.

– Tu as raison, je dis. Laissons la porte ouverte, comme elle l'était à notre arrivée, hein ? Ils croiront forcément qu'on n'est pas ici.

– Très drôle, raille-t-il. Non. En fait, on devrait se cacher.

– Où ? demande Alice, qui trouve l'idée très bonne.

– Venez.

Russ pousse la chaise dans un coin et se dirige vers la salle principale sans me laisser le temps de protester. On le suit.

– Mon Dieu !

Pete semble avoir tiré la conclusion qui s'impose, et que je ne pige qu'un instant plus tard.

Alice, complètement paniquée, n'a toujours pas compris.

– Où ? insiste-t-elle. Montre-moi !

Russ gagne le premier compartiment réfrigéré, se penche et ouvre la porte. Il sourit à Alice, comme pour l'encourager.

– Les dames d'abord.

CHAPITRE 9

– Tu te fous de ma gueule ? s'emporte Alice, les yeux aussi grands que des soucoupes. Il n'est pas question que j'entre là-dedans.

Le talkie-walkie, dans la main de Pete, émet :

– *Équipe Alpha, vous avez fini ? Forte résistance au huitième. Nous demandons de nouveau du renfort.*

– *Négatif, Delta*, répond sèchement la deuxième voix. *La morgue et on vous rejoint.*

– Quand faut y aller, soupire Pete, qui ouvre la porte suivante, puis recule d'un bond, comme s'il redoutait une attaque.Vous croyez que c'est propre ?

– Ne lèche pas le métal et ça ira, répond Russ.

Pete entre prudemment.

– Il fait vraiment froid là-dedans ! dit-il. Et il n'y a pas de poignée à l'intérieur. Comment on sortira ?

– Je t'ouvrirai, promet Russ.

Pete gémit.

– Maintenant éloigne tes pieds, ajoute Russ. Je ferme.

Il claque la porte.

– Je n'entre pas là-dedans, déclare Alice.

– Dépêche ! je lui crie. Choisis-en un !

– Pas question.

– Oh, que si !

Elle a une moue boudeuse.

– Ils ne vont pas m'abattre, hein ? Je suis trop jolie pour mourir, et puis les gens m'obéissent.

– Alice, je dis en saisissant ses épaules, si tu ne te caches pas, tu mourras. Une balle dans la tête et *bye-bye*, Alice. Tu piges ?

Elle acquiesce et une larme coule sur sa joue.

– Ça ira, je la rassure.

Je l'attire contre moi et l'embrasse sur le front. Elle m'adresse un regard si ébahi que je profite de la situation et la pousse dans le compartiment que Russ vient d'ouvrir.

– Jure-moi que tu me feras sortir.

– Je le jure.

Je prononce ces mots sans réelle conviction, pour lui faire peur. Il faut bien que je m'amuse un peu.

– Rendez-vous de l'autre côté, j'ajoute.

Je lui envoie un baiser et claque la porte.

– À toi, maintenant, dit Russ en me poussant vers un autre compartiment.

– Attends ! Et toi ? Comment fermeras-tu ta porte ?

– Je ne le ferai pas, répond-il avec une grimace. Je vais devoir la laisser légèrement entrebâillée et espérer qu'ils ne s'en apercevront pas.

J'acquiesce rapidement et entre dans mon compartiment, de telle façon que mes jambes nues se trouvent au fond et mon visage près de la porte. *Aïe.* Ma peau picote aux endroits où elle touche la plaque glacée.

– Fais bien attention, je dis, parce qu'on ne s'en tirera pas si tu t'enfermes.

Il hoche la tête et, à l'instant où il va pousser le battant, une porte s'ouvre à la volée. Ils sont là.

– Entre !

Je tends le bras, le tire, et il plonge dans le compartiment, la tête près de mes pieds, nos corps pressés l'un contre l'autre. Il est partiellement sur moi et j'ai du mal à respirer. Quand il rentre les pieds, la porte pivote dans ma direction et je la retiens juste avant que le crochet ne claque dans son logement. Je la maintiens du bout des doigts, aussi fermée que possible sans faire jouer la serrure. *Je vous en prie, je vous en prie, faites qu'ils ne s'aperçoivent pas qu'elle est légèrement ouverte.*

Dans l'obscurité, je guette le bruit de leurs pas. Rien encore ; ils ont peut-être changé d'avis ?

Tête-bêche près de moi, Russ change de position, essayant de moins m'écraser. Notre situation – son corps chaud contre le mien – est un peu gênante. Mais je dois admettre que, grâce à sa présence, j'ai beaucoup moins peur. J'espère seulement que je ne vais pas lâcher une fusée.

Puis j'entends des claquements. Les soldats sont là, déplacent sans doute les chariots, regardent sous les sacs à cadavre et dans les armoires. Je comprends soudain qu'on a été totalement stupides de croire qu'on pourrait leur échapper en se cachant dans ces compartiments. Ce sont des soldats, après tout… pas des gamins effrayés. Ils fouilleront partout parce qu'ils sont impitoyables, consciencieux et armés. Tendus au maximum, empêchant la porte de se fermer en ne laissant qu'un interstice minuscule, mes doigts tremblent.

– Cet endroit me fout les jetons.

Une voix grêle, nasale. Un soldat ; je suppose qu'il est humain, lui aussi, après tout. Mais pas assez pour renoncer à abattre des ados de sang-froid.

– Trouillard. Fouille la pièce.

Une deuxième voix, grave. Celle du talkie-walkie, je crois.

Nouveaux claquements et grincements. On n'a sans doute pas besoin de se soucier de l'effet de surprise quand on a des armes.

– Ils ne sont sûrement pas là, hein ? Les monstres y étaient.

– Contente-toi de faire ton boulot.

– Pauvres mômes, ironise la première voix. Soit on les trouve, soit c'est les zombies. Ils n'ont pas d'issue.

– Va fouiller cette pièce, sinon le patron va nous souffler dans les bronches…

– C'est pas mon patron. Il est bête à manger du foin. La société est si désorganisée que ce sont des deuxièmes classes qui nous commandent. De toute façon, il n'y a rien d'intéressant, dans cette pièce.

On entend le soldat déplacer des objets.

– Où vous vous cachez, extasy et speed ?

– C'est une morgue, idiot, pas un labo. Et puis les barbituriques qu'on a trouvés au cinquième ne te suffisent pas ?

– Faut que j'économise pour ma retraite, hein ? De toute façon, ce boulot va tourner à la catastrophe, tu verras.

Je retiens mon souffle. *La société*. C'est forcément Xanthro. Mes doigts tendus, engourdis, me font horriblement mal. Et j'ai un goût de vomi dans la bouche. Peu importe si je pète ; si la porte s'ouvrait brusquement, on ne pourrait pas m'en vouloir de perdre tout contrôle sur mes intestins et de tout évacuer. J'espère que Russ est prêt à ça.

– Hé, qu'est-ce que vous faites ici ?

Une nouvelle voix. Dure, rauque. Je tends l'oreille, regrette de ne rien voir.

– On fouille cet étage, *commandant.* Selon les instructions.

– On vous a aussi demandé de faire vite. Et n'oubliez pas : si vous les trouvez, il ne faut pas les tuer. Capturez-les vivants.

Ai-je bien entendu ? L'espoir me gonfle le cœur. La voix rauque poursuit :

– Si vous déconnez, je veillerai à vous enfermer avec les monstres à l'heure du repas, pigé ? Je surveille le couloir. Magnez-vous.

Bruits de bottes sur le dallage.

– Branleur, grogne le type à la voix geignarde. Si ces gamins se transforment, je leur mettrai une balle dans la tête sans hésiter. Il pourra toujours se plaindre tant qu'il voudra aux patrons.

Il soupire avec bruit, jure et ajoute :

– Donne une arme à un civil et il se prend pour Dieu.

L'espoir qui me gonflait le cœur ? Il se dégonfle.

– Ou, mieux, dit l'autre voix. On les trouve et on les vend au plus offrant. À ceux qui tiennent absolument à les avoir. Et voilà ta retraite, mon pote !

– *Équipe Alpha, ici Delta. On est encerclés et presque à court de munitions ! Je demande des renforts immédiatement.*

Le talkie-walkie d'un soldat. Merde. J'espère que Pete a coupé le son du sien. Sinon, ils entendront ça en stéréo et on sera faits comme des rats… Mais je crois qu'il n'a pas oublié. Il faudra peut-être que je l'embrasse, lui aussi, si on s'en tire.

– Bon sang, dit le premier type, c'est quoi le problème de Delta ? Ils ne peuvent pas effectuer un simple nettoyage ? Les monstres ne sont même pas armés. Allons-y.

Oui, allez-y. J'entends le claquement des bottes sur le dallage, puis il cesse.

– Hé, on ne les a pas fouillés.

– Quoi ?

– Les compartiments réfrigérés.

Mon Dieu, mon Dieu… Une main serre ma cheville et je retiens un cri de terreur. C'est Russ. Il entend les soldats, lui aussi.

– Allons ! Tu crois que des gamins se planqueraient là-dedans ? Tu dérailles, mon gars !

Néanmoins : retour des bottes. Cliquetis sourd, puis claquement. Quelque part sur ma droite. Nouveau cliquetis, nouveau claquement. Et d'autres. Le type ouvre les compartiments un par un. J'ai une envie folle de poser les mains sur mon visage, comme un enfant se croyant caché parce qu'il ne peut rien voir. Mais c'est impossible, évidemment, parce que je dois maintenir la porte entrouverte. De toute façon, dans quelques secondes, ça n'aura plus aucune importance. *Cliquetis, claquement. Cliquetis, claquement.* Trente compartiments. Et, par chance, le soldat a commencé à l'extrémité la plus éloignée de nous.

– Dépêche, idiot !

– M'appelle pas comme ça ! Et aide-moi.

Non, refuse. Mais il est peut-être préférable de se résoudre à l'inévitable. Arracher le sparadrap d'un coup. Les balles font-elles mal ? Ce sont des professionnels, ils ne prendront pas de gants. Ils tireront dans la tête, nous tueront vite. Je n'aurai sans doute pas le temps de comprendre ce qui m'arrive.

Cliquetis, claquement.

Beaucoup plus près. Et aussi, plus bas. Il va nous trouver dans quelques secondes. Une dernière pensée ? J'ai l'impression d'être prise de vertige et m'aperçois que je retiens mon souffle.

J'espère qu'ils commenceront par moi ; je ne supporterais pas de voir les autres partir avant moi. L'attente est pire que la balle elle-même. La certitude de mourir. J'espère qu'ils trouveront Alice avant nous. Elle est très jolie. Elle réussira peut-être à les amadouer. Si elle nous sauve, je jure de ne plus jamais lui dire de méchancetés.

Cliquetis, claquement.

Cliquetis, claquement.

Juste à côté. Notre compartiment est le suivant. Je me prépare.

Cliquetis, claquement. Non, il progresse de haut en bas. *Bah !* Pourquoi je me réjouis ? De toute façon, ça ne représente que quelques secondes.

Mon estomac se noue. Je ne crois pas que je vais pleurer… C'est au-delà des larmes.

Cliquetis, claquement. Le compartiment du dessus. Le nôtre est le suivant. Quand il saisit la poignée, j'éloigne mes doigts, recule autant que possible et Russ, comprenant ce que je fais, fléchit les jambes. Tout pour échapper au soldat quelques secondes de plus, pour vivre quelques secondes de plus.

La porte s'ouvre.

– *Alpha ! Ici Renard noir ! Code indigo. Code indigo !*

Je vois des jambes en pantalon noir, des rangers noirs. Un souvenir surgit : l'accident du car. C'est peut-être la dernière chose que je verrai. Mais le soldat n'a pas encore regardé à l'intérieur. Il ne nous a pas vus.

– *Alpha ! Un homme à terre ! C'est Johnson… Mordu. Mon Dieu, il se transforme…*

– Merde, Johnson à terre ?

Les rangers pivotent.

– On y va !

Les rangers s'éloignent, s'en vont.

Je ne peux m'empêcher de tendre le cou, de regarder l'homme chargé de me tuer sortir en courant de la pièce. Il faut que je vérifie, que je sache. Il me verrait s'il se retournait, mais il ne le fait pas. J'entrevois son dos dans l'encadrement de la porte. Il est tout en noir, la seule tache de couleur est un petit insigne jaune sur le col de sa veste.

Xanthro. C'est Xanthro. Mais on n'a pas besoin de confirmation.

– Est-ce qu'ils… ? souffle Russ.

Je ne réponds pas immédiatement. J'hésite. Ce pourrait être une ruse pour nous pousser à sortir, hein ? Mais personne ne réapparaît.

– Je crois, je murmure.

Mais je ne bouge pas et Russ non plus.

Au bout du compte, le froid décide à ma place. Je m'aperçois que je claque des dents. C'est peut-être parce que je crève de trouille, mais je crois que c'est surtout à cause de la réfrigération.

– Je sors.

Mes dents s'entrechoquent si fort que c'est à peine si je peux parler. Je pose les mains sur le sol, m'extrais difficilement, comme un bébé apprenant à ramper. Une fois dans la pièce, je m'aperçois que le dallage me semble chaud contre mes jambes, et je réalise qu'il faisait un froid de canard dans le compartiment. Et je ne claque pas seulement des dents ; mon corps tout entier tremble.

Russ me rejoint ; il n'est pas en meilleur état que moi.

– Vite… bredouille-t-il. Il faut… faire sortir… les autres.

Sans blague !

– Ici, dit Russ. Celui-ci.

Il tire la poignée et Pete, sur le dos, me fixe.

D'un pas incertain je gagne le compartiment suivant, celui d'Alice, et je l'ouvre. Elle gémit, sans doute persuadée que les soldats l'ont trouvée, mais, quand je me penche, elle s'assied et se jette dans mes bras, en larmes.

– Horrible, sanglote-t-elle. Ne m'oblige jamais à… recommencer !

Je la persuade de se lever, mais elle reste cramponnée à moi.

– On a réussi ? fait-elle. On les a eus ?

Je me contente de hocher la tête. Inutile de lui raconter qu'on a eu très chaud.

– Qu'est-ce qui arrive à Pete ? demande Russ, une expression inquiète sur le visage.

Je me retourne difficilement, Alice étant toujours collée à moi et n'ayant visiblement pas l'intention de me lâcher.

Pete est allongé dans le compartiment et immobile. Je me rends compte que ses yeux, toujours fixes, ne voient pas.

– Qu'est-ce qu'il y a ? s'écrie Alice, qui me lâche et fait volte-face, voit Pete et hurle : Non !

Elle se précipite vers lui, le tire hors du compartiment – sa tête heurtant le dallage avec un bruit sourd –, puis elle passe ses paumes sur son visage livide. Comme ça ne marche pas, elle le prend par les épaules et le secoue, sans résultat ; ensuite, elle frappe sa poitrine de ses poings, comme on tambourine sur un bidon.

– Stop ! s'écrie Russ, qui s'avance pour l'empêcher de continuer.

Mais Alice savait visiblement ce qu'elle faisait. Pete prend une profonde inspiration et s'assied, comme si on lui avait injecté de l'adrénaline dans le cœur. Puis sa respiration se fait sifflante et, battant des paupières, angoissé et troublé, il regarde autour de lui.

– L'inhalateur ! crie Alice en fourrant les mains dans ses poches.

La fouille corporelle d'Alice semble angoisser Pete tout autant que l'impossibilité de respirer. Mais Alice finit par trouver le petit tube en plastique et le glisse dans la bouche de Pete, qui écarquille les yeux. Elle lui frotte le dos jusqu'à ce qu'il aspire et les produits chimiques font leur boulot. Pete baisse les épaules et sa respiration devient régulière. Ses yeux restent dilatés, mais je crois que c'est surtout à cause de la transformation d'Alice en infirmière.

– Ça va ?

Russ se penche sur lui et lui donne une claque sur l'épaule. Pete acquiesce.

– Alors il faut y aller, reprend Russ, qui se redresse, prend un sac posé sous un chariot et court silencieusement jusqu'à la porte. Les soldats sont plusieurs étages plus haut. Mauvaise nouvelle : ils nous cherchent. Bonne nouvelle : on leur a ordonné de ne pas nous tuer.

Je le fixe. Donc, il a bien entendu ça ?

Pete, toujours assis par terre, plisse le front.

– Pourquoi ? Qu'est-ce qu'on a de spécial ? Ils tuent tout le monde.

– J'attendrais un peu avant de me réjouir, je dis en saisissant mon bistouri. Ils ne sont pas tous au courant. Et ceux qui le sont risquent de nous tirer dessus de toute façon.

Russ hoche la tête.

– Il faut partir maintenant, descendre et essayer de trouver la sortie pendant que la voie est encore libre. Il faut quitter ce terrier à toute vitesse.

Il se tourne vers Pete et demande :

– Tu peux te lever ?

Pete se met debout et écarte Alice. Je suis sur le point de suivre Russ quand quelqu'un me saisit le bras.

– Stop.

C'est Pete. Son étreinte est étonnamment forte.

– Le téléphone ! s'écrie-t-il. Qu'est-ce qu'il est devenu ?

Il gagne le bureau en courant, passe frénétiquement ses mains pâles dessus. Affolé, il se tourne vers moi.

– Ils l'ont pris ?

Je secoue la tête.

– Je ne sais pas… Je ne voyais rien. Je les ai entendus fouiller. Je crois qu'ils cherchaient des médicaments.

Ils ont dû le prendre. Qui d'autre aurait pu le faire ?

– J'ai noté les numéros sur un morceau de papier, dit soudain Pete. Où est-il ?

Il tapote frénétiquement ses poches, une expression paniquée sur le visage.

– Tu as perdu les numéros ? demande Russ sur un ton irrité.

– Je n'ai pas dit ça, proteste sèchement Pete.

Mais il a déjà fouillé dans toutes ses poches.

– Le compartiment !

Russ ouvre la porte de celui où Pete était caché.

– Le voilà ! crie Pete, dans un coin de la pièce, un morceau de papier à la main. Il était par terre. Il est un peu mouillé : il était tombé près d'une tache de… matière cérébrale.

– Maintenant, décide Pete, redevenu le chef, et courant vers la porte, le moment de sortir de l'hôpital est venu.

CHAPITRE 10

Quand on reprend l'escalier, des coups de feu retentissent quelques étages plus haut. Ça ressemble au bruit du pop-corn dans un micro-ondes. J'espère qu'ils zigouillent des zombies et pas des gens. Je me demande pendant un instant combien de personnes vivantes fuient, terrifiées, comme nous. J'envisage de les aider, puis je me souviens qu'elles font sans doute partie de Xanthro et que ce sont donc des ennemis. Qu'elles se débrouillent !

On regagne le couloir où un panneau indique la sortie ; mon cœur cogne comme s'il allait éclater, mais pas seulement parce que je cours. C'est aussi à cause de l'espoir. *Je Vous en prie*, je supplie*, je Vous en prie, faites qu'on y arrive. Ça serait très injuste, après tout ça, si on ne réussissait pas.*

– Par ici.

Russ, plus rapide, nous précède.

Arrivés à un carrefour, on prend à gauche et, soudain, on ne marche plus seulement sur du dallage. Le sol est glissant et ce qu'on doit éviter ou enjamber est horrible.

Corps. Morceaux de corps. Adultes. Enfants. Je vois des visages, parfois crispés par la souffrance. Des yeux vitreux, de la peau décolorée. Les gens ont été coupés en morceaux. Il y a du sang partout : flaques sur le sol, éclaboussures sur les murs, gouttes au plafond. L'odeur âcre pénètre jusqu'au fond de ma gorge.

Le souffle d'Alice se précipite. Pete la prend par les épaules et essaie de la calmer. Je lève un pied, fascinée par l'épaisse mélasse rouge sombre coulant de la semelle de ma botte. L'enfer. Je n'ai jamais vu autant de sang.

– Il faut continuer, dit Russ, les dents serrées, comme lorsqu'on se retient de vomir. Ne regardez pas.

Mais c'est impossible.

– Pas de problème, dit Pete. Ce sont des monstres.

– Tous ? je demande en montrant un objet brillant dans l'océan de rouge.

Une bague ornée d'une opale.

– Martha ! souffle Alice en tombant à genoux.

Il ne reste d'elle que du sang et cet anneau. Je lui en voulais de m'avoir menti sur la mort de ma mère, mais elle n'avait pas mérité ça. Personne ne mérite ça. Je me fraye un chemin jusqu'à Alice, lui saisis le bras et l'entraîne. Il nous faut partir avant de sombrer, de nous noyer dans cet océan rouge.

On atteint un autre carrefour, Alice et moi, et on prend un nouveau couloir où les cadavres sont moins nombreux. On se remet à courir, nos pieds glissant sur le dallage blanc, laissant sans doute derrière nous des empreintes couleur framboise. On cavale ventre à terre, puis on s'arrête dans une vaste pièce complètement vide, à l'exception d'un comptoir circulaire contre le mur opposé.

– Et maintenant ? gémit Alice.

– Ici !

De grandes portes métalliques s'ouvrent dans le mur de droite. Je cours jusqu'à elles et, sans me demander si c'est une bonne idée, j'appuie sur le bouton de la « montée ».

– À ton avis, Pete ? C'est ça ?

Je pose la question sur le ton de la conversation comme si, pendant une promenade, je lui demandais le chemin du parc.

Il n'a pas le temps de répondre que les portes s'ouvrent dans un tintement. Un ascenseur bien éclairé, aux parois métalliques. On y entre sans hésiter, moi tirant Alice, Pete et Russ se bousculant, et j'appuie sur le bouton sur lequel « surface » est indiqué. Il ne se passe rien.

– Pourquoi ce truc ne bouge pas ?

J'appuie encore, plusieurs fois, comme si ça pouvait changer quelque chose.

– Laisse tomber, dit Pete en montrant un trou circulaire, sous le bouton. Il faut une clé. L'ascenseur ne fonctionnera pas sans.

Sans réfléchir, je cours en direction du bureau. Logiquement, la clé devrait s'y trouver. Si elle n'y est pas, il nous faudra fouiller parmi les morceaux de cadavres du couloir.

Les autres, eux aussi, ont compris. Pete regarde dans des casiers derrière le bureau, et Russ sur le plancher, sous les pots de fleurs et les tapis. Seule Alice reste dans l'ascenseur où, assise, elle sanglote et empêche les portes de se fermer. Puis elle hurle.

Une silhouette en noir se dirige vers nous.

Pas un zombie ; une personne vivante.

Mais pas un soldat.

La silhouette entre dans la pièce et des mèches de cheveux blonds, s'échappant de sous son bonnet noir, réfléchissent la lumière. Le visage est jeune, paisible, beau… et un large sourire l'éclaire quand la nouvelle venue me voit.

– Bobby, appelle-t-elle. Dieu merci, je t'ai trouvée !

Je n'en reviens pas.

– Ils arrivent, reprend-elle en se dirigeant vers moi. Il faut partir tout de suite.

Je fais un grand pas en arrière, le bureau entre elle et moi.

Alice hurle de nouveau. Pete secoue la tête.

– Non, non, non, non !

– Qui est-ce ? demande Russ en se redressant.

Je bats des paupières. Elle est bien réelle.

– C'est… Grace.

Je ne le réalise vraiment qu'après avoir prononcé son nom. Je fonce vers l'ascenseur.

– Qui est Grace ? demande Russ, derrière moi.

– L'ennemi ! crie Pete d'une voix étranglée.

– Plus maintenant, proteste Grace. Bobby, l'ascenseur ne fonctionnera pas sans clé.

Je lève la main pour appuyer une nouvelle fois sur le bouton.

– Vite ! Vite ! s'époumone Alice, près de moi.

– *Grace*, dit Russ. Un des étudiants du château ? Un de ceux qui ont aidé la mère de Bobby à créer Osiris et qui l'ont ensuite trahie ? C'est ça, hein ? demande-t-il directement à Grace, qui se dirige lentement vers nous. D'après Pete, tu es morte.

– *Disparue*, corrige Pete. Shaq a été mordu, Michael a brûlé. Mais on n'a pas vu ce qui est arrivé à Grace. Qu'est-ce que tu fais ici ? dit-il en se tournant vers elle.

– Elle s'est vendue à Xanthro, ça on le sait ! je crie à Pete. Russ, rejoins-nous dans l'ascenseur.

– Il te faut la clé, Bobby, dit Grace en avançant. Tu le sais.

– N'approche pas, salope ! ordonne Alice en brandissant sa perceuse.

– C'est bon, Alice, affirme calmement Grace. Je suis venue vous aider.

Elle sort un objet de sa poche, le lève puis ajoute :

– Et j'ai la clé.

Je bondis dans sa direction, mais elle éloigne sa main.

– Ha ! ha, fait-elle en secouant la tête. On part ensemble. J'ai pris de très gros risques en revenant ici pour te faire sortir, Bobby. Maintenant, il faut que tu me fasses confiance.

– *En revenant ?* répète Pete. Cet endroit appartient à Xanthro, hein ?

Elle lui sourit.

– Tu as toujours été intelligent, Pete.

– Pas toi, visiblement, réplique-t-il. La dernière fois qu'on t'a vue, tu voulais fuir le plus loin possible de Xanthro. Tu as dit que tu en savais trop sur le déclenchement de l'épidémie. Tu as dit qu'ils te tueraient.

– Ils le feront, admet Grace, les lèvres serrées. Je n'avais pas l'intention de revenir. Mais quelqu'un m'a persuadée que j'avais tout intérêt à vous aider à vous échapper.

– Qui ? demande Pete.

Mais j'ai l'impression qu'il sait.

Grace se tourne vers moi.

– Ta mère, Bobby.

– Ce n'est pas logique, proteste Russ. Pourquoi la mère de Bobby t'aurait-elle fait confiance ?

– Parce qu'elle ne pouvait pas faire autrement, explique Grace, le menton levé. Elle avait essayé d'autres solutions, en vain. Trop de temps avait passé. J'étais son dernier espoir. Je connais les codes d'accès, parce que j'ai travaillé ici, j'ai une clé, les lieux me sont familiers. J'ai libéré les personnes contaminées pour faire diversion et pouvoir vous aider à fuir. Et ça a marché.

– Une diversion ? hurle Alice. Tu as failli nous faire tuer !

– Je regrette. Ce groupe est différent. Xanthro a effectué des expériences sur eux, modifié des paramètres pour en faire des machines à tuer plus efficaces. Ainsi, ils ont davantage de valeur ; désormais, Xanthro peut commercialiser le catalyseur, ainsi que l'arme prête à l'emploi, sous forme humaine.

Grace fait un pas dans notre direction. Comme un seul homme, on prend position, armes brandies, pour lui interdire l'accès de l'ascenseur. Elle recule, les mains levées en signe d'apaisement.

– Écoutez, reprend-elle, Xanthro est mal en point. Ils n'ont toujours pas de traitement. Et certaines factions, au sein de la société, ne reculeront devant rien pour te mettre le grappin dessus, Bobby, parce qu'elles pourront ainsi faire pression sur ta mère qui, selon toute vraisemblance, va mettre le traitement au point. Je peux te faire sortir d'ici. Il faut que tu aies confiance en moi. En plus, dis-toi que tu n'y arriveras pas sans moi.

Elle se penche légèrement en avant, ses yeux calmes rivés sur moi, et conclut à voix basse :

– Laisse-moi entrer dans cet ascenseur et, dans quelques heures, tu seras auprès de ta mère, hors de la zone dangereuse.

– Tu sais où elle est ? je demande.

– Oui.

– Et on récupérera Smitty en chemin ?

– Exactement.

– Tu ne sais pas où il est, je dis en reculant vers le fond de l'ascenseur. Elle ne t'aurait pas confié ça.

Les yeux de Grace brillent.

– Elle l'a fait. Tu as décrypté les indices de ton téléphone ? Smitty n'est pas loin d'ici et il attend que tu viennes le chercher, Bobby. Vas-tu laisser ces types le trouver ? Ou bien allons-nous le sauver tout de suite ?

C'est à mon tour d'hésiter. Tout en moi me hurle de ne pas lui faire confiance, mais je crois qu'elle dit vrai. De toute façon, je n'ai pas le temps de réfléchir. Il faut agir et en accepter les conséquences.

– Très bien.

Je lui fais signe de nous rejoindre. Elle soupire, soulagée, lève les yeux au ciel comme si elle se moquait d'elle-même.

– J'ai cru que tu ne me le proposerais jamais.

Il y a une détonation étouffée puis un choc sourd. Grace nous fixe. Je me demande pourquoi elle ne bouge pas. Sous son bonnet, une traînée rouge vif court sur son front puis dans son œil, sur sa joue, son menton. Grace s'abat face contre terre, près de nous, dans l'ascenseur.

– Non ! Non ! Non ! s'écrie Alice.

Je ne réfléchis pas. Je saisis la clé dans la main chaude de Grace, la lance à Pete, qui l'attrape. Je tire les jambes de Grace dans la cabine pendant que mon camarade plonge la clé dans le trou et appuie sur le bouton. À l'instant où les portes se ferment, j'aperçois les soldats. Et un homme masqué armé d'un fusil.

– Stop ! ordonne-t-il d'une voix rude et rauque. Stop ! Immédiatement !

C'est la même voix qu'à la morgue, celle du troisième type que les autres haïssaient.

Comme si on allait obéir !

On vacille quand l'ascenseur démarre, oreilles bouchées et estomac dans les pieds.

– Grace a été abattue, marmonne Alice. Ils l'ont tuée !

Russ a levé le bord de son bonnet. Je n'ai pas envie de regarder, mais je ne peux quitter des yeux le petit trou rouge de sa tempe.

– Mon Dieu, vite, vite, vite !

Alice frappe les parois de l'ascenseur du plat de la main.

Russ se tourne vers moi.

– Il faudrait la fouiller. Ce qu'elle a dans les poches pourrait nous être utile.

– Je vais le faire, je décide.

J'ai l'impression que ce sera moins choquant si c'est moi qui m'en charge. Je me penche sur elle. Dans la poche intérieure de sa veste, mes doigts se referment sur une clé attachée à un gros porte-clés.

– Voilà, je dis en la montrant aux autres. Quand on sera dehors, on aura un moyen de transport.

– Tu crois qu'elle s'est garée devant la porte ? dit Pete avec une moue dubitative.

Je fouille les autres poches en ravalant mes larmes. C'était une ennemie, d'accord, mais il y a quelques secondes, elle était en vie, respirait le même air que nous, avait la même peur et le même espoir que nous dans le cœur.

– Il y a des indications sur l'endroit où elle comptait nous conduire ? demande Russ.

Je secoue la tête.

– Rien.

Je m'essuie les mains sur ma veste, comme pour les laver de la mort de Grace.

– Si on trouve la voiture, j'ajoute, j'espère qu'on trouvera aussi un plan avec des instructions.

Alice sanglote.

– Tu vas… prendre… son pantalon ?

Le visage défait, elle montre les jambes de Grace.

Je secoue la tête.

– Non. Je ne peux pas.

L'ascenseur s'arrête.

– Attention, dit Russ. On ne sait pas ce qu'il y a dehors.

On se crispe. Un tintement retentit ; les portes s'ouvrent sur l'obscurité et une odeur de vache.

On est dans une étable. Ou une grange.

– Qu'est-ce qu'on fait d'elle ?

Pete montre Grace.

J'enjambe le cadavre et le tire partiellement dehors. Si les portes ne peuvent se fermer, l'ascenseur ne pourra pas bouger et ça ralentira nos poursuivants.

– Elle voulait nous aider à fuir. Elle a réussi, je constate.

CHAPITRE 11

Il y a un rai de lumière et on court dans sa direction aussi vite que le permet l'obscurité. C'est une grange avec des bottes de paille, un tracteur et des odeurs de ferme. Un martèlement incessant, dont je ne peux déterminer l'origine, retentit, mais je ne vois aucun mouvement. On pousse les portes en bois et on est dehors.

Vent.

La pluie nous fouette le visage. Il pleut à verse. Le souffle coupé, je suis instantanément trempée. Je pivote sur moi-même. Une ferme et plusieurs bâtiments se dressent devant nous. Une clôture grillagée avec, sur notre droite, une barrière donnant sur une route tortueuse à flanc de colline, entoure l'ensemble. Un épais brouillard blanc pèse sur les arbres que j'entrevois à peine, au loin. Au-delà, rien. Je ne sais pas ce que j'espérais, mais ce n'était pas ça.

– Dans quelle direction ? crie Russ pour couvrir le bruit de la pluie.

– La barrière… la route, je réponds.

On part en courant. Le gravier roule sous mes bottes, l'eau éclabousse mes jambes nues. La pluie colle les cheveux sur les visages, et les vêtements sur la peau.

– Stop !

Russ – en tête, évidemment – glisse et s'arrête, bras écartés, fumant comme un pur-sang après un galop. Essoufflés, on le percute.

Au-delà du deuxième bâtiment, une barrière coupe la route. Fermée. Heureusement parce que, derrière, se trouve un enclos… plein de monstres.

Les hordes.

Je n'en ai jamais vu autant. Même sur la route, près de L'Étape gourmande. Même sur la glace du loch – tous ces zombies l'écume aux lèvres, venant du château –, ce n'était qu'une réunion de famille en comparaison. Ils vont et viennent dans le vaste enclos, traînent les pieds et gémissent. Quelques-uns tendent les bras, inclinent la tête ou boitent. Ils sont trempés et pourrissent… L'odeur, insoutenable, ne ressemble à rien de ce que j'ai connu.

– Ils ne peuvent pas sortir, hein ? dit Alice.

– Non, mais il faut qu'on entre dedans, répond Russ en montrant l'enclos du doigt. C'est le seul accès à la route.

Cette route sépare l'enclos en deux. Je m'aperçois qu'elle était bordée de grillage, mais qu'un tank de l'armée, maintenant retourné, a abattu celui de gauche. La foule va et vient librement sur la chaussée.

Je cours jusqu'au grillage, sur ma droite. La ferme occupe le sommet d'une colline aux flancs abrupts. Une sorte de citadelle. Si on franchit la clôture, il nous faudra ensuite sauter d'une hauteur de quatre étages.

– Il n'y a qu'une issue, dit Russ, derrière moi. Suivre la route jusqu'en bas.

Je secoue la tête mais regagne en courant la barrière où Alice et Pete, frissonnants, regardent les monstres qui tendent leurs bras pourrissants vers eux à travers le grillage.

– Voyons si j'ai deviné, dit Pete, le souffle court. On escalade la clôture puis on marche dessus comme sur une corde raide ?

Il se tourne vers Russ et obtient sa réponse. Notre compagnon, au sommet de la clôture, se dirige vers nous. Quand il arrive à l'enclos, il est trop haut pour que les hordes puissent l'atteindre. Il progresse vite, penché sur la barre supérieure, les pieds dans les interstices du grillage, comme s'il avait fait ça toute sa vie. Il regarde autour de lui, reste un instant immobile, juste hors de portée des mains des zombies, puis saute et nous rejoint.

– Facile, dit-il. On procède comme je viens de faire et on descend la pente par la clôture le long de la route. On sera hors de leur portée.

Il prend Alice par la main et l'entraîne jusqu'au grillage bordant le flanc abrupt de la colline. On échange un regard, Pete et moi, puis on les suit. À notre arrivée, il est à califourchon sur la barre supérieure et tend la main pour encourager Sa Royale Blondeur à le rejoindre.

– Pete ensuite, crie Russ. Bobby, tu passes en dernier.

Alice est sur la barre supérieure de la clôture, Russ jouant le rôle de la carotte et Pete celui du bâton. L'ascension n'est pas aussi difficile qu'elle paraît. Les interstices sont de la taille d'un pied d'adolescent – une chance – et le grillage tendu est stable. Il suffit d'ignorer la longue pente abrupte de l'autre côté et la pression douloureuse du métal glacé et glissant, à cause de la pluie, sous les doigts. On progresse ainsi jusqu'à l'endroit où commence l'enclos.

– Bon, les amis, ne laissez pas traîner vos pieds, prévient Russ comme si on avait besoin qu'il nous avertisse.

Les zombies se précipitent, feulant, les bras levés, et la simple pression qu'ils exercent sur la clôture nous fait vaciller. J'ai un haut-le-cœur ; ils sont putrides, en pleine putréfaction. Je suis incapable de les quitter des yeux et m'aperçois que les vêtements et la peau avariée ne font plus qu'un, ils pendent en longues bandes comme les fibres d'une viande trop cuite.

– Ne t'arrête pas, croasse Pete en se tournant vers moi.

Les mains se tendent vers nous, se referment sur le vide. Si on ne glisse pas, tout ira bien.

– Il y a une deuxième barrière ! crie Russ en la montrant du doigt. Quand on y sera, on ne risquera plus rien.

Cette barrière se trouve un peu plus bas, près d'un poste de garde. Elle semble en bon état et, derrière elle, sur la route, il n'y a pas un seul mort-vivant. On est à peu près à mi-chemin. On peut le faire.

– On y va, reprend Russ, l'index toujours pointé. Jusqu'à la barrière, maintenant !

Mais quelque chose de bizarre se produit. Un par un, les zombies s'éloignent de leur pas traînant. Ça ressemble d'abord à une bonne nouvelle, puis je comprends où ils vont. Pete s'immobilise.

– Incroyable ! s'écrie-t-il, cramponné à la barre supérieure. Ils ont compris ce que Russ a dit. Ils nous précèdent pour nous barrer le chemin !

Les monstres sont près de la barrière et poussent de toutes leurs forces, en rythme – *un, deux, trois* –, comme s'ils travaillaient en équipe pour l'abattre.

– Souvenez-vous de ce qu'a dit Grace, je bredouille. Xanthro a trafiqué leur patrimoine génétique, leur a tripatouillé le cerveau.

– Peu importe, crie Russ. Continuez !

Il faut qu'on arrive à la barrière avant qu'ils ne l'enfoncent. Russ est comme un singe ailé sous stéroïdes ; il atteint vite et facilement sa destination, baisse le bras qui tient son arme pour couper les mains levées. C'est absolument horrible, mais ça n'empêche pas les zombies de pousser.

Je le rejoins en compagnie d'Alice et de Pete.

– Dès qu'on sera en bas, on fonce, nous crie Russ. Il n'est pas question de remonter !

La route est dégagée, mais il y a des centaines de monstres derrière le grillage. Si la clôture tombait, on serait totalement à découvert.

– Et s'ils étaient capables de courir vite, maintenant ? pleurniche Alice, cramponnée au grillage et refusant de bouger.

– Rien ne permet de l'affirmer, objecte Pete.

– Il faut filer ! ordonne Russ alors que la barrière semble commencer à céder.

– Non ! répond Alice. Il y en a peut-être d'autres plus bas.

C'est possible – on ne voit qu'une portion de la route –, mais il n'est pas question de revenir en arrière. Pete gémit, contourne prudemment Alice, puis descend sur la chaussée. Impossible de déterminer s'il l'a poussée ou si elle a lâché prise, mais elle glisse du côté des zombies. Elle parvient à se retenir d'une main et d'un pied glissé dans un interstice, mais elle reste dangereusement suspendue, le dos au grillage, à deux ou trois centimètres des mains les plus proches.

– Au secours ! hurle-t-elle. À l'aide !

Elle donne des coups de son pied libre et tente de trouver une prise de la main.

Je suis tout près. Je m'allonge sur la barre supérieure, tends le bras et attrape sa main. Je guide ses doigts en direction de la barre. Elle la saisit, mais se retrouve dans une position très inconfortable, crucifiée sur le grillage, incapable de se retourner et de remonter. Je tire sur ses bras, mais elle résiste, refuse de lâcher prise, sans doute convaincue que je n'aurai pas la force de la tenir. Elle a peut-être raison.

– Russ ! j'appelle.

Il semble se déplacer au ralenti – Pete, sur le sol, ne sert à rien – et je fais un dernier effort pour hisser Alice sur la barre.

Mais je ne suis pas aussi forte qu'avant ; mes réserves sont épuisées. Mes mains glissent, l'élan me projette en arrière et je bascule dans le grouillement de morts-vivants.

Un ou deux corps amortissent ma chute, puis je tombe sur le dos dans la boue.

Aussitôt, je suis paralysée. Je comprends que je vais mourir. Voilà ! Plus d'issue ! Il vaut mieux que j'accepte que, dans quelques secondes, on m'arrachera les membres et les yeux, on m'ouvrira le ventre et on dévorera mes entrailles. *Faites que ça soit rapide.*

– *Bats-toi, feignasse !* hurle Smitty, d'une voix rauque, à mon oreille. *Debout !*

Comme d'habitude, il ne sait pas ce qu'il dit. Tout est perdu ; ils se jettent sur moi et je ne peux que me recroqueviller sur moi-même dans la boue. Mains sur ma veste, tirant dans toutes les directions.. tôt ou tard, grâce à leur esprit d'équipe tout neuf, ils m'en extrairont.

Mais ça n'arrive pas et soudain, des cris couvrent les gémissements.

– Debout ! Debout !

Un bras puissant passe sous mes épaules, me redresse, et, à travers la gadoue couvrant mon visage, je vois Russ qui, la scie à la main, pivote, donne des coups de pied et de poing comme je ne l'ai vu faire que dans les films. Il a éloigné les zombies du grillage et je m'y précipite, l'escalade en deux temps trois mouvements, pour atterrir dans la boue près de Pete.

– Bon sang ! s'exclame Pete. C'est une vraie machine.

Il regarde Russ tournoyer – un coup de pied dans la mâchoire ici, une décapitation là – puis grimper à toute vitesse jusqu'au sommet de la clôture.

Un hurlement retentit.

– À l'aide !

– Merde, je bredouille. Alice.

CHAPITRE 12

Alice est toujours suspendue, mais ses deux pieds sont coincés dans le grillage derrière elle, et ses genoux sont fléchis. Elle a glissé un avant-bras dans un interstice et se cramponne désespérément.

Russ se tourne vers elle, parvient à la hisser, la lance par-dessus la clôture puis saute à sa suite. Pete amortit plus ou moins leur chute et ils se retrouvent allongés sur la route, près de moi, comme si on prenait un bain de soleil sur la plage.

Bon, ça ne dure pas longtemps, on préfère détaler rapidement.

La pente est forte, la chaussée glissante à cause de la pluie et on ne sait pas ce qu'on risque de rencontrer, mais on court aussi vite que nous le permettent nos membres meurtris, jusqu'à une dernière barrière. On la franchit et on est seuls :

il n'y a que la route devant nous, et une rangée de gros arbres. On s'arrête pour reprendre notre souffle et on regarde autour de nous.

– Où t'es-tu garée, Grace ? je marmonne. Où ?

– La clé ! dit Pete. Appuie sur le bouton de la télécommande.

Je la sors de ma poche et examine le porte-clés. C'est une bonne idée. Je le lève et j'appuie. On pivote sur nous-mêmes, regardant et écoutant dans toutes les directions. Je recommence.

– J'ai entendu quelque chose.

Russ s'éloigne. On le suit, pataugeant dans l'eau qui coule sur la faible pente, transformant l'herbe en boue et la chaussée en rivière.

– Encore ! crie-t-il alors qu'on arrive aux arbres.

J'obéis et cette fois, j'ai l'impression d'entendre, moi aussi. Russ, lui, en est sûr. Il s'élance sur le sol inégal à travers bois.

– Ici ! s'écrie Alice. Par ici !

Un bip et un éclair lumineux à gauche. J'appuie une nouvelle fois sur le bouton et on a trouvé. On court, évitant les arbres et sautant par-dessus les fougères, jusqu'à une Jeep. On ôte les branches posées dessus et on fourre dans le coffre la bâche qui la couvre partiellement.

Russ ouvre la portière du conducteur.

– La clé, me dit Pete.

Je la lui lance. Russ hésite un bref instant puis cède la place à Pete qui lui a sans doute raconté ses exploits de chauffeur d'autocar.

Pete prend le volant, Russ s'assied près de lui et on se retrouve à l'arrière, Alice et moi.

Pete démarre et met en marche les essuie-glaces, qui battent à toute vitesse dans un couinement d'enfer. Il passe la première et avance prudemment sur le sol détrempé. Je cherche la ceinture des yeux et tente de la boucler discrètement. Alice me voit et fait de même quelques secondes plus tard, sans un mot. La sécurité d'abord.

– L'essence ?

Je crie pour couvrir le grondement de la pluie sur le toit.

– Réservoir plein, répond Pete en hochant énergiquement la tête. Largement de quoi nous éloigner de cet endroit, quelle que soit notre destination.

– Ne va pas à toute blinde, d'accord ? dit Alice, cramponnée à sa ceinture. Sauf si tu vois des monstres ou des snipers. Si ça arrive : pied au plancher.

– Oui, m'dame.

Pete ôte et remet une casquette imaginaire.

– Russ, je dis sur un ton aussi neutre que possible, tu sais vraiment te battre. Tu ne nous as pas dit que tu étais un Karaté Kid.

– J'ai fait un peu de kick-boxing, réplique-t-il sèchement.

– Merci de m'avoir sauvée. J'ai cru que j'allais y passer.

– Ouais, ajoute Alice, moi aussi. J'ai bien *failli* y passer parce que vous aviez oublié que j'étais là !

– Eurêka ! s'écrie Pete sans laisser à Alice le temps d'en faire toute une histoire. Merci beaucoup, Grace. Je t'aime.

Il appuie sur plusieurs boutons du tableau de bord.

Alice bat des paupières comme si elle allait rendre son dernier souffle.

– Qu'est-ce qu'il trafique ?

– Navigation par satellite, glapit Pete.

Je me penche en avant alors qu'un petit écran allumé sort du tableau de bord.

– On a un GPS ? je demande.

On pousse des hurlements de joie et Alice va même jusqu'à applaudir.

– Alors, où on est ? je crie à Russ, qui touche l'écran pendant que Pete conduit lentement dans le brouillard.

Des plaques de brume glissent comme des spectres dans l'air humide.

– Je ne sais pas au juste, répond Russ. Il semble y avoir un signal, mais cette route ne figure pas sur la carte. Surprise, surprise !

Il m'adresse un bref regard et explique :

– L'armée – ou Xanthro – n'a pas intérêt à indiquer le chemin d'un hôpital souterrain secret.

– Grace a programmé quelque chose ? Où on devrait aller, par exemple ?

– Donne-moi une minute.

Il se remet à tapoter l'écran.

– Non, reprend-il. Il n'y a rien, même pas sa dernière destination. Elle a dû tout effacer avant de cacher la voiture.

Je jette un coup d'œil derrière nous, mais personne ne semble nous suivre.

– Formidable, je dis. Donc on est seuls. Encore.

La pente se fait plus forte et, à mesure qu'on descend, les verts et mauves ternes du marécage laissent place à l'émeraude vif d'une forêt de sapins. La présence des arbres, de part et d'autre, m'inquiète. Dans une forêt, les cachettes sont nombreuses.

– Bon, il semble qu'on soit près d'Édimbourg, annonce Russ sans cesser de tripoter le GPS. Si on peut rejoindre la route indiquée sur la carte, on en sera à un peu plus de vingt kilomètres. Mais il y a beaucoup de vide entre nous et cette route.

– Sur la carte ou pas, on est visiblement sur une route, dit Pete. On ne peut que la suivre en espérant trouver vite un point de repère. Ensuite, on pourra s'orienter.

– Sauf si Xanthro contrôle les satellites.

Alice se ronge les ongles.

Pete et Russ restent une minute silencieux. Puis Pete gâche tout.

– Il est tout à fait possible que Xanthro contrôle des satellites. Ils sont peut-être en train de nous surveiller.

On garde le silence. Les satellites ne peuvent-ils pas lire l'heure sur le cadran d'une montre ? S'ils en sont capables, ils peuvent sûrement voir mon visage lugubre, pressé contre la vitre et scrutant le ciel au-delà des arbres. *Hello… Il y a quelqu'un là-haut ?*

Le grondement de la pluie paraît plus fort, mais ce n'est pas logique… Les arbres devraient nous abriter. Puis je me rends compte que ce n'est pas de la pluie. Je me retourne pour m'assurer qu'on n'est pas suivis. Mais la route est déserte.

– Quel est ce bruit ? s'inquiète Russ. On dirait presque un hélicoptère.

On scrute tous le ciel. Russ baisse la vitre et, aussitôt, l'habitacle s'emplit d'air humide. Il s'agenouille sur le siège comme un cascadeur s'apprêtant, dans un film, à sortir d'une voiture en mouvement.

– Je n'entends rien ! crie Alice.

– Chut ! je lui dis.

Mais je n'entends rien, moi non plus. S'il y avait un hélicoptère, il est parti.

Russ rentre et remonte sa vitre.

– Je n'ai rien vu. Il ne nous cherche pas, sinon, il suivrait la route. Si c'était un hélicoptère, il ne faisait peut-être que passer.

Pete freine alors brutalement ; la voiture s'arrête dans un déluge de boue. Il ouvre la portière et descend. Il revient une seconde plus tard, une grosse pierre dans la main droite.

– Suffit ! s'exclame-t-il en abattant la pierre sur l'écran du GPS, qui casse comme de la glace sur une mare sombre. Ne nous suivez pas !

Il frappe encore à plusieurs reprises.

– Qu'est-ce que tu fais ? gémit Alice. Tu l'as détruit !

– Il ne faut pas qu'on puisse savoir où on va, répond Pete en lançant la pierre dehors.

– On n'est même pas sûrs d'être suivis, proteste Alice.

– Roule, marmonne Russ.

Pete n'a pas besoin qu'on le lui dise deux fois. Il passe la première et démarre en trombe. La route devient plate, puis on prend un virage à droite et soudain on voit loin devant nous.

Voilà. Tel est l'extérieur, maintenant. La neige a cédé la place à une pluie torrentielle, la glace au brouillard. Où Smitty a-t-il bien pu s'abriter pendant tout ce temps ? Se cache-t-il vraiment ? Ou bien est-il détenu ? Peut-être l'a-t-on simplement transporté à Sainte-Gertrude 2.0, quelque part sous le sol détrempé ?

C'est alors que je l'aperçois devant nous. Un pont de pierre voûté, au-dessus d'une rivière sortie de son lit.

– Là ! je crie. Sous le pont ! C'est forcément là !

Personne ne réagit, sauf Pete qui ralentit un peu. Mais c'est peut-être simplement parce que le niveau de l'eau monte à mesure qu'on avance.

– Comme dans le message, j'insiste. *Souslepont !* C'est un pont, hein ?

Ma mère n'a pas éprouvé le besoin d'être particulièrement précise mais, si Grace disait vrai quand elle affirmait que Smitty n'était pas loin, c'est forcément ici.

– *Hé ! Roberta, je ne me cache pas dans le port de Sydney et je ne suis pas suspendu sous le Golden Gate,* me souffle Smitty à l'oreille.

– Il faut s'arrêter ! Il faut jeter un coup d'œil !

Je détache ma ceinture.

– Comment ? demande Pete. Tu as ta tenue de plongée ?

– Qu'est-ce que tu racontes ?

Il gare la Jeep sur la gauche de la route, essuie la condensation du pare-brise et tapote la vitre.

– Tu vois le niveau de l'eau ? On risque d'avoir du mal à franchir le pont en voiture. Et si tu veux aller dessous, il te faut une combinaison de plongée.

Je plisse les paupières. Ce n'est pas net, mais j'ai l'impression décourageante qu'il a raison. L'eau brune, sous l'arche, semble profonde. J'enfonce mes ongles dans mes paumes, espérant que Smitty m'attend, tout près, dans un hors-bord.

– Smitty !

Quelle idiote !

De l'eau jusqu'aux genoux dans le courant, je regarde sous le pont. Une extrémité d'une corde trouvée dans le coffre de la Jeep est nouée autour de ma taille, l'autre autour d'un petit arbre. Il y avait aussi des cuissardes dans la voiture, mais il fait quand même très froid.

Les autres regardent à l'abri dans la Jeep.

Est-ce une tentative folle ? Je risque de me noyer ou de mourir de froid.

On ne peut pas traîner. Les soldats nous cherchent sans doute déjà et, si c'est le cas, ils n'auront pas besoin d'aller loin. C'est maintenant ou jamais.

Il fait très sombre sous le pont, et l'eau noire, profonde et rapide, rugit.

– Smitty ! je répète.

Il n'est peut-être pas là, après tout.

Mais j'entends un bruit.

CHAPITRE 13

Un bruit net. Un gargouillement ? Un cri ? Je me penche et j'écoute attentivement, mais je ne perçois que le crépitement de la pluie et le grondement du courant. Était-ce une voix ?

– Tu es là ?

J'avance d'un pas, incapable de voir ce qu'il y a sous l'eau, mon pied s'enfonçant dans la vase.

– Hé !

Smitty ? La voix vient de derrière moi et je me retourne, perdant presque l'équilibre. Une main saisit mon bras sous le coude.

– Je te tiens ! dit Russ avec un large sourire. Désolé de t'avoir fait peur. Tu voulais qu'on reste dans la voiture, je sais, mais j'ai pensé que tu aurais besoin d'aide.

Il est trempé. Je devrais être rassurée, contente, reconnaissante, mais je me fais trop de souci pour Smitty.

– Tu as vu quelque chose, là-dessous ? demande-t-il.

– Non. J'ai entendu un bruit, mais…

Je serre les dents et reprends :

– Il y a une sorte de rebord, à mi-hauteur du mur. Je crois qu'il y a un chemin qui passe dessous… Je peux me hisser jusqu'à ce rebord et voir ce qu'il y a dessus.

Russ regarde puis secoue la tête.

– Bobby, dit-il, tu as vu la profondeur de l'eau ? Tu vas te tuer.

Il serre énergiquement mon bras.

– Lâche-moi ! je crie.

Il obéit, du moins provisoirement, déconcerté par ma brutalité. Mais il saisit ma corde.

– Au moins, laisse-moi t'assurer, dit-il. Je suis fort.

– Ouais, tant mieux pour toi.

Très consciente du ridicule de mon apparence et de ma stupidité, je progresse péniblement dans l'eau, jusqu'à l'endroit où, selon moi, le chemin commence. C'est du suicide. Et je dois reconnaître – même si je n'en ai pas la moindre envie – que si Russ n'était pas derrière moi, j'aurais déjà fait demi-tour.

Je pose une main glacée sur la pierre rugueuse du pont et pénètre lentement sous la voûte. L'eau menace de passer par-dessus mes cuissardes et le courant est fort contre mes genoux.

– Hello ! je crie pour couvrir le bruit de l'eau.

Je plisse les paupières. Il faut aller plus loin. Mes mains sont engourdies, comme si je venais de me réveiller. Tirant la corde derrière moi, j'atteins l'arche et pose prudemment un pied dessus. L'eau tourbillonne, glacée, autour de mes cuissardes, mais mes orteils trouvent enfin un appui solide : une saillie plate et lisse. J'y pose l'autre pied et me presse contre la pierre friable. Sa pression contre ma joue me rassure. Soudain, la corde me serre la taille. Je tourne péniblement la tête et m'aperçois que Russ l'a tendue.

– Vas-y ! crie-t-il. Je te tiens !

Je tourne de nouveau la tête, le calcaire raclant mon visage, et progresse prudemment contre la paroi, en essayant d'utiliser la force du courant pour rester plaquée contre elle. La saillie, sous mes pieds, est lisse. Une glissade et je me retrouve sous l'eau. Le courant pousse contre mes cuisses et mes reins. Sans importance : l'eau est si froide que tout ce qui se trouve sous ma taille est insensible.

Je peux maintenant atteindre le rebord ; il n'est pas très haut. Je lève les bras et l'arête de pierre fournit une prise solide. Une main tendue explore le rebord, à la recherche de ce qui pourrait y être caché. Puis j'avance de quelques centimètres et recommence. Un rythme s'installe :

Prise, prise, pas, exploration.

Prise, prise, pas, exploration.

Je progresse lentement, sans savoir ce que je cherche. *Tu n'aurais pas pu être un peu plus précise, maman ? Où, sous le pont ? Qu'est-ce qui s'y trouve ?*

Je me dis soudain qu'elle me mettait peut-être en garde. Bon, elle a simplement écrit : « Sous le pont. » Les mots signifiaient peut-être : « Ne t'en approche pas ! Un danger guette sous le pont. » L'angoisse m'étreint. J'aurais peut-être dû m'abstenir. Trop tard, maintenant.

À l'instant où cette idée me traverse l'esprit, ma main touche quelque chose.

Je prends le risque de me hisser sur la pointe des pieds et mes pauvres doigts meurtris se referment dessus. Une courroie matelassée. Je tire. C'est assez lourd et coincé. Je recommence, vigoureusement.

Brusquement libéré, l'objet passe au-dessus de ma tête et menace de tomber dans le courant rapide. Je le rattrape à la dernière seconde, me tords l'épaule et le cou… Mais ça n'a pas d'importance ; je le récupère, glisse vite un bras sous la courroie, me plaque de nouveau contre le mur, comme une palourde sur un rocher, et me prépare à regagner la terre ferme.

– Qu'est-ce que c'est ? crie Russ.

– Un sac à dos

La déception est comme un goût de bile dans ma bouche. *Sac à dos, pas Smitty*. Ce que ma mère y a mis a intérêt à être utile.

– Qu'est-ce qu'il contient ?
– Donne-moi une minute !
– Désolé.

Je m'aperçois qu'il sourit. Il est si prodigieusement plein d'entrain que ce n'est pas normal. Pendant une fraction de seconde, je me demande si ce n'est pas un androïde. Ou un extraterrestre. Ou encore un adulte dans un corps d'ado. Personne, parmi les gens de mon âge, n'est aussi bizarrement jovial.

– Tu veux que je te tire ? crie-t-il.
– C'est bon.

Je réalise que je n'ai pas très envie de partager le contenu du sac avec les autres. Je n'avais pas réfléchi à ça. Je n'ai pas davantage envie de m'attarder dans la rivière glacée, mais j'ai besoin d'un peu de temps pour jeter seule un coup d'œil sur le contenu du sac.

Puis Russ lâche la corde et disparaît.

– Génial, je marmonne en progressant aussi vite que possible.

Je suis presque sortie de sous le pont quand Russ réapparaît. Il n'est plus seul. Un zombie se cramponne à lui.

– Russ ! je hurle.

Je crois tout d'abord que c'est un môme, parce qu'il est de petite taille mais, pendant que Russ lutte pour le repousser, je me rends compte que c'est un adulte… mais seulement un demi-zombie. Torse, bras, tête. Le reste a disparu et la coupure n'est pas franche. Des lambeaux de chair mouillée pendent, se balancent comme des guirlandes. Dieu sait comment il a attrapé mon camarade, Dieu sait comment il se déplace, mais il est gonflé, bouffi, et je suppose qu'il était dans l'eau depuis un bon moment.

Russ et son adversaire luttent et Russ gagne. Le zombie cul-de-jatte tombe dans l'eau près de moi et refait surface comme un bouchon. Très vite, ses bras tournoient en un mouvement de crawl tel que je n'en ai jamais vu. Il est fort, motivé, et le froid ne le gêne pas. Il se dirige vers moi, porté par le courant, ouvre la bouche et pousse un rugissement mouillé. C'est un homme chauve, aux épaules charnues, au visage si enflé et si pâle qu'il est presque violet. Je comprends soudain que, face à lui, je n'ai aucune chance.

Incapable de libérer un poing ou un pied pour frapper, je hurle. Aussi vulnérable qu'une mouche sur du papier collant. Je ne peux qu'attendre qu'il arrive. Pitoyable !

Russ tend une main, au loin, et, faute d'autre solution, je tente de la saisir. Je la manque, évidemment, mais, à l'instant où je tombe dans la rivière, je parviens à attraper quelque chose – une racine – et à m'immobiliser, l'eau glacée rugissant à mes oreilles. Le cul-de-jatte passe près de moi, ses gros doigts semblables à des saucisses frappant la surface avec colère, comme s'il tentait de me rejoindre. Mais il est trop tard ; même s'il nage très bien, il ne peut pas résister au courant. La rivière l'emporte et il hurle, dépité, se retourne et me fixe, furieux, parce que ce n'est pas juste et que j'aurais fait un repas de choix.

À l'instant où je commence à me sentir rassurée, ma racine cède et je me retrouve sous l'eau, tournant sur moi-même en battant des bras, tentant de toucher le fond ou d'attraper quelque chose, aussi terrifiée à l'idée de me retrouver dans les bras de Cul-de-jatte qu'à celle de me noyer. Je m'écorche un genou – j'ai perdu une cuissarde –, arrive au fond et me hisse jusqu'à la surface.

Je suis debout. Sur le chemin. Mais sur la rive opposée.

Le sac à dos est toujours sur mon épaule. Tout va bien. Si je ne meurs pas de froid, les autres me prendront de ce côté du pont.

Les autres ? Ils sont partis.

Russ n'est plus sur l'autre berge et je ne vois pas la Jeep. Une sorte de martèlement couvre soudain le bruit de la pluie. Une ombre glisse sur le sol détrempé et la surface de l'eau devient lisse, comme si on exerçait une pression sur elle.

Un hélicoptère.

Noir, pareil à un insecte inquiétant, il reste immobile. Il ne demeure qu'une seconde dans cette position, puis descend. Il se pose et le courant d'air est si puissant que je perds presque l'équilibre.

Trois hommes en descendent et, penchés, courent dans ma direction. Des soldats, en noir.

Merde ! Merde !

Ils vont me voir. Il faut que je m'éloigne, mais tout à coup je m'aperçois que la corde est toujours nouée autour de ma taille et du tronc d'un arbre, de l'autre côté de la rivière. Les doigts raides, je tente de défaire le nœud, mais l'eau l'a serré.

Les deux premiers soldats sont arrivés sur la rive. Ils cherchent quelque chose, ou quelqu'un.

L'hélicoptère, derrière moi, fait bouillonner l'eau et une vague déferle sur moi. Je tombe dans la rivière et coule. Le froid, sur le cou et le visage, me paralyse ; il me semble que le bruit et la pression vont faire éclater mes tympans. Le sac à dos m'entraîne vers le fond et je me débats, tente de nager, me propulse vers ce que je crois être la surface. Mes poumons brûlent et je ne pense plus qu'à la nécessité de respirer. Mes doigts tripotent frénétiquement le nœud, en vain. Je tends les jambes, sans doute sous l'effet de la panique mais, par chance, mes pieds touchent le fond et me projettent jusqu'à la surface, où j'aspire de grandes goulées d'air et bats des bras, stupéfaite d'être encore en vie.

Le nœud cède enfin et il n'y a plus que l'eau bouillonnante, écumante, glacée et rapide.

CHAPITRE 14

– Tu vas prendre un coup de soleil.

Il a raison, c'est ce qui se passe. Je suis brûlante. Ensommeillée, je tourne la tête, sens du sable contre mon visage, tente de voir Smitty. Mais il est hors de mon champ visuel. Le soleil me fait mal aux yeux et je bats des paupières.

– Mets-moi de la crème.

Parler exige un très gros effort. J'ai l'impression d'entendre une mouette, au loin. Je vais bientôt avoir besoin de boire.

– Tu es vraiment autoritaire, proteste Smitty, mais il ouvre le flacon qui émet un petit chuintement mouillé. Rester allongée ne t'avancera à rien, tu sais, poursuit-il. Tu crois peut-être que tu as besoin de vacances, mais tu ne les as pas encore gagnées, ma jolie.

– Ouais, ouais. Mets-moi de la crème, je marmonne, la joue contre le sable.

– D'accord.

Il s'assied sur l'arrière de mes jambes, pose ses mains grasses sur mon dos et reprend :

– Mais tu dois tenir tes promesses. Et tu as beaucoup de chemin à faire avant de pouvoir dormir. Beaucoup de chemin à faire avant de pouvoir dormir.

– Boucle-la, je dis en riant. Tu ne dis jamais ce genre ce truc.

Il rit, lui aussi, et m'enduit de crème. Ma peau se décolle. Il continue de frotter mon dos, et les muscles, la graisse, la chair, les ligaments se détachent, jusqu'au moment où il ne reste que les omoplates et les vertèbres.

– Voilà, dit-il en tapotant la colonne vertébrale, la seule chose qui compte.

Je me réveille en hurlant de douleur imaginaire. Ramassée sur moi-même comme une crevette, j'ai si froid que j'ai l'impression d'être brûlante. Je tends bras et jambes sur le sol pour m'assurer que je suis bien sur la terre ferme.

J'y suis. Et il ne pleut plus. Le silence me surprend. Puis il y a un bruit, et je ne réalise pas tout de suite qu'il vient de moi. Je frissonne convulsivement et des plaintes franchissent mes lèvres. C'est presque drôle. L'eau glacée m'a tellement désorientée que mon cerveau ne peut déterminer ma température. Gelée, brûlante, gelée... *Choisis une bonne fois pour toutes !*

J'ai perdu une cuissarde. Contre toute attente, je ne suis pas blessée. Je lève la tête. Je me trouve sur une sorte d'îlot, au milieu de la rivière.

Combien de temps suis-je restée sans connaissance ? Au moins, je suis toujours en vie ; peut-être les autres ont-ils été capturés, abattus ou dévorés.

Bon sang… Où est allé l'hélicoptère ?

Je me frotte les yeux et regarde autour de moi, ma respiration redevenant lentement normale.

Brouillard. Épais, étouffant. Son humidité se dépose sur ma peau ; il a presque un goût.

Pas de martèlement de pales ; ni de cris ni de coups de feu. Seulement la rumeur du courant et un gargouillis quand je me relève lentement, teste mes membres pour voir s'ils fonctionnent toujours.

J'analyse la situation. La rivière est sortie de son lit et l'eau entourant ma petite île est la conséquence de l'inondation. La visibilité ne dépasse pas trois mètres. Tout près se dresse un autre îlot surmonté d'une masse marron, sorte de gros ballon avec quatre bâtons pointés vers le ciel. Je ne comprends ce que c'est qu'à l'instant où je vois les cornes. Une vache morte. Pleine de gaz en fermentation et sur le point d'exploser.

– Hé ! ma vieille, je dis d'une voix tremblante. Toute cette eau, ça craint, hein ?

Je ne distingue rien d'autre. J'ignore où se trouve la route, où sont les arbres, à quelle distance je suis de mon point de départ. Perdue et absolument gelée.

Ce n'est qu'à l'instant où je décide d'ôter ma veste détrempée que je me souviens du sac à dos. Je pousse un cri de joie. De mes doigts glacés, je tire sur le cordon.

Ce que je trouve à l'intérieur, d'abord, me donne envie de pleurer. Deux cylindres de tissu synthétique. J'en déroule rapidement un, mais je sais ce que c'est. Des combinaisons étanches. Mon père en avait toujours une ou deux dans la voiture, en cas de promenade impromptue dans la nature. L'odeur caractéristique me rappelle papa, les vacances pluvieuses, les balades tristes pendant lesquelles on faisait contre mauvaise fortune bon cœur. Je me mets à pleurer, mais pas seulement à cause de la nostalgie. Je pourrai enfin couvrir mes fesses. Pantalon étanche. Et capuche.

Et je suis maintenant certaine – à supposer qu'un doute puisse subsister – que ma mère a laissé ces objets à mon intention et qu'elle a un plan. Et si elle a un plan, tout cela finira peut-être bien. Ou, du moins, finira.

Je m'habille vite et, tout de suite, j'ai plus chaud. Le gros avantage des combinaisons étanches est qu'on transpire à grosses gouttes quand on les porte, et c'est tant mieux. J'essore mon blouson en polaire et ma veste, puis les remets.

– Dieu bénisse les fibres synthétiques ! je dis en me frappant la poitrine comme une folle.

Mon Dieu, je parle toute seule, maintenant ! Je regarde autour de moi et j'ajoute :

– Bon, c'est toujours mieux que d'avoir un ami imaginaire. Mon Smitty rêvé me suffit amplement.

Une plainte horrible retentit derrière moi. Je me retourne. Non, c'est un *meuh* horrible. Mon amie bovine tente de se relever.

– Oh, la vache ! je gémis.

C'est une morte-vivante. Elle n'a pratiquement plus de tête : crâne blanc parsemé de taches de chair sanguinolente qui ont été un museau, une bouche, des joues. La peau, sur son énorme ventre enflé, est tendue à se rompre, transparente, et les organes, visibles, frémissent. Elle avance, si gonflée qu'elle est à peine capable de marcher et tombe dans l'eau. Mais ses yeux demeurent rivés sur moi et Marguerite a soif de sang. Je remets le sac à dos sur mes épaules. Alors les animaux, eux aussi, se transforment en zombies ? Les morts-vivants, à court d'êtres humains, se sont-ils mis à mordre la faune ? Je n'ai pas le temps d'enquêter pour le moment.

Le brouillard tourbillonne et je pose dans l'eau froide mon pied toujours chaussé d'une cuissarde.

La vache se relève et pousse un meuglement assourdissant, tente de se diriger vers moi sur ses pattes raides. Mais en vain ; elle est si gonflée qu'elle ne tient pas debout. Elle retombe dans l'eau, son ventre énorme éclate et son estomac de vache morte explose dans l'air humide.

– Bon sang !

La puanteur est insupportable. J'ai un haut-le-cœur, plaque les mains sur ma bouche, puis m'éloigne du liquide nauséabond qui se répand dans l'eau. *Génial !*

Dieu seul sait où se situe la route. Pour l'instant, il faut que je situe une cachette. Un endroit qui me permette de m'orienter et de récupérer mes compagnons, ou ce qu'il en reste. Le brouillard se dissipe un peu.

Devant moi, une étable se dresse au sommet d'une colline basse. Je me dirige vers elle, glisse et trébuche à cause de ma chaussure unique. C'est trop inconfortable. Je n'y arriverai pas. Je lance la cuissarde restante dans l'eau.

Quand j'atteins l'étable, mes chaussettes couvertes de boue arrachent des mottes de terre trempée. Mais l'exercice me réchauffe.

– Mmmm, génial.

L'étable pue presque autant que la vache morte-vivante. En fait, à la réflexion, la campagne tout entière pue. Sans doute à cause des cadavres marinant dans l'eau : une odeur écœurante, légèrement sucrée, de pourriture.

L'étable est vide, hormis un tas de paille ou de foin – je n'ai jamais su les distinguer – et une grosse bouse vert foncé. Je commets l'erreur de poser le pied dessus, la croyant sèche, mais la croûte cède, dévoilant la bouillie plus claire qui se trouve dessous. Merde. De toute façon, mes chaussettes n'étaient pas récupérables. Je les ôte et les jette dans un coin. Mes pieds sont fuchsia.

Dans cet endroit, je me sens plus angoissée que dehors : je suis entourée de murs et ne pourrais m'échapper si des zombies humains, animaux ou végétaux, entraient. Je décide de monter sur le toit. C'est très facile ; une poutre me permet d'y accéder, puis je me hisse sans difficulté sur la pente de tôle ondulée. Je m'allonge et me fais toute petite pour qu'on ne puisse pas déceler immédiatement ma présence.

De mon perchoir, j'aperçois l'endroit où la rivière sort des bois, ainsi que la forêt qui s'étend, en aval, sur des hectares. Et je crois distinguer la route, quelques prés plus loin. Mais pas trace de la Jeep. Je me demande si mes camarades s'en sont tirés.

– *Peut-être pas*, me murmure Smitty à l'oreille. *Ou alors ils ont simplement continué leur chemin.*

– Tu es ma méchante fée, maintenant, Smitty ?

Il garde le silence. De temps en temps, il se vexe.

Un pâle soleil joue à cache-cache avec les nuages et ses rayons font scintiller la campagne mouillée. Bizarrement, je ne peux m'empêcher de sourire. J'ai l'impression de ne pas avoir vu le soleil depuis une éternité. Derrière moi, il y a des prés, puis plus rien. Je suis sans doute sur une sorte de plateau ; ou bien le monde s'est volatilisé. Cette idée me plaît beaucoup…

– *Cesse de tergiverser, Roberta. Regarde ce que contient ce sac.*

D'accord, d'accord.

Je tire le sac jusqu'à moi, l'ouvre et y plonge la main. Mes doigts touchent un sachet en plastique que je sors lentement. Des barres de céréales. Environ une douzaine. Je continue l'inventaire et trouve des cachets permettant de purifier l'eau, une crème antiseptique et des pansements. Je déballe une barre et la fourre dans ma bouche ; le sucre des pépites de chocolat explose sur mes papilles et l'avoine me griffe la gorge quand je l'avale. Pendant des semaines, je n'ai été nourrie que par perfusion. Manger de nouveau est formidable ; mon estomac, affamé, estime que ce n'est pas suffisant et gronde. J'en mange une autre et m'arrête là. Qui sait pendant combien de temps il faudra les faire durer ? En outre, le sac n'est pas vide.

J'y replonge la main, trouve une bouteille d'eau, puis un objet dur et lourd, enveloppé dans du plastique et de l'adhésif noirs. Je le pose sur le toit. Je passe une dernière fois la main dans le sac et, à l'instant où je me dis qu'il n'y a plus rien, mes doigts touchent le bord d'un objet rigide et plat. Je le sors.

Une carte postale représentant un phare.

Un frisson me parcourt l'échine. Le même phare que celui du bureau de Martha, j'en suis sûre. Je retourne la carte et lis : « Phare d'Elvenmouth ». Il y a aussi une phrase griffonnée :

Dommage que tu ne sois pas là.

L'écriture de ma mère.

Enfin, maman ! Tu n'aurais pas pu être un peu plus explicite ? Expliquer où est ce phare, par exemple ? Dire si Smitty s'y trouve, ou toi ? Ou bien s'il faut éviter cet endroit ? Ou encore : s'il est symbolique, si c'est un autre code à décrypter ? Et pourquoi Martha avait-elle la même fichue photo ?

Je gémis. Je comprends que ma mère soit superprudente, vraiment… Dieu sait ce qui serait arrivé si ce sac était tombé entre de mauvaises mains. L'ennemi aurait des combinaisons étanches ! Et une jolie photo représentant un phare ! La partie serait terminée, maman !

Je remets la carte postale dans le sac.

Il ne reste plus qu'à ouvrir le lourd paquet. Et vous voulez que je vous dise ? Je sais instinctivement ce qu'il contient et c'est pour ça que je l'ai gardé pour la fin. Parce que, si j'ai raison, j'aurai un gros dilemme sur les bras, le plus difficile à résoudre de ma vie.

J'ouvre le paquet, ôte les morceaux d'adhésif jusqu'à ce qu'il ne reste que le plastique. Ma mère a été très attentive à l'étanchéité, et à juste titre parce que l'eau et ce qui est à l'intérieur du paquet ne font pas bon ménage.

Quand je glisse la main sous le plastique pour saisir ce que je n'ai pas envie d'y trouver, j'ai soudain un doute. Mais lorsque mes doigts se referment sur l'objet lisse et froid, mes pires craintes sont confirmées.

Ma mère m'a fait cadeau d'un revolver.

CHAPITRE 15

Quand on est allés s'installer en Amérique, je croyais qu'il y aurait des armes partout. C'est ce qu'on voit dans les films. Il y a des tueurs en série, des cow-boys, des gangs, des ados fêlés tuant les jeunes qui se moquent d'eux dans le couloir.

En réalité, dans la ville universitaire verdoyante où nous vivions, tout était très calme, les gens étaient charmants et personne ne semblait porter une arme. Pourtant les armes étaient là, quelque part.

Un jour, alors que j'avais une douzaine d'années, ma mère m'a fait une proposition pendant le petit déjeuner. C'était exceptionnel sur plusieurs plans. Tout d'abord, elle était à la maison pendant le week-end. Ensuite, à l'époque, elle ne me parlait pas vraiment. Je faisais la tête chaque fois qu'elle semblait sur le point de m'adresser la parole et ça marchait très bien. On communiquait par l'entremise de mon père ou de mots sur le tableau blanc de la cuisine. Mais, ce samedi matin, elle m'a coincée alors que j'avais quitté ma chambre pour aller chercher des céréales.

– J'ai pensé qu'on pourrait sortir toutes les deux, si tu en as envie, a-t-elle dit d'une voix pleine d'entrain.

J'ai tout de suite compris que quelque chose clochait. Les balades entre mère et fille, ce n'était vraiment pas notre genre.

– Je crois que l'heure est venue de tester ton œil, a-t-elle ajouté.

Elle me souriait. Très déstabilisant.

Je me souviens que je me suis frotté l'œil. J'ai sans doute cru qu'elle voulait m'emmener chez l'ophtalmo, quelque chose comme ça.

– Non ! Pas ça, a-t-elle dit avec un rire forcé. Je pensais au stand de tir.

Je n'en suis pas revenue.

– À l'arme à feu ?

– À l'arme à feu, exactement. Comme celle-ci.

Elle a sorti un petit flingue brillant de derrière son dos et, franchement, ma première idée a été de me jeter à plat ventre. J'ai failli perdre le contrôle de ma vessie.

– Je crois que tu tireras très bien, a-t-elle vite dit, comme si elle sentait que j'étais en état de choc. Il n'est pas question de chasser, rien de ce genre, mais ça peut toujours servir et je crois que tu seras forte. Si tu as du talent, tu pourrais même tirer en compétition.

J'étais convaincue, à ce moment-là, qu'elle avait perdu la boule.

À cet instant, mon père est arrivé. Il était de permanence de nuit à l'hôpital et portait toujours sa tenue. Quand il a vu ma mère me tendant le pistolet (plus ou moins), il est devenu aussi blanc qu'une pomme de terre épluchée.

– Qu'est-ce qui se passe ?

– Ce dont on a parlé.

Ma mère ne se laisse jamais démonter. Ce jour-là, elle a recouru à l'hostilité et l'irritation.

– Mais on y avait finalement renoncé, a répondu mon père.

Son visage exprimait déjà la lassitude et la défaite.

– *Tu* y as renoncé. J'ai soutenu que ça lui ferait beaucoup de bien.

Le ton de ma mère avait changé. Elle n'adopte ce ton que lorsque ses décisions sont irrévocables. C'est-à-dire le plus souvent.

– Donc, pas de karaté, de cheval, de club d'échecs, mais les armes à feu ? a demandé papa, incrédule. Et dire que je ne te prenais même pas vraiment au sérieux.

Je me suis tournée vers mon père.

– Le club d'échecs ? Non mais tu m'as regardée ?

– Les échecs reposent sur la stratégie, le sang-froid, les *conséquences*. Ça te ferait le plus grand bien.

Il a grimacé :

– Sans doute aussi à ta mère.

Maman a secoué la tête, parce qu'elle est au-dessus de ces bavardages d'ados, et elle s'est tournée vers moi.

– Je serai dans la voiture, a-t-elle dit comme si mon père était l'enfant.

Elle a posé le pistolet sur le plan de travail puis elle est sortie.

Papa a soupiré. J'ai soupiré. J'ai haussé les épaules. Il m'a regardé de la tête aux pieds, puis a posé les mains sur mes épaules.

– Ça te fait envie ?

– Un peu.

En fait, j'en avais *très* envie. C'est affreux, mais la perspective de dégommer des trucs me séduisait beaucoup.

– Très bien. Essaie de ne pas trop y prendre goût.

Il s'est penché, m'a embrassée sur le front et a ajouté :

– Sois extrêmement prudente.

On est souvent allées au stand, cet été-là. Puis ma mère a eu de nouveau beaucoup de travail et on a cessé. Mon père m'y a accompagnée une fois et a été méga-impressionné, parce que sa fille unique était devenue une vraie machine à tuer. Mais j'ai vu qu'il détestait ça et, franchement, une fois passé l'enthousiasme du début, moi aussi. J'aimais toucher en plein dans le mille, j'aimais *beaucoup* ça, mais les armes me faisaient peur et ça n'a pas changé.

Donc celle-ci, je la laisse ici. Je ne peux pas l'emporter.

Si on m'avait dit : « Tu vas te retrouver en fuite dans un pays grouillant de zombies et tu vas mettre la main sur un revolver », je n'aurais pas imaginé abandonner cette arme. Ça m'aurait semblé complètement idiot. Mais je comprends, à cet instant même, que je dois le faire. Parce que j'ai retenu une leçon de mon passage au stand de tir : quand on a une arme, il faut être prêt à s'en servir, comme disent les flics dans les mauvaises séries télé. Et je redoute un peu de trop aimer tirer. Il y aura des accidents, des reproches, des larmes. Il y aura des coups de feu. Il y aura la mort.

Je descends du toit et enterre cet objet ridicule dans un coin de l'étable, près de la bouse de vache dont la surface durcit de nouveau. Ensuite, je prends le sac à dos puis sors dans la brume.

Meuglement. Deuxième meuglement. Et une sorte de bêlement.

D'énormes silhouettes noir et blanc sortent lentement du brouillard.

Merde ! Les vaches rentrent. Mortes-vivantes et affamées.

Je fonce déterrer ce fichu revolver, le fourre dans la poche de ma veste sans en ôter la sécurité. Je suis sur le point de sortir quand une ombre apparaît à la porte de l'étable.

Bêlement. C'est une chèvre. Une petite chèvre blanche, sautillante, avec de courtes cornes semblables à des dagues et de jolies dents. Du sang s'écoule de sa bouche et de son derrière, comme si les liquides putréfiés contenus dans son corps débordaient. Un œil pend, au bout de son nerf, sur sa joue poilue. La bile me monte à la gorge.

L'animal gratte le sol d'une patte qui fléchit dans le mauvais sens, puis bondit avec souplesse.

Mon Dieu ! Non !

Je peux facilement échapper aux vaches, qui sont grosses et lentes. Mais, une chèvre, ça n'a rien à voir.

Elle bêle, baisse la tête et charge… Elle est instable sur ses pattes, mais rapide. Je l'esquive comme un matador, mais elle pivote sur ses petits sabots et repart à l'assaut. Cette fois, elle saisit la manche de ma veste entre ses dents, une paupière retournée dévoilant le rose de son œil intact. Elle tente de déchirer le tissu. Je la repousse.

– C'est du Kevlar, ma vieille !

La chèvre se moque bien des gilets pare-balles. Elle charge encore. Je recule, glisse sur la bouse et tombe sur les fesses. La chèvre percute ma poitrine. Je saisis ses maigres pattes avant et, alors que ses dents claquent à quelques centimètres de mon visage, je la lance le plus loin possible, à savoir à environ un mètre cinquante.

Elle se redresse, je me redresse. J'ai le revolver à la main, sécurité ôtée.

Viser. Inspirer. Appuyer.

Le recul et le bruit me projettent de nouveau sur le sol. Je risque un œil. La chèvre gît par terre, la moitié de la tête arrachée. Et morte. Absolument. Sans aucun doute.

Je pleure. Je m'autorise un énorme sanglot. Je laisse tout sortir : Grace, ma quasi-noyade, la lassitude et le malheureux animal gisant par terre.

Quand j'ai séché mes larmes et que je sors prudemment de l'étable, les vaches me regardent avec méfiance, trop grosses et trop stupides pour gravir la montée. Je repère un espace où passer et fonce, je descends aussi vite que possible le flanc détrempé de la colline et, soudain, j'aperçois au loin une lumière en mouvement. Elle avance en ligne droite, puis disparaît.

Une voiture ?

Il me faut prendre le risque, partir du principe que ce sont mes compagnons et qu'ils me cherchent. Je remets le revolver dans ma poche et accélère, la boue giclant entre mes orteils, le brouillard, de nouveau plus épais, m'empêchant de voir à plus de quelques mètres.

– *La nuit va tomber, Bob.*

Smitty est là. Mon ami. Mon ange gardien. Ma mouche du coche.

– *Tu as déjà eu l'impression qu'il fallait que la situation empire avant de s'arranger ?*

Le soleil a disparu derrière les nuages. L'obscurité s'installe et il va pleuvoir. En plus, le brouillard s'épaissit. Il y a quelques instants, c'était un mur au loin, d'abord devant, puis de chaque côté. À présent, il me cerne de toutes parts et, dans un moment, il m'aura engloutie. Où est allée la voiture ? La peur d'être abandonnée, seule, me serre le cœur.

– *Hé, idiote,* dit Smitty en me donnant un coup de coude dans les côtes, *tu n'es pas seule. Je suis là.*

– Pas vraiment, je réponds à haute voix. Si tu étais là, je ne serais pas obligée de te chercher. En plus, ils ne m'abandonneront pas. On n'a jamais abandonné personne.

– *On l'a fait,* proteste Smitty. *Au château, tu te souviens ? Le petit Cam et sa sœur Lily ? On les a abandonnés, Bobby. Ils étaient contaminés, mais on aurait peut-être eu le temps de les sauver. Maintenant, on ne le saura jamais. Cam n'était qu'un gamin…*

– Boucle-la ! je crie.

Je continue d'avancer, les bras tendus devant moi dans le brouillard.

– *Très zombie, Roberta.*

Je l'ignore. Les quelques gouttes de pluie deviennent de plus en plus nombreuses. Je pourrais mettre la capuche de ma veste, mais ça reviendrait à fourrer du coton hydrophile dans mes oreilles. Mes sens sont en éveil, à l'affût de tous les bruits et mouvements. Tout d'un coup, l'odeur piquante des sapins mouillés brûle mes narines.

Odeur de sapins. Arbres. Je dois être près de la route. J'accélère.

Une racine ou une touffe d'herbe… je m'étale à plat ventre, criant stupidement, heurte le sol très fort, le souffle coupé, un buisson dégoulinant d'eau me trempant presque autant que l'avait fait la rivière.

Aïe ! Au moins, le revolver n'a pas tiré.

Vite, je m'assieds. Il faut que je me relève avant de céder au désir de ne plus bouger. Je me retourne pour voir ce sur quoi j'ai trébuché, et me trouve face à un visage ensanglanté.

Je tombe une fois de plus sur les fesses.

Un homme. Orbites vides : yeux dévorés par les corbeaux. Presque pas de nez. Un trou dans le front. Mais la bouche est fermée, les lèvres serrées, comme s'il me reprochait de lui avoir donné un coup de pied dans les côtes.

Je hurle.

CHAPITRE 16

Aussitôt, je me sens stupide. Seuls les amateurs hurlent et je n'en suis plus un. Avec tout ce chaos, ces cadavres et l'arme à feu que je porte, je me suis endurcie. Comme mes pieds exposés au froid et aux arêtes cruelles des branches et des pierres.

Je me force à le regarder et remarque sa tenue de camouflage. Un soldat, sans doute. Mais pas un de ceux de Xanthro. Il n'est pas en noir et ne porte pas l'insigne au X jaune. Peut-être s'est-il trop approché de Sainte-Gertrude et les hommes de Xanthro l'ont-ils abattu ? Ils ne veulent pas que l'État vienne les déranger pendant qu'ils mettent au point leurs morts-vivants de combat.

Y a-t-il d'autres militaires dans le coin ? Mon cœur s'emballe. J'aimerais bien rencontrer des gentils. Celui-ci est là depuis un moment : il sent mauvais. Il ne peut plus se transformer ; s'il avait dû devenir zombie, ça serait déjà fait. Et ça veut sûrement dire que ses potes sont partis depuis longtemps.

Une portière claque dans l'obscurité, et je lève la tête. Je distingue vaguement une silhouette venant dans ma direction. Je n'ai pas assez d'énergie pour fuir. Si ce n'est pas un ami, je suis fichue.

Russ s'arrête à quelques mètres de moi et reste immobile, essoufflé, les yeux fixés sur le soldat. Une énorme vague de soulagement me submerge et je me remets à respirer.

– Mort ? demande-t-il.

– Très.

– Et tu vas bien ?

Je hoche la tête.

– Contente de te revoir, je dis. Je commençais à croire que je ne vous retrouverais jamais.

– On a cru entendre quelque chose. On espérait que c'était toi.

Un large sourire de soulagement illumine son visage et, bizarrement, il donne deux coups de poing dans le vide.

– Génial ! s'écrie-t-il.

Il me rejoint et m'aide à me relever. On se donne l'accolade d'une façon ridiculement sentimentale. Et ça ne me déplaît pas. Le contact d'une personne vivante, chaude, est agréable ; surtout un beau garçon, grand, fort et tendre. Il me serre dans ses bras puis passe une main sur mon crâne rasé, ce qui nous gêne beaucoup tous les deux, parce qu'il a sans doute oublié que je n'ai pas de cheveux. Mortifiée, je me sens laide à l'extrême. On se sépare.

– L'hélicoptère, dit Russ d'une voix altérée. Près du pont. J'ai lâché la corde. Après, on a dû fuir. Je suis vraiment désolé.

– Ne t'en fais pas, je réponds, gênée.

– On espérait qu'ils ne t'avaient pas vue sous l'arche.

– Ils m'avaient repérée. Mais j'ai filé à la nage. Pas de souci.

– Tu étais dans la rivière ?

Russ secoue la tête, se frotte le visage, honteux, puis il me serre de nouveau dans ses bras.

– Mais tu as toujours le sac à dos ? ajoute-t-il.

– Ouais. Le soldat mort le voulait, mais je lui ai dit d'aller se faire voir.

Je lui tapote plus ou moins le dos pour ne pas avoir l'air indifférente, mais pas question de céder aux démonstrations d'affection devant les autres.

– Elle profite vraiment de la situation, ironise Alice, depuis la Jeep.

Une portière s'ouvre et j'aperçois Pete.

– Où étais-tu passée ? Tu as été mordue ? Qu'est-ce que contient le sac ?

– Moi aussi, je suis heureuse de te voir, Pete.

J'essaie de regagner la Jeep d'un air dégagé, mais sans chaussures et les jambes flageolantes, c'est un peu compliqué.

– Je me suis laissée porter par le courant, j'explique. J'ai fait la connaissance d'animaux morts-vivants et j'ai mangé deux barres de céréales.

J'en sors une du sac et la lance à Pete. Il l'attrape et fronce les sourcils.

– Le bétail est contaminé ?

Je m'appuie contre la Jeep. Je suis si fatiguée que je pourrais dormir encore six semaines.

– Vaches zombies, chèvres zombies. Il faudrait appeler la SPA.

– C'est extrêmement inquiétant, dit Pete en secouant la tête. Xanthro a fait des expériences sur eux ou ils ont été mordus par des êtres humains ?

Je hausse les épaules.

– L'un ou l'autre. Tout ce que je sais, c'est qu'on n'est pas près de commander des steaks. Tu devrais manger ta barre de céréales.

– Autre chose, là-dedans ? demande Russ en tapotant le sac à dos.

– Cette combinaison étanche, je réponds en pinçant le tissu. Des cachets pour purifier l'eau. Et une carte postale de ma mère.

– J'y crois pas ! s'écrie Russ. Montre-la-moi !

Je la sors et la lui donne.

– « Dommage que tu ne sois pas là », lit-il, le front plissé.

À haute voix, ça semble plus ridicule encore.

– C'est tout ? s'exclame Alice. Ça l'aurait tuée de nous dire où ?

– Il y a un truc bizarre, je dis. La carte postale. Ce phare. Vous l'avez déjà vu ?

Ils l'examinent.

Pete fait non de la tête.

– On devrait ?

– La chambre de Martha. Le tableau d'affichage.

Ils me fixent sans comprendre.

– Il y avait une carte postale représentant un phare, j'explique. C'était le même.

– Tu en es sûre ? demande Russ.

J'acquiesce.

– Et c'est l'écriture de ta mère ? fait Pete en tapotant la carte.

– Absolument. Elle est médecin ; il faudrait beaucoup de talent pour imiter ses pattes de mouche.

– Bon sang ! s'emporte Alice. Ta mère n'aurait pas pu faire simple pour une fois ?

Je suis sur le point de lui balancer une réplique cinglante – même si je suis plus ou moins d'accord avec elle –, mais un bruit inquiétant, dans le ciel, m'en empêche.

Russ lève la tête et jure.

– Ils reviennent. Le brouillard ne les empêchera d'approcher que pendant quelque temps.

– Montez, dit Pete.

– Je ne les vois pas. Ils peuvent nous repérer ? je demande.

Je jette un coup d'œil vers le ciel avant de monter sur la banquette arrière, près de Russ.

– Ils ont peut-être un détecteur à infrarouge, dit-il. Démarre, Pete.

Il baisse la vitre, sort la tête et écoute pendant que Pete roule aussi vite que possible dans le brouillard épais.

– Dieu merci, tu as trouvé un pantalon, raille Alice, depuis le siège passager. Au moins, quand ils nous tueront, tu seras à peu près décente.

– Ouais, Malice, c'est le plus important.

Je retrouve, entre les sièges, mes fidèles bottes.

– Chut, fait Russ. Je crois qu'on est en train de semer l'hélicoptère.

Pete est cramponné au volant et je ne sais pas comment il fait pour rester sur la chaussée. Foncer dans la grisaille sans voir où on va fait un effet très bizarre. J'espère qu'on ne percutera pas une vache morte-vivante.

Quelques minutes plus tard, Russ rentre la tête dans l'habitacle.

– Il est parti. On devrait tout de même s'éloigner le plus vite possible.

– Mais Grace a dit que Smitty était tout près, je proteste. Il faut qu'on le trouve.

Je me penche vers Pete :

– Tu as les nombres ? Il faut les décrypter. Tout de suite.

Il agite une main.

– Regarde ta vitre. Depuis qu'on a été séparés, on s'est cachés et on n'a pratiquement rien fait d'autre.

Les nombres sont écrits sur la buée de la vitre.

55461760328186

5555006005959

– Le premier correspond à Smitty, le second à ta mère, dit Russ. Après avoir échappé à l'hélicoptère, on s'est cachés pendant une heure ou deux dans les bois et on a essayé de les décrypter. Mais on n'est arrivés à rien.

Je fixe les chiffres dégoulinants. J'aimerais avoir une illumination, mais rien ne me vient à l'esprit.

– Les deux nombres commencent par deux cinq, je marmonne. Ils sont de la même longueur. Ça a forcément un sens.

– Oui. Ils contiennent peut-être le même mot, dit Pete en se retournant.

On va finir dans le fossé.

– Mais regarde tous les cinq du second groupe… j'objecte. Quel mot contient quatre fois la même lettre à la file ?

– Il y a des codes où le même chiffre correspond à des lettres différentes, affirme Pete. Mais il faut des algorithmes spéciaux pour les décrypter. Ça implique un ordinateur ou un très gros cerveau.

– Jamais ma mère ne supposerait que j'aie l'un ou l'autre.

– Réfléchissons logiquement, intervient Russ. Parce que ta mère est logique, hein ?

Il se tourne vers moi.

– Absolument.

– Alors revenons-en aux bases, marmonne-t-il en se frottant le front comme pour réchauffer son cerveau. Elle te dit de trouver Smitty. On peut en déduire que le nombre qui suit son nom nous indique où il se trouve.

– Oui ! s'écrie Alice, qui frappe le tableau de bord et nous fait tous sursauter. C'est ce que je pensais depuis le début !

– Euh, génial, fait Russ, qui ne s'attendait visiblement pas à un tel enthousiasme après avoir exprimé l'évidence. Donc ces chiffres représenteraient un nom de rue ? Ou un immeuble.

– Non ! proteste Alice. Pas un immeuble, un endroit.

Elle se penche par-dessus le dossier de son siège, braque l'index sur la vitre et explique :

– Les chiffres indiquent où !

– Oui, et ? je m'emporte. 5546… peu importe… ce n'est pas un mot.

– Ça n'a pas besoin d'en être un, répond Alice comme si elle s'adressait à une demeurée. C'est ces trucs, ces points. Tu sais, ces lignes, là… Les longi-trucs, tant de degrés nord, tu vois ?

– Tu délires ?

Je lève les yeux au ciel.

– Les points sur la terre, d'accord ? ajoute-t-elle en se tournant vers Russ.

Pete se met debout sur le frein.

– Des coordonnées, souffle-t-il. La latitude et la longitude. Pourquoi je n'y ai pas pensé plus tôt ?

– C'est évident, maintenant, en effet, dit Russ.

– Hein ? je fais stupidement, sidérée que tout le monde semble croire Alice capable d'une déduction exigeant de l'intelligence.

– Les chiffres, c'est plus ou moins ces espèces de degrés sur le globe. On a appris ça à l'école, andouille, m'explique Alice.

Pete coupe le contact et se tortille sur son siège.

– Tu sais… précise-t-il, 55 degrés nord, disons, et un autre nombre ouest ou est, peu importe. C'est comme ça qu'on sait où on se trouve. C'est de la géographie basique.

– De la géographie *basique*, Bobby, répète Alice d'une voix mielleuse.

– Le septième chiffre, 6, correspond à N, sur le clavier d'un téléphone, et signifie nord, s'empresse d'expliquer Pete.

Il prend une profonde inspiration, heureux d'avoir l'occasion de me faire la leçon.

– Les trois premières paires de chiffres, poursuit-il, tendant l'index vers le nombre correspondant à Smitty et traçant des virgules entre les groupes, donnent : 55, 46, 17. Donc : cinquante-cinq degrés, quarante-six minutes et dix-sept secondes nord. Ils indiquent un point précis sur la carte.

Il plisse le front, réfléchit quelques instants et conclut :

– Ce n'est pas loin. Cinquante-cinq est tout à fait logique ; Édimbourg se trouve à cinquante-cinq degrés nord.

Je le dévisage.

– Comment peux-tu savoir ça ?

Il me rend mon regard.

– Comment peux-tu l'ignorer ?

Je bats des paupières.

– D'accord. Comment peut-*elle* le savoir ?

Je montre Alice.

Pete secoue la tête.

– On vit une drôle d'époque, Bobby. Les six chiffres suivants sont la latitude, et le dernier indiquera « est » ou « ouest »... 6... ça ne peut pas être de nouveau N, donc c'est forcément O...

Il place les virgules et lit :

– 55, 46, 17 N ; 03, 28, 48 O. Voilà, fait-il avec un soupir satisfait. C'est ça. C'est là que se trouve Smitty. Pour le rejoindre, il suffit d'aller à l'endroit indiqué par ces coordonnées. J'en mettrais ma main à couper.

Pour la première fois depuis mon réveil, ce matin, je me sens vraiment pleine d'énergie.

– Comment on fait pour aller jusqu'à ces coordonnées ? je demande à Pete.

– Facile, chantonne-t-il. On a un GPS.

Il remet le contact, tend la main vers le bouton de mise en marche du guidage par satellite et, pendant une seconde un peu embarrassante, oublie ce dont on se souvient tous.

L'écran clignote, brisé, illisible.

– Bon sang, s'exclame Pete, comme s'il allait éclater en sanglots. Je ne savais pas… Je croyais qu'on n'en aurait pas besoin…

En silence, on fixe l'écran, seule source de lumière de l'habitacle. Le moteur ronronne doucement. Moi aussi, j'ai envie de pleurer. Si près et pourtant si loin.

– Bon, dit Alice au bout d'une minute, il va falloir se contenter de la carte, comme au bon vieux temps.

Elle soulève son joli petit derrière, tire une liasse de papier qui se trouve dessous et ajoute :

– Je suis assise dessus depuis un bout de temps ; très inconfortable. C'est ce qui m'a donné l'idée des nombres : il y en a partout.

Elle prend conscience de nos bouches ouvertes et de nos regards incrédules.

– Quoi ? demande-t-elle.

Russ lui arrache la carte et l'étudie à la lumière de la torche.

– C'est ça, souffle-t-il. C'est ce qu'il nous faut. La latitude et la longitude, tout est indiqué. Ça doit être la rivière, là, ajoute-t-il en montrant la carte. Voilà la ferme et le pont.

Il hoche la tête, sourit et conclut :

– On va y arriver.

Je me penche vers lui.

– Tu crois que ces nombres sont bien ce que ma mère voulait nous dire ?

Il se tourne vers moi.

– C'est ta mère. Elle ferait ce genre de chose d'après toi ?

Je n'ai pas besoin de réfléchir ; c'est exactement ce qu'elle ferait. Soudain, un souvenir depuis longtemps oublié remonte à la surface et me fait rougir.

Un voyage, juste avant notre départ pour les États-Unis. Ma mère et moi sous la tente : un week-end de camping. En général, je faisais ce genre de sortie avec mon père – ma mère était toujours trop occupée pour me consacrer tout un week-end – mais elle m'avait fait la surprise de cette aventure-là à la dernière minute.

On était allées au bord d'un lac ; c'était l'été et, le premier jour, j'ai joué dans l'eau glacée et pris des coups de soleil. Puis il y a eu le feu de camp et les insectes : moucherons, guêpes, et un gros scarabée aux longues antennes dans mon sac de couchage. Ma mère m'a dit de ne pas être stupide, de ne pas avoir peur des petites bêtes.

Le lendemain, on a fait une promenade d'orientation. On est parties d'une grosse pile de pierres portant un nom ridicule – le grand cairn ou le dolmen de la falaise – avec un plan et une boussole. On a gravi des collines, traversé des bois très denses.

Je ne pigeais pas ; elle essayait de m'apprendre à utiliser la carte et la boussole, mais ça ne marchait pas. J'avais *neuf* ans. J'en étais encore à scruter les ombres à la recherche de fées.

Mais la fréquentation de ma mère m'avait appris une chose : si tu ne comprends pas, fais comme si. Donc j'ai fait comme si, j'ai feint de savoir exactement où on allait, tombant juste, par pur hasard, plus souvent que je ne me trompais. Ma chance me stupéfiait. J'ai si bien fait comme si que, vers la fin de la promenade, alors que mon estomac commençait à gronder et que l'idée de retourner à l'école, après cette balade épique, me semblait séduisante, on est arrivées dans une clairière où ma mère m'a donné le plan et la boussole, puis m'a dit de rentrer seule.

– Je connais le chemin, a-t-elle expliqué en écartant les cheveux qui couvraient mes yeux. Mais je veux que tu rentres par toi-même. Sers-toi des coordonnées et on se retrouve au tas de pierres (d'accord, j'ai oublié le nom de cet endroit).

Puis elle est partie à grands pas.

C'était un test : si je réussissais, le week-end serait un succès. Si j'échouais, je n'étais visiblement pas sa fille.

Serrant la boussole très fort, je me suis engagée sur le chemin. Peut-être, au bout de quelques minutes, les arbres disparaîtraient-ils et retrouverais-je maman, assise comme un lutin au sommet de ce bon vieux tas de pierres. Du gâteau.

Mais, naturellement, ça n'est pas arrivé. Et mes souvenirs sont un peu confus. Je sais que j'ai marché et marché, les bois devenant de plus en plus sombres, et je me rappelle mon angoisse quand je me suis dit que ça durait depuis trop longtemps pour que ce soit le bon chemin. J'ai rencontré une rivière et je l'ai suivie, parce que les rivières conduisent toujours *quelque part*. Puis la nuit est tombée. Ensuite, je ne me souviens pas de grand-chose, sans doute parce que je l'ai refoulé. Je me rappelle seulement m'être réveillée sur le parking, les gyrophares des voitures de police et mon père enguirlandant ma mère.

En fait, je m'étais complètement trompée de chemin. J'avais décrit un grand cercle, revenant à l'endroit où on avait laissé la voiture, la veille. Incapable de retrouver ce fameux tas de pierres avec les outils fournis par ma mère, j'avais suivi mon instinct et j'étais parvenue à sortir par moi-même de la forêt. On m'a trouvée endormie sur le sol, sous la portière du passager, verrouillée, de la voiture. Maman était gênée et papa furieux.

On n'a plus jamais parlé de ce week-end. Mais elle a sans doute cru que je n'avais jamais oublié ces histoires de coordonnées. Je crois qu'en me laissant ces indices elle voulait me donner une nouvelle occasion de trouver mon chemin par moi-même. J'aurais dû comprendre ce que représentaient ces nombres mais, une fois de plus, je n'avais pas été assez attentive.

– Donne-moi cette carte, je dis à Russ en tendant la main. Et écarte-toi. Je vais trouver cet endroit et on va sauver Smitty.

CHAPITRE 17

Immobiles au sommet d'une colline détrempée, on regarde un pré que borde une forêt. Le pré est ordinaire, hormis quatre murs de pierre délimitant un enclos à moutons vide.

– Oh ! murmure Alice, Bobby a gagné son badge de scout.

J'ai déterminé l'endroit, situé à quelques kilomètres de celui où ils m'ont trouvée, et on y est allés. C'est ici que se croisent les coordonnées de la carte. Le brouillard s'est presque complètement dissipé. Il pleut légèrement et la Jeep risque de s'enfoncer lentement dans la boue.

– Et maintenant ?

Pete semble découragé.

– C'est le bon endroit, j'affirme, comme si ça allait forcer Smitty à se matérialiser.

Pourquoi ai-je si peur ? Je devrais sauter de joie. Je ne pense qu'à Smitty… mais il n'est plus là. Plus de voix dans ma tête, maintenant. Je suis peut-être trop proche de lui.

– Il faut voir ça de plus près, décide Russ en secouant la tête. Descendons au moins jeter un coup d'œil dans l'enclos.

On s'engage sur la pente glissante. Toutes sortes d'idées me traversent l'esprit. Et si Smitty avait perdu la boule ? Qui sait ce qui peut arriver, en six semaines, quand on est seul et qu'on doit trouver de quoi se nourrir. Surtout quand on a été mordu par un zombie et qu'on est bourré d'antidote. Il sera peut-être devenu fou… ne se souviendra pas de moi ou bien courra en rond dans le pré vêtu de son caleçon et de bandes en cuir de vache morte.

Mais, surtout : Comment m'accueillera-t-il ? Qu'est-ce qu'on se dira ? Quarante jours et quarante nuits ont passé. Pour des ados, c'est comme un an. D'accord : je suis restée sans connaissance pendant presque tout ce temps et, pour moi, ce sera un peu comme si je l'avais vu hier. Mais s'il a vécu toutes les minutes de cette période et qu'il ait eu l'occasion de… bon, de réfléchir. De s'éloigner de moi.

Je ne lui plairai peut-être plus.

Je suis complètement stupide. Comme si tout ça comptait ! L'important, c'est Xanthro, Osiris, les zombies et sauver le monde. Ou bien l'important, c'est moi et ma mère, pouvoir rentrer chez nous, mes camarades et moi. Ce qui compte, ce n'est pas ma vie amoureuse ou son absence. Ce n'est pas un baiser, une main chaude dans la mienne, ni la façon humiliante dont mon corps picote et vibre en sa présence. Ce n'est pas son absence ; ce n'est pas la sensation – pour la première fois depuis une éternité – d'avoir enfin rencontré quelqu'un qui m'accepte.

Bon sang ! Il a fallu un coma pour que j'admette tout ça.

Mon Dieu ! Le coma. Le crâne rasé. Je suis *moche.*

Non ! C'est impossible ! Je ne veux pas de grandes retrouvailles tant que je serai Bobby-la-Chauve. Je suis horrible. Je porte une combinaison étanche : pas le comble de l'élégance. Je sens la vache pourrie, le formol, la vase et les sécrétions d'un soldat mort. Et personne n'est aussi repoussant que moi. Les cheveux d'Alice sont brillants et brossés. Je le jure. Mon cas est désespéré.

La descente est difficile. On s'arrête à mi-chemin pour reprendre notre souffle et ôter la boue collée à nos chaussures.

L'enclos n'a rien d'extraordinaire. C'est une de ces constructions en pierres de tailles différentes qui, miraculeusement, tiennent sans mortier. Il n'y a pas de toit. Pas de cachette.

L'entrée est de l'autre côté.

À l'intérieur, on est remarquablement abrités ; les murs nous protègent bien de la pluie. Le sol est parsemé de paille et il y a deux grandes mangeoires métalliques logiquement destinées à fournir de la nourriture aux moutons affamés. Mais il n'y a pas de moutons affamés. Ni de traces de Smitty. Qu'est-ce que j'espérais ? Le découvrir accroupi dans un coin, en train de ronger un navet ? Peut-être. Je longe le mur, passe près de la première mangeoire, continue en direction de la seconde.

– Il n'y a rien.

Ma voix est horrible. Grave, rauque, éraillée. Elle est fatiguée. Moi aussi. J'ai presque envie de m'allonger sur la banquette arrière de la Jeep et de laisser Pete nous conduire quelque part, n'importe où. J'en ai presque par-dessus la tête de toute cette histoire.

– On continue, crie Russ. Dans la même direction. C'est forcément tout près.

La paille semble épaisse dans un coin, près de la mangeoire. Je crois que je vais me coucher dessus. Ouais, c'est décidé. Je vais m'allonger. Je déplace mollement la paille du bout de ma botte, comme un chien griffant le sol avant de s'étendre.

Jackpot !

Je me retiens de crier avant d'être sûre. Puis je me mets à quatre pattes. Il n'y a plus de doute maintenant, mais je garde ma découverte pour moi.

Une petite trappe en bois. Sur le sol.

L'espoir et la joie s'emparent de moi. Je me sens incroyablement bien. Voilà ! *Je l'ai trouvé, maman. Je l'ai trouvé !*

Je me redresse lentement, les jambes flageolantes, et me retourne pour avertir les autres, mais ils sont déjà là. Ils ont dû me voir gratter et m'ont rejointe. Sans un mot, je montre l'anneau métallique qui tient lieu de poignée.

Je me penche pour ouvrir la trappe. Je ne croyais pas qu'elle serait aussi lourde, mais les charnières sont bien graissées et je la soulève sans problème.

Quelques marches. Un tunnel disparaissant sous le mur.

– Un abri ? souffle Pete.

Je descends les marches, baisse la tête pour entrer dans le tunnel. Russ me donne la torche de la Jeep. Je l'allume, mais il n'y a pas grand-chose. Un ou deux mètres plus loin s'étend un espace plus vaste où je peux tenir debout.

Une petite pièce. Parois en tôle ondulée, dalles de pierre au sol. Un lit de camp contre le mur opposé. Au milieu : un carton et une lanterne. Des emballages de bonbons. À droite, une alcôve derrière un rideau. Je le tire : un évier sale avec un robinet ainsi qu'un seau hygiénique.

Les autres me rejoignent et, soudain, la pièce semble très petite. Russ prend la lanterne, abaisse l'interrupteur et l'allume. Une lumière blanche aqueuse emplit l'espace.

– Il n'est pas là, constate Alice, irritée.

– Quelqu'un a vécu ici, affirme Pete en montrant des boîtes de conserve vides. Ta mère est peut-être venue le chercher. Elle pourrait l'avoir conduit dans un endroit plus sûr. Elle pourrait avoir laissé un message pour nous.

C'est vrai, mais je n'ai pas le courage de chercher. La déception me ronge, dévore mes entrailles, monte dans ma poitrine jusqu'à ma gorge, et je vais éclater en sanglots. Je regarde sous l'oreiller, sous le lit, sur les murs et le plancher. Rien.

– C'est peut-être sans importance, je marmonne en me redressant lentement. On n'est pas sûrs qu'il soit venu ici. Ce n'est peut-être pas le bon endroit. Bon sang !

Je me rebaisse, soulève le lit, et le sommier métallique heurte la paroi.

– Bon, dit Russ. On prend ce qui peut nous servir et on continue.

– Et on va où ? crie Alice.

– Plus loin, répond-il, avec assurance. Ce n'est pas le bon endroit.

– Non, proteste Pete. C'est le bon. Je suis sûr que Bobby ne s'est pas trompée.

– Qu'est-ce que ça change ? je demande. Il n'est pas là et on perd notre temps.

Je suis sur le point de partir, ravalant mes larmes tant que je ne serai pas dehors, où la pluie les cachera, quand je vois un objet rouge à mes pieds. Il a dû tomber quand j'ai soulevé le lit. Peut-être se trouvait-il entre le matelas et le sommier. Je m'accroupis et le ramasse. C'est une petite bourse chinoise en soie qui contient quatre pièces de vingt-cinq cents. Celles que j'y ai glissées aux États-Unis, en cas d'urgence. Je sursaute.

– Qu'est-ce que c'est ? demande Russ.

– C'est à moi, je réponds en fermant le poing. Smitty a dû fouiller dans mes poches après l'accident et me la voler. C'est tout lui, ça.

– Il n'est peut-être pas loin, dit Pete en se dirigeant vers la sortie. Il pourrait avoir entendu la Jeep et s'être caché, croyant que c'était l'ennemi.

La bourse serrée dans ma main, je le suis, mais, parvenu au bout du court passage permettant d'accéder à la surface, il se retourne.

– Hélicoptère, souffle-t-il.

Je tends l'oreille. Oui, c'est bien ça : martèlement des pales de l'appareil en stationnaire, tout près.

– La Jeep, dit Russ. Il faut la rejoindre.

– En haut de cette pente ? s'écrie Alice. Je ne peux pas la monter en courant.

On en est tous incapables.

– Ici, on est cachés, fait remarquer Pete.

– La Jeep ne l'est pas, j'objecte. Et ils nous ont peut-être vus aller dans cette direction. Ils savent peut-être que cet endroit existe. Dans ce cas, si on a disparu, ils se diront qu'on ne peut s'être cachés ailleurs.

Russ acquiesce, avance.

– Attendez ici.

Il franchit la trappe, disparaît quelques minutes puis revient, le visage écarlate.

– Ils ont trouvé la Jeep. L'hélicoptère est au sommet de la colline. On n'a plus le choix, il faut courir jusqu'à la forêt.

Il nous pousse dehors comme si on sortait d'une tranchée. La lumière m'aveugle après l'obscurité de la pièce ; tout d'abord, je ne vois pas les hommes, puis je les distingue, en haut de la pente glissante. Trois, tout en noir. Cachée derrière le mur, je gagne la sortie de l'enclos. Au-delà d'une étendue d'herbe épaisse se dresse notre seul espoir. Une forêt dense, apparemment interminable : des arbres verts jusqu'à l'horizon. On risque de s'y perdre. Mais c'est notre unique chance.

Russ est près de moi.

– On court. Il n'y a pas d'autre moyen.

Il s'élance et, après m'être assurée d'un coup d'œil de la présence d'Alice et de Pete, je fais de même. On n'a que quelques secondes d'avance ; ils vont nous voir et les fusils seront braqués sur nos dos. Même s'ils ont l'ordre de ne pas nous tuer, ça ne les empêchera pas de tirer pour nous arrêter.

– Stop !

La voix rauque désormais familière. Évidemment.

– Stop, ou on tire !

– Ne vous arrêtez pas, je hurle aux autres.

Parvenue la première à la forêt, je me jette dans les taillis. Alice arrive ensuite, dépasse l'endroit où je me trouve.

– Bobby ! crie-t-elle. Où tu es ?

Puis c'est au tour de Russ, qui tire Pete, le visage presque violet et le souffle court.

– Debout, me crie Russ. Ils ne s'arrêteront pas !

Je sais. Mais ils nous veulent vivants, j'en suis sûre. Je me redresse et suis Russ, les branches qu'il écarte me fouettant le visage. Je trébuche sur les racines, et les pierres couvertes de mousse menacent de me précipiter une fois de plus sur les fesses.

– Restez groupés, hoquette Russ. Quand ils atteindront les arbres, ils se déploieront et essaieront de nous encercler.

Il semble savoir ce qu'il fait et on le suit. Il nous entraîne dans des taillis plus épais encore, jusqu'au pied d'une forte pente. On attaque la montée, nous agrippant aux jeunes arbres, aux rochers, aux touffes d'herbe. Arrivée la première en haut, je m'effondre et m'allonge, les poumons en feu. Les autres se laissent tomber près de moi. Russ se met à plat ventre pour mieux voir.

– Ennemi à douze heures ! souffle-t-il.

Un soldat se trouve plus bas, et sa trajectoire le conduira droit sur nous si on ne bouge pas.

– Les autres passent à droite et à gauche, explique Russ. Merde ! Il faut qu'on file, sinon ils nous prendront.

Il se lève d'un bond, ajoute :

– Attendez ici.

Il part à toute vitesse et on reste immobiles, essoufflés, presque incapables de bouger. Le soldat jauge la pente. S'il décide qu'on a pris ce chemin, il sera sur nous dans une ou deux minutes.

Russ revient. Il nous fait signe et on se lève, pliés en deux, puis on le suit entre les arbres jusqu'au moment où il s'accroupit, nous indiquant de la main de faire de même.

– La voie est libre… On descend cette pente et on sort de la forêt. Ensuite, on pourra remonter au sommet de la colline et récupérer la Jeep. C'est notre seule chance.

Cette pente est plus raide que la précédente – presque une falaise par endroits – et les arbres y sont moins nombreux. Elle est très boueuse aussi et, sur notre droite, au fond d'une ravine, une rivière court parmi les rochers.

Pete secoue la tête, désemparé.

– Glisse d'arbre en arbre, lui conseille Russ qui, sur les fesses, descend jusqu'au premier et s'y cramponne. Fais comme moi et tout se passera bien.

Alice, bien décidée cette fois à ne pas être à la traîne, hoche la tête et s'élance, percutant Russ sans lui laisser le temps de gagner l'arbre suivant.

Du bruit derrière nous, dans les taillis. Peut-être un chevreuil. Ou un soldat. On se regarde, Pete et moi, puis on se lance sur la pente. On glisse sur les fesses, jambes tendues, bras écartés pour limiter notre vitesse. On dépasse Alice. Je me penche sur ma droite dans l'espoir de contrôler ma trajectoire et attrape un tronc, tandis que Pete passe près de moi puis disparaît.

Russ le suit, laissant Alice, outrée, cramponnée à son premier arbre. Elle ouvre la bouche pour crier, mais je gesticule frénétiquement, la fais taire avant qu'elle ait pu émettre le moindre son. Je jette un coup d'œil en haut, puis en bas et, quand je reporte mon regard sur Alice, celle-ci se dirige vers moi en diagonale, roulant sur elle-même. Mais à la dernière seconde, elle me dépasse et poursuit son chemin, puis tombe dans la ravine. Je ravale un cri, mais Alice ne fait pas aussi bien. Elle pousse un long hurlement, suivi d'un « oh ! » et d'un bref glapissement. Puis c'est le silence.

Mon Dieu ! Ça ne va pas, ça ne va pas du tout.

Je jette un coup d'œil en haut – quelque chose a-t-il bougé ? –, puis rampe jusqu'au bord de la ravine et me penche autant que possible.

Je scrute l'abîme.

Je ne la vois pas. La rivière bouillonnante, les rochers acérés, oui… Mais pas Alice. J'avance un peu, jusqu'à l'endroit où elle a basculé, et me penche de nouveau.

Elle est là. Je vois ses jambes. Elle est allongée sur le dos, en partie cachée par des buissons, sur une saillie herbue, trois mètres plus bas. Je ne vois rien au-dessus de ses genoux, mais elle ne bouge pas. Je ne réfléchis pas et commence à descendre, les pieds les premiers, profitant de toutes les prises, aveuglée par l'eau sale qui tombe d'en haut. C'est plutôt une chute contrôlée ; je rebondis sur des obstacles, tombe à quatre pattes dans l'herbe, roule sur moi-même comme si c'était ce que j'avais prévu. Arrivée sur la saillie, je suis essoufflée, mais indemne. Je lève la tête et vois un homme à genoux près d'Alice. Tout d'abord je crois – j'espère – que c'est Russ, mais il est plus mince et tout en noir. Un soldat. Il me tourne le dos. Il est penché, comme s'il prenait le pouls de ma camarade ou l'étranglait. Impossible de savoir.

Il ne m'a pas vue. Je ramasse une branche, me dirige silencieusement vers lui.

Vise l'arrière de la tête. De toutes tes forces. Tu n'as qu'une occasion.

Je lève la branche verte et gluante, la serre.

Une minute ! Il l'embrasse ?

Je me fige. Sa tête se trouve au-dessus du visage d'Alice et il y a un bruit bizarre de succion.

Je n'en reviens pas.

Sans me laisser le temps de le frapper, il pivote sur les genoux et me regarde.

Je lâche ma branche.

C'est Smitty.

CHAPITRE 18

Je bats des paupières. Aucun doute : je ne rêve pas. J'aurais dû reconnaître son blouson en cuir.

– Salut, Roberta. Tu en as mis du temps !

Smitty s'assied sur les talons près d'Alice, ses cheveux d'un noir d'encre, mouillés, lui couvrent le visage, un large sourire aux lèvres, comme si je lui apportais le petit déjeuner au lit.

– Comment ça va ? demande-t-il.

Il se redresse et j'ai l'impression qu'il va me prendre dans ses bras, m'embrasser. Je ne le permettrai pas. Je recule. J'ai réfléchi à ce que je ferais si je le retrouvais… J'ai essayé de me préparer mais, maintenant, j'ai tout oublié.

– Ça va, je réponds. On te cherchait.

Il hoche la tête ; son sourire pâlit.

– J'attendais. Ta mère a dit qu'elle laisserait des indices.

Mon cœur se serre.

– Tu l'as vue ?

– Pas depuis des semaines.

J'avale ma salive, le contourne et m'accroupis près d'Alice. Sa poitrine monte et descend. Quand j'écarte ses cheveux à la recherche d'une plaie, elle bouge la tête et tousse.

– Tu embrassais Alice ?

C'est absolument ridicule, mais je ne peux pas m'en empêcher.

– Bouche-à-bouche, répond Smitty, les sourcils froncés. Cette bonne vieille Malice a pratiquement atterri sur moi. J'ai cru qu'elle ne respirait plus. Je lui faisais la respiration artificielle.

À l'entendre, il trouvait ça *dégoûtant.*

– Il faut y aller, ajoute-t-il en soulevant Alice.

Elle gémit et il la hisse sur ses épaules, comme font les pompiers.

– Des hommes en noir te poursuivent, explique-t-il.

– J'ai remarqué.

J'injecte dans ces mots autant de venin qu'il est humainement possible.

Il n'a rien perdu de sa force et je l'admire, mais je déteste ça.

– Par ici, dit-il en s'engageant sur la saillie herbue. Regarde où tu mets les pieds.

Qu'est-ce qui m'arrive ? Sa présence devrait m'enthousiasmer, m'emplir de joie, mais je crois que je préférais le Smitty rêvé.

La saillie conduit au pied de la colline et, soudain, on atteint la lisière de la forêt avec, au-delà, le pré.

– Psst !

C'est Russ et Pete, les yeux comme des soucoupes quand ils voient Alice et l'apparition qui la porte. Pete rejette la tête en arrière et éclate de rire silencieusement. Russ le regarde, puis se tourne vers moi et je vois aussitôt qu'il a deviné l'identité de l'inconnu brun. Il nous rejoint, suivi par Pete. Il s'arrête à deux ou trois pas, observe Smitty de la tête aux pieds. Je m'éclaircis la gorge.

– Russ, voici..

– Smitty !

Pete se précipite vers lui, le serre dans ses bras et Smitty, déséquilibré, lâche presque Alice.

– J'étais sûr que tu serais là, ajoute Pete.

– Moi aussi, je suis content de te voir, Petey, répond Smitty dans un rire. J'adore ta coiffure.

Il se tourne vers Russ et demande :

– Nouvelle recrue ? Je ne te conseille pas de traîner avec ces fêlés, ils vont t'attirer des ennuis.

Un sourire crispé aux lèvres, Russ tend la main.

– Russ. J'étais dans le car au moment de l'accident.

– Salut Russ-du-Car, dit Smitty. Tu m'excuseras de ne pas te serrer la main, je ne peux pas lâcher Alice. Elle est toujours plus lourde qu'elle n'en a l'air.

– Elle va bien ? s'enquiert Pete.

– Elle respire, mais elle est dans les vapes, répond Smitty. Tout le monde admettra qu'on la préfère dans cet état.

Il lui donne une claque sur les fesses :

– Elle s'en remettra. Elle a la tête dure.

Du bruit, derrière nous, et on se baisse.

– Il faut rejoindre la Jeep tout de suite, dit Russ en s'éloignant. Par ici…

– Bonne idée, admet Smitty, mais mauvaise direction.

Il tend le bras :

– La Jeep est par là.

– Non, proteste Russ, les sourcils froncés. On l'a laissée au sommet de la colline.

– C'est vrai, répond Smitty en s'engageant entre les arbres. C'est là que je l'ai piquée.

Ébahis, on le suit.

– J'ai desserré le frein à main et descendu la pente, explique-t-il. Sacrée rodéo !

Parvenus à la lisière de la forêt, on l'aperçoit… garée sous un arbre. Smitty ouvre le hayon et pose Alice dans le coffre. Il lance la clé à Pete.

– Prends le volant.

Il monte à l'arrière, où je le rejoins. Russ et Pete s'installent à l'avant. Pete lance le moteur et Smitty crie des indications. Au moment où on démarre, je vois deux soldats sortir de la forêt, au loin.

– Plus vite, Pete ! je dis. Ils sont derrière nous !

Il appuie sur le champignon, les roues patinent et projettent de la boue sur les vitres. Mais elles retrouvent de l'adhérence et on cahote sur les mottes, dans le pré, laissant la forêt derrière nous, Pete restant intelligemment du bon côté d'une petite colline pour que les soldats ne puissent pas viser nos pneus.

– Ils vont rejoindre l'hélicoptère. Il faut qu'on soit à couvert avant qu'ils ne décollent, marmonne Russ les dents serrées.

– Roule, Pete, dit Smitty. La route est de l'autre côté de cette colline. Ils ne sont pas près de décoller.

Russ le dévisage.

– Comment tu le sais ?

– Parce que j'ai enroulé une grosse chaîne autour du rotor de queue.

– Quoi ? s'écrie Pete en se retournant. C'est génial !

– Je savais que tu serais fier de moi, Petey, répond Smitty. Oh (il sourit), et j'ai pissé dans le cockpit. Sur le tableau de bord. Ça l'a sûrement endommagé.

– Très classe, je murmure, mais je ne peux pas dire que ça ne me fasse pas plaisir. Alors, tu nous as vus arriver ?

– Non, répond Smitty en secouant la tête. J'étais dans la forêt quand j'ai entendu l'hélicoptère. J'ai cru qu'ils me cherchaient. Puis je vous ai vus fuir. Je leur ai fait le coup de la chaîne, je suis allé jusqu'à la Jeep et j'ai filé vous sauver.

Pete éclate de rire :

– On te cherchait et c'est toi qui nous as trouvés.

Sans raison, ces mots me flanquent le cafard. Et Russ, lui aussi, semble triste. Il grogne et nous tourne le dos.

Je me penche par-dessus mon dossier pour m'assurer qu'Alice est bien installée. Elle n'est pas blessée. Je tire la bâche sur elle afin qu'elle n'ait pas froid. La bandoulière de son sac à main est toujours autour de son cou. Je l'ôte et pose le sac près d'elle.

– Voilà la route, annonce Pete. De quel côté ?

– D'après Martha, la femme chargée de nous surveiller à l'hôpital, j'explique à Smitty, on n'était pas loin d'Édimbourg. Alors on roule jusqu'à un panneau indicateur ; on trouvera forcément une station-service ou un endroit où acheter une carte.

– Mmmm, fait Smitty. Parce que les stations-service nous ont réussi, la dernière fois. Où est ta mère, au juste ?

Je détourne le regard.

– J'espérais que tu nous le dirais. Mais elle nous a laissé des nombres – des coordonnées – qui nous ont permis de te trouver. La deuxième série de chiffres indique sûrement l'endroit où elle est, mais il nous faut une carte couvrant une zone plus vaste.

– Et il y a la carte postale, ajoute Russ.

– Ouais.

Je la sors de mon sac, la donne à Smitty et poursuis :

– Un phare ordinaire. Impossible de savoir si c'est une énigme ou si c'est là qu'elle est. Ça te dit quelque chose ?

– Rien du tout. Où sont ces coordonnées ?

– Ici.

Je me tourne vers la vitre pour les lui montrer. Mais elles ont disparu.

– Qu'est-ce qui se passe ? demande Pete, intrigué par le silence.

– Elles ne sont plus là, je réponds. On les a écrites sur la condensation, j'explique à Smitty. Mais elles ont coulé, quelque chose comme ça.

Il me regarde comme si j'étais stupide, se penche et souffle sur la vitre. Sa veste en cuir crisse, son corps chaud pèse sur le mien. Il souffle une nouvelle fois et le verre se couvre de buée. Rien à faire. Les chiffres n'apparaissent pas. Quelqu'un a essuyé la vitre, intentionnellement. La panique me serre la poitrine.

– Pete, je crie, tu les as notés sur un morceau de papier.

– Tiens le volant, dit Pete à Russ en ralentissant.

Puis il fouille dans ses poches, vérifie et revérifie, cherche entre les sièges et sur le plancher. Il freine brutalement, pose une main sur son visage.

– Tu as perdu le morceau de papier ? je crie.

– Cinquante-cinq, cinquante-cinq, zéro, zéro nord, dit-il d'une voix rauque. Note.

– Tu ne perds jamais rien, Pete ! je m'emporte.

C'est vrai. C'est le roi de l'organisation. Qu'est-ce qui lui arrive ?

– Cinquante-cinq, cinquante-cinq, zéro, zéro nord… Note, Bobby ! répète-t-il.

Je ramasse la carte, tombée sur le plancher, et Russ me donne un stylo. J'écris les chiffres près des précédents.

55, 55, 00 N.

Pete plisse les paupières.

– Zéro, zéro… cinquante quelque chose ? Je crois que les deux derniers nombres étaient identiques. Cinquante-quatre, cinquante-quatre ouest ? Ou bien était-ce trente et quelques ? Je ne m'en souviens pas, capitule-t-il.

Il secoue la tête comme s'il avait une mouche dans l'oreille.

J'écris : *00, ??, ?? O.*

Je pose le stylo.

– C'est bien, Pete. Personne n'aurait pu faire mieux.

Russ secoue la tête.

– J'aurais dû les mémoriser. Je n'arrive pas à croire que j'aie pu être aussi négligent.

– Ne te fais pas de reproches, Russ-du-Car, fait Smitty d'une voix traînante. Petey a toujours été le cerveau de la bande et, visiblement, ça n'a pas changé.

Russ se tourne vers lui, les yeux lançant des éclairs. Je tends un bras.

– Stop ! Pas de combat de coqs !

Je me tourne vers Pete et j'ajoute :

– Roule. On a une indication et c'est mieux que rien.

La nuit est tombée. On ne peut pas prendre le risque d'allumer les phares et on avance aussi vite que possible, à savoir pas très vite. La route est droite et déserte. Difficile de dire à quoi ressemble le paysage, mais on n'a pas encore dépassé de bâtiments. Je me détends un peu et la fatigue prend le dessus. C'est à peine si j'ai la force de lutter ; c'est comme si je me noyais dans un tonneau de boue épaisse. Je me frotte le visage et tente de me concentrer.

– Dors, me dit Smitty d'une voix douce. Je te réveillerai quand on nous attaquera.

Ensuite, évidemment, j'ai envie de rester éveillée. Mais mes paupières sont lourdes. Je les ferme pendant un moment mais, soudain, les garçons parlent et je les rouvre. Russ est dehors avec la torche ; j'aperçois un éclair vert : un panneau indicateur.

Édimbourg 13.

Aussi lourd qu'une couverture matelassée, le sommeil me cloue sur le siège. Je referme les yeux et m'endors.

Une secousse me réveille. Je bats des paupières et vois le soleil éblouissant derrière la lunette arrière. Les rayons, comme liquides, franchissent la vitre tachée de boue et me réchauffent. Combien de temps ai-je dormi ?

Je m'assieds. Partout, une lumière rouge orangé. Les vitres sont couvertes de buée et je ne vois pas l'extérieur. Pendant un instant, je me demande si on a été téléportés à bord du vaisseau mère de Xanthro. Je suis seule dans la Jeep. Tout le monde est parti. Ils m'ont abandonnée.

Un reniflement derrière moi me fait sursauter. Alice dort toujours profondément sous le blouson de Smitty. Je suis un peu jalouse, puis je me trouve ridicule. Au moins, je ne suis pas complètement seule.

Je prends mon sac à dos et sors de la voiture. Il ne pleut plus. Les pieds sur le gravier, je me redresse et ferme silencieusement la portière. La lumière m'éblouit, comme si je ne l'avais pas vue depuis des mois.

La Jeep est sur une colline, sur un chemin en pente. Et au-delà… Je cligne des yeux à cause de la lumière. Scintillement de l'eau, masses sombres d'immeubles, clochers et tours noirs et, au loin, collines rougeoyantes.

Plus haut, là où le chemin se fait plus étroit, j'entends des voix. Je gagne le sommet aussi vite que possible et découvre le panorama. Le soleil est une boule rouge, juste au-dessus de l'horizon, à ma droite. Perché sur une sorte de pierre sculptée, Smitty, sans blouson, frissonne, une main au-dessus des yeux. Russ et Pete, plus loin, regardent la ville.

– Édimbourg ?

Smitty se tourne vers moi.

– Joli, hein ?

– Pete a eu l'idée de monter jusqu'ici, crie Russ. De jeter un coup d'œil pour évaluer les risques. Futé de sa part.

– Cette colline s'appelle Arthur's Seat, indique Pete en guide parfait. Là-bas, c'est le Firth of Forth. Et vous voyez cette petite éminence, au centre ? C'est le Royal Mile, avec le château d'Édimbourg au sommet.

– Une vue extraordinaire ! je dis.

Je suis sincère. Je n'ai sans doute jamais rien contemplé d'aussi beau. À l'est, le soleil se lève si vite que je le vois bouger. Je ne peux m'empêcher de le fixer, mais suis obligée de baisser les paupières, des points noirs dansant dans mon champ visuel. Il jette une lumière orange sur les faces des immeubles orientées à l'est, transforme en rivières d'or les rues parsemées de voitures depuis longtemps arrivées au terme de leur voyage. Les cheminées ne fument pas et il n'y a pas de bateaux sur l'eau.

Pourtant, tout n'est pas immobile. Je crois tout d'abord que c'est parce que je suis éblouie, mais je m'aperçois que les autres ont fait la même constatation. Dans les rues, des points bougent, convergent, se massent, se rassemblent et se séparent. Des gens, ou ce qui était des gens.

– Il y en a des centaines, dit Pete.

– Des milliers, rectifie Russ.

– Vous en avez vu en venant ici ? je demande.

– Quelques-uns, répond Smitty, mais rien à voir avec ça. Je crois qu'ils aiment la compagnie ; l'union fait la force, ce genre de chose.

– Xanthro les a trafiqués, explique Pete à Smitty. Ils les amélioraient pour en faire des armes. C'est une idée vraiment brillante. Les nouveaux zombies peuvent travailler en équipe. Ils comprennent le langage. Ils sont capables de prévoir… même de planifier.

– Génial, ricane Smitty. À ton avis, ce n'était que ceux de l'hôpital ou bien ils ont pulvérisé Osiris 2 sur tous les autres ? Parce que si les zombies sont intelligents, on ferait mieux d'éviter la ville.

– Plusieurs rues paraissent vides, constate Russ, les paupières plissées. Ils semblent se regrouper dans certaines zones. Ils ne peuvent peut-être pas les quitter ?

– Excellente vue, Superman ! ironise Smitty.

– Peu importe, intervient Pete en agitant une main devant lui. J'ai réfléchi et il faut de toute façon aller en direction du sud. Les nouvelles coordonnées se trouvent au sud de la cachette de Smitty. Avant que je ne *démolisse* le GPS, on a vu qu'Édimbourg se situait au nord de notre position. Il faut s'éloigner de la ville, pas y entrer.

– Je suis d'accord, je dis, mais on a tout de même besoin d'une carte.

Pete hoche la tête.

– Sur notre chemin, les endroits susceptibles d'avoir des cartes avaient brûlé ou étaient trop dangereux. Mais on sait maintenant qu'on doit aller vers le sud. On pourra fouiller les garages et les boutiques jusqu'à ce qu'on en trouve une.

– Bien, conclut Russ. Retournons à la Jeep.

– Il faut aussi examiner Alice, j'ajoute. Elle est dans le cirage depuis très longtemps.

Russ sourit.

– Tu penses toujours aux autres, Bobby. C'est ce qui me plaît chez toi.

Il me serre le bras puis s'engage sur le chemin, Pete à sa suite.

Smitty rit et se moque :

– C'est ce qui *me plaît* chez toi !

Je me tourne vers lui.

– Boucle-la ! Pourquoi ne serait-il pas gentil avec moi ? Pour une fois que quelqu'un se soucie de moi, ça change !

Smitty secoue la tête.

– Dans ce cas, Roberta, pourquoi tu as pris la peine de venir me chercher ? Si tu es si heureuse avec Terminator, pourquoi t'inquiéter pour moi ?

– Parce que ma mère me l'a demandé. Elle n'a pas hésité un instant à m'abandonner dans la maison de fous de Xanthro, mais elle tenait absolument à ce qu'ils ne puissent pas mettre le grappin sur toi !

– Tu te trompes, dit Smitty. Elle se faisait du souci pour toi.

Il saute de son perchoir, grimace lorsqu'il tend sa jambe, tente de cacher sa douleur quand on se met à marcher.

– Comment va ta jambe ? je demande.

Il hausse les épaules.

– Je boite peut-être un peu, mais je n'ai pas de cicatrice sur le crâne.

Je touche ma tête. J'oublie parfois ma cicatrice, mon crâne rasé, ce qu'on m'a injecté à l'hôpital. J'oublie le document découvert dans le bureau de Martha, indiquant qu'on avait subi des analyses, Alice et moi. Mais il ne faudrait pas. Parce que tout ça démontre que je suis différente. Et c'est peut-être pour cette raison qu'ils me traquent. Moi et, à présent, Smitty.

– Je ne me souviens pas bien des deux premières semaines dans mon refuge. Je perdais souvent connaissance. Ta mère m'a soigné puis elle est partie. Ensuite, elle est revenue et m'a dit de t'attendre, qu'elle devait s'en aller et prendre des dispositions.

– Quelles dispositions ?

– Des préparatifs pour nous faire quitter l'Écosse, je suppose. Elle m'a dit d'attendre, de ne même pas mettre le nez dehors, quoi qu'il arrive, tant qu'elle ou toi ne seraient pas venues me chercher. J'ai tenu aussi longtemps que possible, continue-t-il en secouant la tête. Tu imagines à quel point on peut s'ennuyer, seul dans un refuge souterrain pendant des jours et des jours ?

– Combien de temps as-tu tenu ?

– Au début, je ne distinguais même pas le jour de la nuit. Après, la fièvre est tombée et j'ai commencé à compter les jours. Des conserves pendant deux semaines. Puis la nourriture s'est mise à manquer et moi à parler tout seul. Ensuite, j'ai préféré prendre le risque de rencontrer les hordes. Je suis sorti et j'ai essayé de voir où j'étais. De temps en temps, j'apercevais des hommes en noir et des zombies, mais j'ai réussi à rester caché.

J'observe une mouette qui vole dans le soleil, tout en imaginant Smitty sortant de son refuge. On a échappé tous les deux à notre enfer souterrain et on s'est retrouvés. C'est l'essentiel.

– Tu as vu des vaches mortes-vivantes ?

Il me dévisage.

– Tu as encore halluciné, Roberta ?

– Non, c'est vrai. Et une chèvre, j'ajoute en frissonnant. La chèvre était la pire. Il a fallu…

Je suis sur le point de dire « que je l'abatte », mais je me souviens que mon revolver est mon grand secret. Smitty me regarde bizarrement, mais la mouette attire de nouveau mon attention. Elle descend en piqué, ses serres énormes tendues vers la tête de mon ami. Ce n'est pas une mouette. C'est un gros oiseau noir et agressif.

Je me précipite et pousse Smitty au dernier moment. On tombe et il proteste, convaincu que sa dernière remarque m'a vexée. Pendant un instant, on se serre dans les bras l'un de l'autre, puis le monstre volant réapparaît, pousse un cri à nous glacer le sang et tente de nous ouvrir la gorge.

– Qu'est-ce que c'est que ce truc ?

Smitty balance un coup de pied à l'oiseau, le projetant à quelques mètres de nous. Je me lève d'un bond, aide Smitty à se redresser à l'instant où l'oiseau reprend ses esprits et se précipite sur nous en battant des ailes.

– Qu'est-ce qui se passe ? demande Peter revenu sur ses pas en compagnie de Russ, qui ne pose pas de question et envoie valdinguer l'énorme créature d'un puissant coup de savate. Bon sang, c'est un percnoptère d'Égypte.

Smitty me prend par la main et m'entraîne. Russ a trouvé des pierres, qu'il lance de toutes ses forces sur l'animal.

– D'où sort-il ? je m'enquiers, essoufflée.

– Sûrement du zoo d'Édimbourg, répond Pete alors qu'on arrive à la Jeep. Ces oiseaux sont des charognards. Ils se nourrissent de cadavres. Il a sans doute mangé du zombie. Je ne serais pas étonné si de nombreux animaux s'étaient échappés et avaient dévoré de la chair contaminée.

– Quel genre ? je demande.

Pete hausse les épaules.

– Lions, tigres et ours.

– Formidable, fait Russ.

Smitty claque sa portière et Russ se précipite sur le siège avant alors que l'oiseau pique sur le toit de la voiture.

– On ne doit pas se méfier seulement des humains, vivants et morts, alors, ajoute Russ, mais aussi de Simba, Timon et Pumbaa zombies ? C'est l'histoire de la vie, pas de problème.

Pete démarre et reprend le chemin en marche arrière, jusqu'à un endroit où il est possible de faire demi-tour, puis on fonce, le charognard volant en cercles maintenant, attendant ses prochaines victimes.

CHAPITRE 19

– Pete, mon pote, dit Smitty sur un ton jovial, explique-moi pourquoi on entre dans la ville. Tu nous conduis à une mort certaine. Des rats morts-vivants courent dans les rues, hideux, poussant des cris stridents. Les gros attaquent les petits, qui hurlent, leurs tripes se répandant sur la chaussée, où leurs amis les boulottent allègrement. Ça n'incite pas à descendre d'un véhicule en marche.

– En fait, on n'entre pas dans la ville, explique Pete, les mains crispées sur le volant. C'est seulement le plus court chemin jusqu'à la bretelle de l'autoroute. Je suis souvent venu ici avec ma famille ; je suis simplement les panneaux indicateurs, d'accord ?

Il se retourne. Les veines saillent sur ses tempes, ainsi que les muscles de son cou.

– Calme-toi, mon gars.

Smitty pose une main rassurante sur son épaule.

– Il se débrouille très bien, intervient Russ. Jusqu'ici, pas de monstres. Et on a confiance en lui. Mais il ne faut pas traîner, hein, Pete ?

Pete semble sur le point de pleurer, mais acquiesce et prend une profonde inspiration.

On remonte une large rue obscure. Chaque fois qu'un lampadaire clignote ou qu'une ombre passe sur la vitrine d'une boutique, je sursaute. Très inquiétant. Mais, au moins, il n'y a plus de rats zombies. Les chats zombies les ont peut-être dévorés.

La chaussée est jonchée de détritus ; on peut en pousser certains avec la Jeep, mais d'autres doivent être contournés. Par deux fois, on est obligés de descendre pour dégager des déchets susceptibles de crever les pneus. Toutes les voitures sont brûlées, inutilisables. C'est le chaos.

Il peut se passer beaucoup de choses en six semaines ; les gens tombent vite dans la délinquance. Plus près du centre, toutes les vitrines sont brisées et les boutiques semblent avoir été pillées. Les épiceries et les restaurants – bon, je comprends pourquoi –, mais aussi les magasins d'électroménager, les boutiques de vêtements et les bijouteries. Est-ce vraiment le moment, en pleine apocalypse, de s'approprier l'écran plat dont on rêvait, un pull ou un kilt ? Les gens sont fichtrement bizarres.

– Waouh ! dit Russ en levant la main. Ralentis.

Devant nous, une pile de voitures barre la chaussée. Elles ne sont pas abandonnées ou accidentées, mais ont été placées ainsi intentionnellement. On approche lentement. En plus, un banc de parc est posé au sommet de la pile. Des poubelles à roulettes. Un chariot de supermarché.

Smitty siffle.

– C'est une barricade.

Instinctivement, on jette un coup d'œil derrière nous. Je regarde par ma vitre : une église, à ma gauche, des logements, des boutiques et des bureaux un peu plus loin.

– L'histoire se répète, marmonne Pete.

– Hein ?

Je suis sûre qu'il a envie d'expliquer.

– Pendant les épidémies, il y a des siècles, on fermait ce quartier. On construisait des murs de brique en travers des rues et on ne laissait personne entrer ou sortir. Les malades devenaient fous et mouraient derrière ces murs.

– Futé, dit Smitty. Et efficace. Les priver de nourriture, sauf s'ils acceptent de s'entredévorer. Les laisser mourir de faim.

La Jeep se traîne. Cet endroit m'inquiète.

– Demi-tour, Pete. Tout de suite, j'ordonne.

Pete s'arrête et manœuvre le levier de vitesses.

– Une minute, intervient Russ. Vous ne croyez pas qu'il y a des survivants ? Si c'était une barricade de l'armée, ça ne serait pas un tas d'ordures en travers de la chaussée. Ce serait un vrai barrage.

– Ouais, mais pourquoi les survivants construiraient-ils une barricade ? je demande. Réfléchis. Pour barrer la route aux zombies ou bien pour arrêter les autres survivants… mais pas pour leur serrer la main et leur offrir une tasse de thé. Ça pourrait être un piège.

Pete acquiesce et s'apprête à faire demi-tour, quand une silhouette s'engage sur la chaussée. Elle est maigre, mais ses formes sont féminines. Je crois. Il fait trop sombre pour que je puisse voir son visage et elle porte un jean, un blouson, ainsi qu'un chapeau.

– Un zombie ? souffle Russ.

– Apparemment pas, dit Smitty. Pete, sois prêt à démarrer, mon frère.

Alors qu'elle approche, j'aperçois de nouveau du mouvement près de la barricade. Cette fois, il n'y a aucun doute : un pur zombie. De petite taille et trapu. Penché, démarche traînante et vêtements déchirés. Et il a repéré la femme, ou nous, parce qu'il avance dans notre direction.

– Bon sang, me dit Pete. Tu vois ça ?

– Évidemment.

Puis un deuxième homme apparaît, de haute taille, les cheveux longs, traînant une jambe.

– Encore un ! s'écrie Russ.

– On dégage, ordonne Smitty.

Pete allume les phares.

Éblouie, la fille pose une main au-dessus de ses yeux. Elle n'est pas beaucoup plus âgée que nous. Des cheveux bruns dépassent de son béret en laine.

Pete baisse la vitre.

– Vite ! crie-t-il. Ils sont derrière toi !

– Pete ! je proteste, me penchant et tentant de remonter la vitre. Demi-tour. On ne sait pas qui c'est.

Il repousse ma main.

– Tu vas l'abandonner ? Pour qu'elle se fasse dévorer ?

– Il y en a d'autres…

Russ montre la barricade, où deux zombinos viennent d'apparaître.

Cette fille a beaucoup de succès. Et soudain elle s'en rend compte. Elle se retourne, les voit et se met à courir dans notre direction. Elle bat frénétiquement des bras.

– Ne déverrouille pas les portes, je dis.

Pete monte sa vitre. La fille heurte la voiture, contourne le capot et frappe sur le pare-brise en hurlant.

– À l'aide ! Laissez-moi monter !

Pete ne bouge pas. La fille éclate en sanglots, tire sur la poignée de la portière. Pendant ce temps, le commando de morts-vivants approche rapidement.

– Pete, ne lui ouvre pas !

Mon sixième sens fonctionne à plein régime. Je suis sûre que c'est un piège.

– Elle va mourir, dit-il.

Mais je crois l'avoir convaincu. Il s'apprête à faire demi-tour quand, tout à coup, quelqu'un s'éloigne en courant de la barricade. Une silhouette de petite taille, très rapide. C'est un garçon d'environ neuf ans. Vivant. Il évite deux zombies et se dirige vers nous et se débrouille très bien.

– Zac ! hurle la fille. Courage !

Puis, alors qu'il a presque distancé le commando, il glisse et tombe.

– Zac ! appelle la fille en se précipitant vers lui.

– Merde ! s'écrie Smitty, qui ouvre sa portière et la suit.

– Bon sang ! dit Russ, qui fait de même. Bobby (il se tourne vers moi), reste ici.

Puis il descend de la voiture.

Smitty et la fille semblent tenter de dégager la jambe du petit garçon tandis que Russ tourne autour d'eux, prêt à affronter les zombies. C'est alors que la fille fait un truc bizarre. Elle abandonne le gamin, court jusqu'à notre voiture et fait signe à Pete de descendre. Médusé, il ouvre sa portière.

– Viens, lui crie-t-elle. On a besoin de ton aide !

Pete se penche pour ramasser un morceau de bois, dans l'intention de frapper le monstre le plus proche. La fille le lui arrache.

– N'essaie pas, dit-elle. Ils sont trop forts. Sauve mon frère.

Pete s'élance et la fille s'installe au volant.

Je la regarde.

– Qu'est-ce que tu fais ?

Elle me dévisage puis, d'une voix calme mais ferme, dit :

– Descends.

– Pardon ?

Elle lève un sourcil.

– Tu as compris. Descends.

– Mais…

Je montre les monstres. Et leur comportement devient plus étrange encore. Ils cessent de gémir. Ils se redressent. Ils éclatent de rire et foncent dans notre direction.

Et subitement, le petit garçon, immobilisé quelques instants plus tôt, se précipite vers la Jeep.

Je le savais. J'en étais sûre. Et je me suis tout de même fait avoir !

– C'est le moment de partir, me dit calmement la fille.

Je me tourne vers elle et constate qu'elle a un objet dans la main. Un objet brillant et effilé. Un pic à glace. Qu'elle pourrait bien m'enfoncer dans le front.

– Descends, sinon mes amis vont s'occuper de toi.

Elle m'adresse un clin d'œil, puis ajoute :

– Et moi aussi.

Au même instant, le « zombie » le plus proche ouvre la portière et me tire à l'extérieur. J'envisage de me battre – ce ne sont que des ados –, mais ils sont quatre, plus la fille et le petit garçon, et je n'ai aucune chance. Smitty, Russ et Pete reviennent en courant, mais c'est trop tard. La fille a lancé le moteur de la Jeep et les jeunes s'engouffrent dans l'habitacle.

Les portières claquent et je m'écarte quand la voiture fait demi-tour.

– On est des survivants, nous aussi, leur crie Pete. On est tous dans le même bateau.

La fille baisse sa vitre.

– Non, on n'est pas dans le même bateau. Nous, on est en voiture et vous, vous êtes à pied.

Le petit garçon se penche et nous tire la langue, puis la Jeep s'éloigne.

– Sales gosses, marmonne Smitty.

– On aurait fait pareil, soupire Russ.

Je me tourne vers lui, les yeux lançant des éclairs.

– Sûrement pas.

– Tu voulais que je démarre et que j'abandonne la fille, me dit Pete sur un ton accusateur.

– J'essayais seulement de nous protéger, je proteste. Je savais que quelque chose clochait.

J'aurais pu nous protéger. J'ai un revolver. À l'approche de la barricade, je m'en étais souvenue, j'avais même posé la main sur la crosse. Mais qu'est-ce que j'aurais pu faire ? Abattre de sang-froid des ados comme nous ?

– Merde, jure Pete. Merde, merde et remerde !

Il s'assied sur la chaussée froide et humide. Russ donne un coup de pied dans une poubelle. Silencieux, Smitty fixe la Jeep qui s'éloigne.

– Bon sang, marmonne-t-il. Nom de Dieu !

– Je sais, je dis. Je n'arrive pas à croire qu'ils aient pris notre caisse.

– Oublie la voiture. Ils ont emmené Alice.

Furieux, il se lance à la poursuite de la Jeep.

Je ne réagis pas immédiatement, puis je l'imite à l'instant où la voiture tourne dans une ruelle étroite. On la suit, sans se soucier du sol glissant ou de la présence éventuelle de morts-vivants. Russ et Pete se joignent à nous. Au bout de la ruelle, la Jeep doit négocier un virage serré et on gagne du terrain. Les gamins de la banquette arrière nous tirent la langue et nous montrent le majeur. Ils sont sûrs de nous avoir battus, mais je crois que les détritus qui jonchent la chaussée les ralentiront un peu.

La pente se fait plus forte et il y a maintenant des pavés.

– On peut couper par ici… passer par-dessus, suggère Russ en montrant une barricade à notre droite. Ils se dirigent vers l'autre côté de la colline.

On court jusqu'à la barricade. Je comprends ce qu'il projette. Grâce au raccourci, on pourra leur barrer la route ; le trajet est plus court à pied.

– Et si cette barricade empêchait les zombies de passer ? crie Pete quand on commence à grimper.

– Je crois que c'est à ça qu'elle sert, en effet, je réponds.

Pete secoue la tête.

– Non ! Il y a longtemps qu'on n'a pas vu de monstres. Ils sont peut-être tous de l'autre côté.

Arrivés au sommet, on découvre un parc à zombies géant grouillant de corps malhabiles. *Beurk.*

Ils nous voient, eux aussi, et avancent en rugissant vers la barricade. S'entraidant, réfléchissant, cherchant le meilleur chemin, quelques-uns parviennent à gravir quelques dizaines de centimètres. Ils tendent les bras vers nous, le visage déformé par la fureur, hurlent, crachent, brutalisent tendons et muscles pour essayer de nous atteindre.

Mais les rouleaux de barbelé courant à mi-hauteur de la barricade les arrêtent. Ce ne sont pas les pointes qui les découragent, mais le fil de fer qui les bloque. Incapables de monter plus haut, ils se débattent comme de vieux poissons moisis dans un filet.

Russ, déjà en bas, nous crie de le suivre. On renonce au raccourci et on cavale dans la rue étroite, sans oser se demander combien d'avance la Jeep a pris. Mais après un virage, la rue s'élargit et on l'aperçoit.

Bizarrement, elle se dirige vers nous.

On s'arrête ; comme les nôtres, les visages des jeunes dans la voiture expriment la terreur. Puis j'entends le puissant martèlement familier et une ombre noire contourne un haut immeuble.

L'hélicoptère est de retour.

CHAPITRE 20

À quelques mètres de la voiture, l'hélicoptère descend.

Russ m'entraîne dans l'entrée d'une boutique. Smitty et Pete se cachent, eux aussi, un peu plus loin.

Pas étonnant que les jeunes aient très peur. On leur tire dessus depuis l'hélicoptère. Et le tireur ne tarde pas à trouver sa cible. Un pneu explose, la Jeep dérape et percute un lampadaire. L'appareil atterrit, soulevant de la poussière et des détritus, puis deux hommes en noir sautent sur la chaussée, se dirigent vers la voiture et ses passagers.

– Viens, je dis à Russ. Il faut aller chercher Alice.

Et voilà que Russ, derrière moi, me ceinture, plaquant mon sac sur mon dos, immobilisant mes bras contre mes flancs.

– Ne bouge pas, souffle-t-il. On va attendre ici qu'ils soient partis.

– C'est ça !

J'ai parlé fort et il pose une main sur ma bouche.

– Bobby, dit-il, trop calme, tu dois m'obéir, sinon tu le regretteras. Tu n'as donc pas encore compris ?

Sa voix me fait frissonner, alors qu'il se montre simplement macho.

– Tu ne sais donc pas que tu es très précieuse ? demande-t-il.

Bon, maintenant, il est carrément inquiétant.

Je jette un coup d'œil dans la rue dans l'espoir de voir Smitty, de lui faire comprendre que quelque chose cloche. Mais il est invisible. Je refuse de me laisser faire et pousse en arrière, déséquilibrant Russ pendant une fraction de seconde. Il recule d'un pas. La porte s'ouvre et on tombe sur le plancher de la boutique.

Aussitôt, je sens leur odeur.

Je me lève d'un bond, m'éloigne de Russ, qui semble s'être fait mal.

Une douzaine de zombies nous entourent. Nous sommes dans une librairie, que les émeutiers, évidemment, n'ont pas pillée. Les morts-vivants nous fixent. Ce sont tous des adultes, bien conservés, quasi intacts comparés à leurs cousins de l'extérieur. Bien sûr, leurs cheveux sont ébouriffés, du sang coule sur eux et leur chair se détache, mais ils sont restés à l'abri pendant les mois de pluie incessante.

Une femme tend les bras vers moi et pousse une plainte hésitante ; elle porte un manteau en tweed presque impeccable. Derrière elle, un homme vêtu d'une chemise presque pas tachée avance d'un pas traînant. Ils ont l'air étonnés de nous voir et c'est comme s'ils ne savaient pas quoi faire. Mais ils ne vont pas tarder à trouver. D'autres apparaissent entre les rayons et, affamés, se dirigent vers nous.

Pendant une seconde, j'ai envie d'abandonner Russ mais, malgré notre étreinte bizarre, je ne peux pas. Alors que la femme au manteau de tweed approche, je l'aide à se relever et on fonce dans la rue.

Les hommes en noir font sortir les jeunes de la Jeep ; tous sursautent quand ils nous voient. Pendant un instant, j'aperçois les yeux effarés d'Alice au-dessus de la banquette arrière. Au moins, elle est réveillée.

Puis nos zombies lecteurs nous rejoignent dehors.

Mon instinct me pousse à courir en direction de la Jeep et les zombies me suivent. Aussitôt, les hommes passent à l'action et tirent sur les morts-vivants. Les jeunes s'éparpillent dans toutes les directions. Profitant de la pagaille, j'ouvre le hayon et tends la main à Alice.

– Qui sont ces gens ? s'emporte-t-elle, comme si je les avais invités à se joindre à nous. Et où on est ?

Bon, elle n'a pas ouvert les yeux depuis sa chute dans la forêt, mais je n'ai pas le temps de la mettre au courant.

– Tu peux marcher ? je demande.

– Quoi ? fait-elle, levant les yeux au ciel et posant les pieds sur le sol. Évidemment… Oooh !

Elle tente de se redresser, s'effondre, et Smitty, apparu dans un nuage de fumée de magicien, la soutient.

– Toi ! dit Alice en le dévisageant. C'est pas trop tôt !

– Merci.

Il récupère son blouson en cuir, charge Alice sur son dos et file en direction de la ruelle.

Deux soldats tirent toujours sur les zombies. Un autre a mis le grappin sur deux jeunes, qu'il entraîne vers l'hélicoptère.

– Non, pas eux, crétin ! hurle l'homme à la cagoule au soldat. Les autres !

Ho ! ho. Il est temps de filer.

On descend la ruelle, qui débouche sur une large avenue aboutissant à un pont.

– Qu'est-ce qu'on fait ? je crie à Smitty.

– On sort de la ville.

Alors qu'on cavale sur le pont, je jette un coup d'œil en bas. *Mon Dieu !* Il ne franchit pas un cours d'eau, mais des rues et des voies de chemin de fer. Et ils sont tous là. Tous les zombies qu'on a vus depuis Arthur's Seat. Des centaines, épaule contre épaule, gémissants, traînant les pieds et attendant le petit déjeuner. Voilà où étaient les habitants d'Édimbourg.

Puis j'entends un martèlement. L'hélicoptère a redécollé et survole la ville à notre recherche.

Je me force à regarder devant moi et continue de courir. Un peu plus loin se dresse une énorme barricade ; elle est beaucoup plus haute que celle qu'on a escaladée. Du travail de professionnel – du grillage –, mais qui n'a pas tenu, et on l'a renforcée avec les matériaux habituels : voitures, meubles, branches. Elle fait six ou sept mètres de haut et semble très large. Je ne suis pas sûre qu'on puisse la franchir.

Smitty est apparemment du même avis. Il pose Alice, l'adosse au parapet du pont, qu'il enjambe ensuite. Il a perdu la tête ? Il va sauter dans cet océan de monstres ?

– Il faut descendre, me crie-t-il.

Je me penche par-dessus le parapet, près d'Alice. Un vaste toit en verre cathédrale s'étend sous moi… la distance n'est pas grande, mais on pourrait tout de même se casser une cheville. Heureusement, il y a des corniches sur lesquelles on pourra poser les pieds.

– On peut atteindre le toit ! crie Smitty.

Ouais. Si on ne glisse pas. Parce que la rue est vachement loin.

Je passe une jambe par-dessus le parapet et Smitty saisit le dos de ma veste. La pierre est glissante et glacée. Cramponnée au haut du mur, je tends un pied vers la corniche. Je l'ai. Je pose l'autre pied dessus, puis Smitty me lâche.

Les autres aident Alice. Je descends à tâtons et saute prudemment sur le toit.

Alice atterrit près de moi, puis Smitty, Russ et Pete dans un fouillis de bras et de jambes. En bas, les visages pourris se lèchent les babines ; l'hélicoptère se pose sur le pont.

– On va où, maintenant ? je crie à Smitty.

Il part en courant sur le toit. Pas facile, parce qu'il est glissant et en dents de scie. On s'entraide et on suit Smitty. Par endroits, le verre est transparent et je jette un coup d'œil en bas. On est sur le toit de la gare ; je vois nettement les voies et les quais. Et aussi les banlieusards zombies, vêtus de costumes en guenilles, un téléphone depuis longtemps déchargé à la main, attendant des trains qui ne viendront pas. J'espère de tout mon cœur que Smitty a un plan qu'il se dépêchera de partager, et aussi que le verre ne cédera pas sous notre poids.

Un choc sourd, derrière nous ; deux soldats atterrissent sur le toit. Ils se lancent à notre poursuite, mais ils sont moins agiles que nous et ne s'entraident pas. Le travail en équipe est un avantage.

Un cri retentit.

Je tourne la tête et sursaute ; un soldat est suspendu, le torse sur le toit et les jambes dans le vide. Les zombies, en bas, attendent. Tout le monde s'arrête pour regarder ; on ne peut pas s'en empêcher. Il n'y arrivera pas. On le sait et lui aussi. Il tente de plaquer les mains, comme des ventouses, sur le verre glissant, mais il n'a aucune prise. Chaque tentative le fait reculer de plusieurs centimètres. Le désespoir et la violence de l'effort crispent son visage.

– Attrape mes mains ! crie le second soldat, qui glisse tête la première sur le toit incliné, les bras tendus vers son camarade.

Mais à l'instant où le soldat suspendu lève la tête vers son sauveteur, ce dernier le percute. Ils tombent tous les deux et atterrissent avec un bruit sourd. Les plaintes se font plus fortes, puis des hurlements retentissent. Des tas de zombies, en bas. Je ne vois rien et ça me va très bien !

– Par ici !

Smitty a continué d'avancer. Il nous fait signe frénétiquement. On s'arrache à notre cauchemar et on se remet en route. L'hélico décolle. Vont-ils se poser quelque part et nous rattraper à pied ? Pas le temps de réfléchir à ça. Smitty est près d'une sorte de trappe qu'il est parvenu à ouvrir. Au-delà, je vois le tableau d'affichage des arrivées des trains, les cafétérias et les quais. Près de moi, au plafond, un réseau de poutrelles métalliques aboutit à une passerelle. *Mince !* Et moi qui croyais que ça ne pouvait pas être pire !

Il montre une passerelle, plus bas, à notre droite.

– Suivez cette poutrelle-là et sautez sur la passerelle, ça sera facile.

J'essaie de cacher ma nervosité quand je descends sur la poutrelle.

– On se retrouve là-bas, dit-il en montrant, juste en dessous de nous, un pont enjambant des voies. Vous serez en sécurité. Attendez-moi.

– Pourquoi ? demande Russ. Où tu vas ?

Smitty garde le silence, lui adresse un clin d'œil et s'éloigne sur le toit en verre.

– Génial, je grommelle, cramponnée à la trappe, le corps partiellement à l'intérieur.

– Je préférerais ne pas m'être réveillée, gémit Alice.

– En tout cas, moi, je ne reste pas sur ce toit, décide Pete. Bouge tes fesses, Alice.

Elle descend la première, avance prudemment sur la poutrelle en direction de la passerelle.

Smitty avait raison : c'est plus facile que ça n'en avait l'air, à condition d'être tombé sur la tête et de ne pas avoir conscience du danger !

Pete la suit, puis Russ me fait signe de passer devant lui. Je le regarde de travers ; je n'ai pas oublié son comportement dans l'entrée de la librairie. C'était très bizarre… Mais je le précède tout de même en me disant que, si on s'en sort, je lui demanderai des explications.

Alice atteint la passerelle en premier, puis on court, on descend un escalier, on en gravit un autre, qui conduit au pont. Les zombies du quai nous suivent des yeux, évidemment, et, enchantés, se mettent à gémir.

– Où est Smitty ? demande Alice.

– Il faudrait qu'il se dépêche, dit Russ en fixant l'extrémité opposée du pont.

Plusieurs monstres se dirigent vers nous. Ils s'entraînent sans doute depuis plusieurs semaines à monter les escaliers.

– Typique, soupire Alice. Absolument typique.

Je suis son regard. Sur une voie, un train se dirige lentement vers nous. Un train de banlieue jaune vif. Et Smitty, joyeux, nous fait signe par la vitre ouverte de la cabine.

– Mon Dieu, marmonne Pete. Il conduit un train !

Smitty gesticule. Nous fait comprendre avec deux doigts qu'on doit avancer. Puis les deux doigts sautent.

– Il veut qu'on se laisse tomber sur le toit du train, dit Russ.

– Je ne sauterai pas sur un train lancé à toute vitesse, s'emporte Alice.

Le train approche. Nos amis morts-vivants aussi. Je franchis le parapet.

– Tu ne vas pas faire ça ! me dit Alice avec un regard désapprobateur.

– On n'a pas le choix, intervient Pete en me rejoignant de l'autre côté du parapet. Viens.

Il lui tend la main et elle regarde autour d'elle, voit les zombies, le train, tout le reste. Elle prend sa main, puis change d'avis et se dégage violemment. Surpris par la brutalité de son geste, Pete glisse. Je tends un bras, mais il est trop tard.

Il bascule en arrière.

Sa synchronisation est excellente ; il atterrit avec un bruit sourd sur le wagon, qui vient d'arriver en dessous de nous. Mais il reste immobile.

On se précipite de l'autre côté du pont et on regarde le train… Le temps semble s'arrêter tandis qu'on suit Pete du regard, étalé sur le toit du wagon. Les zombies eux-mêmes s'intéressent au spectacle.

Puis Pete se relève d'un bond, comme étonné d'être encore en vie. Il est essoufflé, incapable de parler, et les yeux lui sortent de la tête. Il écarte les bras pour ne pas perdre l'équilibre. Il tombe à genoux pour reprendre son souffle et je me dis soudain que c'est lui qui a eu de la chance. Les morts-vivants se dirigent de nouveau vers nous… depuis les deux extrémités du pont.

– Ooohé ! crie Pete, paniqué, un bras tendu vers nous.

Je crois tout d'abord que c'est un cri de désespoir, parce qu'il est emporté loin de nous, mais quand il reprend son souffle et fait une nouvelle tentative, je comprends qu'il dit : « Sautez ! »

– Pas question, proteste Alice.

– Si, dit Russ en enjambant le parapet. Il l'a fait, on peut le faire. Ce n'est rien. Pete ne s'est même pas fait mal !

Pete, plié en deux, son visage pâle et crispé tourné vers nous, ne serait peut-être pas d'accord avec lui. Mais il veut visiblement qu'on le rejoigne.

– Vite ! Le train accélère !

Génial ! De toute façon, on n'a pas le temps de réfléchir. Les zombies font leur entrée sur le pont, côté cour et côté jardin.

Russ se lance le premier, en un bond athlétique, et atterrit accroupi. Il court souplement sur le train en mouvement, puis marche sur place pour rester exactement sous nous, comme si ce n'était qu'un exercice ordinaire.

Je me tourne vers Alice.

– On va sauter ensemble.

Je lui tends la main.

– Pose pas tes sales pattes sur moi ! hurle-t-elle. Je n'ai pas du tout confiance en toi.

Je jette un coup d'œil sur le pont ; ils sont presque sur nous.

– Tu as plus confiance en eux ? je réponds. Dans ce cas, reste et amuse-toi bien !

Le premier zombie rugit, son odeur de poisson pourri plus nauséabonde que celle des chaussettes les plus crasseuses. Tant pis pour Alice : mon train part et je ne le manquerai pas. Elle en fait des histoires !

– Bobby ! crie Russ en montrant l'arrière du train qui approche vite du pont. Il faut sauter tout de suite !

Je fléchis les jambes, prends une profonde inspiration et…

– Aide-moi, gémit Alice. S'il te plaît.

– D'accord, je soupire en prenant sa main. À trois. Un, deux…

– Arrrgh !

Alice tombe et m'entraîne. Je suis obligée de lâcher sa main quand nos pieds touchent le toit, et on bascule en arrière, incapables de garder notre équilibre. J'exécute une roulade parfaite et me retrouve à quatre pattes. Alice devrait être derrière moi. Je me retourne… Elle a disparu.

Je ne vois que le bout du dernier wagon. Les zombies, sur le pont qui s'éloigne, nous souhaitent bon voyage.

CHAPITRE 21

– Aliiiice !

Je rampe jusqu'au bout du wagon, espérant voir ses ongles rose pâle au bord du toit. Rien. J'ai peur de regarder la voie. Mais je m'oblige à le faire.

Elle est sous moi, sur une sorte de plate-forme grillagée fixée à l'arrière du train. Elle est allongée et gémit, les bras croisés sur la poitrine, les mains sur les épaules, secouée par les cahots du convoi qui prend de la vitesse.

– Tiens bon, Alice ! je hurle.

Je cherche des yeux un moyen de la rejoindre et repère une échelle.

Une seconde plus tard, je suis à ses côtés et elle me reproche de lui marcher dessus ; il n'y a pas beaucoup de place.

– Si tu râles, c'est que ça va, je gronde en l'aidant à s'asseoir.

– Je t'ai déjà dit que je détestais les voyages scolaires ? bredouille-t-elle. Je n'aurais jamais cru que le car me manquerait.

Elle regarde la voie et ajoute :

– Beurk, c'est dégoûtant. Smitty les écrabouille.

La voie devient rouge. Le train frémit de temps en temps quand il percute des corps. Des morceaux de zombies traînent sur le ballast ; quelques monstres bougent encore, d'autres ont été décapités. Je jette un coup d'œil autour de moi. On sortira de la gare dans une minute. Je me souviens des hordes massées dans la ville. Il faudrait qu'on soit à l'intérieur du train quand on arrivera à leur hauteur.

– Bobby ! crie Russ, au-dessus de moi. Ça va ?

Puis la tête de Pete apparaît.

– On n'a rien, je réponds. Mais pas question de recommencer, hein ?

Russ descend l'échelle et nous rejoint. Il me prend par les épaules et me serre contre lui. Offensive de charme.

– J'ai trouvé ça génial ! dit-il avec un large sourire. Ce n'est pas tous les jours qu'on saute sur un train en marche.

– Heureusement.

Alice s'appuie sur moi pour se redresser. Une fois debout, elle se cramponne à Russ, l'éloignant de moi. Ça me convient parfaitement. Le train accélère, nous jetant les uns contre les autres.

– Une porte, dit Alice, l'index pointé. On pourrait entrer ?

Russ et Alice pénètrent dans le wagon. J'attends que Pete me rejoigne.

– Ça va ? je demande.

Je le regarde. Ses lunettes de plongée sont autour de son cou et il a un peu de mal à respirer. Il hoche la tête.

– Au moins, on a résolu notre problème de moyen de transport.

Je lui fais signe d'entrer dans le train.

– Smitty a des talents cachés.

– Et… des passagers, constate Pete, le front plissé.

Je crois qu'il parle de nous, puis suis son regard. Les passagers en question se tiennent derrière la porte vitrée du wagon suivant.

Les zombies du Nord-Express !

J'avance lentement dans le couloir, restant à bonne distance, parce qu'on sait ce qui arrive quand on est trop près des morts-vivants. Une casquette de travers sur la tête, une petite machine en bandoulière, le zombie le plus proche se presse contre la porte en verre, la frappe d'une main ensanglantée.

– Le contrôleur, dit Alice derrière moi. J'espère qu'on n'a pas oublié nos billets !

Derrière lui, il y en a d'autres… cinq ou six ? Difficile à dire, mais assez pour que ça pose un problème. Je soupire. Les soupirs ne sont pas le genre d'Alice.

– Merde ! s'emporte-t-elle. Il n'a donc pas pensé à vérifier si ce fichu train était vide avant de le prendre ? C'est bien du Smitty, ça !

– Pas de problème, intervient Pete. On remonte sur le toit, on franchit ce wagon et celui qui le précède, puis on détache les deux. Les zombies ne seront plus du voyage.

– Et tu sais « détacher » un wagon, Pete ? je lui demande. Tu fais ça tous les jours ?

Il hausse les épaules.

– Ça ne doit pas être très compliqué. Smitty a bien appris à conduire un train.

Malgré les protestations d'Alice, on ressort. Elle a les jambes lourdes, l'air patraque, et j'ai pitié d'elle. On s'éloigne de la gare et c'est une drôle de façon de voir Édimbourg et ses habitants. Soudain, ils sont innombrables, dans les rues et sur la voie, dans les entrées des immeubles. C'est Zombieville. On ne s'en serait jamais tirés à pied.

– Ça glisse, dit Russ, arrivé le premier sur le toit.

Eh oui, il s'est remis à pleuvoir.

Pas à grosses gouttes, mais une bruine fine, pénétrante, cette spécialité du Royaume-Uni. Je saisis l'échelle et monte prudemment derrière Alice qui, malgré ses protestations, a visiblement décidé de ne pas se laisser distancer.

Le train ne roule pas à toute vitesse, mais il oscille dangereusement, et une sorte de démarche de zombie – pieds écartés, bras tendus, mains prêtes à attraper quelque chose – est le moyen le plus sûr de négocier le toit. Mais si jamais on perd l'équilibre, on ne pourra se rattraper à rien, sauf à un de nos compagnons. Russ atteint le bout du wagon et s'agenouille.

– Ça ne marchera pas, crie-t-il. Les voitures ne sont pas séparées. On ne peut pas les décrocher.

Parvenue près de lui, je comprends ; le train est segmenté pour pouvoir franchir les courbes, et les wagons sont séparés par des portes intérieures. Il est sans doute possible d'ajouter et d'ôter des voitures, mais je ne vois pas comment.

– Il faut retourner à l'intérieur, pleurniche Alice. On ne peut pas rester ici.

– On doit avertir Smitty, je dis.

Il ignore visiblement la présence de passagers clandestins, qui pourraient l'attaquer par-derrière.

Je repars sur le toit de ma démarche de zombie. Quand j'arrive à la voiture de tête, je rampe. La vitesse plaît manifestement à Smitty. On sort de la ville et le paysage serait fichtrement impressionnant si je n'avais pas si peur de tomber et de me tuer. Des collines d'un vert profond et, à ma gauche, la mer parsemée de plaques de brume. Je suis mauvaise en géographie, comme chacun sait, mais je crois pouvoir affirmer qu'on va vers le sud. C'est déjà quelque chose. Plaquée sur le toit, je progresse lentement.

– Qu'est-ce que tu comptes faire ?

Russ m'a rejointe.

En guise de réponse, je tends un bras et frappe le pare-brise de la main. Russ fait de même. Puis Alice, de l'autre côté, et on tape tous frénétiquement pour faire comprendre à Smitty qu'on est là.

Le train accélère. Un peu. Puis beaucoup.

– Il nous prend pour des monstres ! hurle Alice.

Elle a raison. Il fonce dans l'espoir de nous déloger. J'avance.

– Tenez mes jambes ! je dis aux autres, tout en tentant de chasser l'image du soldat glissant sur le toit en verre.

Alice se laisse tomber sur mon mollet droit, Russ saisit ma jambe gauche et je sens des mains se refermer sur mes chevilles. J'avance jusqu'à ce que je sois tête en bas devant le pare-brise. La force du vent me plaquant comme un insecte contre le verre, je me sens étonnamment en sécurité. Et je vois Smitty qui, penché en avant, une main sur une manette, me fixe, une expression de panique sur le visage.

– C'est nous ! Ralentis !

Je frappe sur le pare-brise, peut-être un peu trop fort, parce qu'il sursaute et que le train accélère encore.

– Arrête ! je crie. On ne peut pas entrer !

Il se calme et ralentit. Mais il ne m'entend visiblement pas, parce qu'il ne s'arrête pas.

– Stoppe le train ! je hurle. Stop !

Je passe une main devant mon cou. Il pige. Les freins couinent et on me tire brutalement en arrière.

– Qu'est-ce qu'il fabrique ? demande Alice quand je suis de retour sur le toit. On ne peut pas s'arrêter ici. Jette un coup d'œil !

Je ne regardais pas autour de moi pendant mon numéro de Spiderman. Mais je comprends. On est sortis de la ville, oui, et on est entourés de prés. Mais dans ces prés… des zombies en kilt errent dans la campagne détrempée. Et je comprends ce qu'était ce couinement… Pas les freins du train, mais des cornemuses. Ces zombies jouent de ces instruments qui, même en temps normal, sont les plus bizarres du monde. C'est comme si on torturait des ânes.

– Très impressionnant, fait Pete, les paupières plissées.

– Et les autres viennent par ici, crie Russ. Pas de temps à perdre.

Quand le train est complètement à l'arrêt, Russ se laisse glisser sur le ballast et tend les bras pour nous aider. Il y a des barreaux sur un côté du wagon, et on les utilise. La porte de la cabine s'ouvre et Smitty nous fait monter.

– Pourquoi vous n'êtes pas entrés par l'arrière ? demande-t-il.

Il tripote la manette, tente de repartir.

– On l'a fait, je réponds. Mais on avait de la compagnie. Tu n'as pas vérifié qu'il n'y avait pas de zombies à bord avant de choisir ce train ?

J'entrouvre la porte donnant sur le wagon.

– Il n'y en a pas dans cette voiture, je reprends, ni dans la suivante, mais je ne vois pas bien.

Russ me tapote l'épaule.

– Laisse-moi faire. Je vais voir.

– Il sait se rend utile, hein ? ironise Smitty. Alors on avait des passagers clandestins ? *Aïe.*

Il appuie sur plusieurs boutons et ajoute :

– Je ne pouvais pas vraiment choisir mon train.

– Où tu as appris à conduire un train, débile ? raille Alice.

– Oh, tu m'as beaucoup manqué, Malice. Voyons pour combien de raisons…

Il fait mine de compter sur ses doigts, puis forme un zéro avec le pouce et l'index.

– Aucune, reprend-il en se penchant de nouveau sur le tableau de bord. J'ai tourné une clé, explique-t-il. Appuyé sur une pédale. J'ai écrasé quelques zombies avant de trouver comment ça marchait, mais c'est plutôt une bonne chose.

– On ne pourrait pas avancer, maintenant ?

Alice montre la vitre et on voit la ligne de kilts approcher de la voie.

Smitty manœuvre un levier, le moteur démarre et le train avance lentement. On pousse un soupir de soulagement.

– Et voilà !

Il s'appuie contre le dossier de son siège et pose les pieds sur le tableau de bord, tandis qu'on écrabouille un homme barbu portant un énorme sporran[1].

Russ ouvre la porte et on sursaute.

– Ils n'occupent qu'un wagon, l'avant-dernier, là où on les a vus. Il y a deux voitures vides entre eux et nous, et je suis sûr de pouvoir barricader la porte si vous m'aidez. On peut démonter une banquette et la coincer en travers du passage.

– Je vais te donner un coup de main, dit Pete.

Alice les regarde partir, puis se tourne vers nous, lève les yeux au ciel, gémit et sort.

Smitty me regarde ; je lui rends son regard. Ses yeux sont différents, plus tristes, mais ils pétillent toujours. Il a un sourire las et m'adresse un clin d'œil.

– Enfin seuls, Roberta ! dit-il en imitant mon accent américain. On s'embrasse ?

1. Sacoche portée en ceinture, élément du costume traditionnel écossais.

CHAPITRE 22

Je lève les yeux au ciel. Je sais que c'est minable. C'est ce que fait Alice. Mais je n'ai pas de réplique spirituelle en stock et il faudra que je me contente de ça pour le moment.

Je m'assieds sur le tableau de bord, près des pieds de Smitty.

– Alors Alice s'intéresse à Russ, hein ? dit mon ami.

– Quoi ?

– Tu sais.

Il fait un mouvement dégoûtant du bassin.

– Non ! je crie, inutilement fort. Bon sang ! j'ajoute en secouant la tête. D'accord, peut-être. Mais je ne crois pas que ça le branche. Il n'a pas eu l'air inquiet quand elle est partie faire un tour avec les ados de l'Enfer.

Smitty rit, exagérément détendu.

– Alors c'est toi qui lui plais.

– Smitty ! je m'écrie d'une voix étranglée. Non ! Qu'est-ce qui te prend ?

– Et, *toi*, qu'est-ce qui te prend ? demande-t-il avec un rire étouffé. Rien dans la tête et tout dans les muscles, mais il a l'air sympa. Tu ne devrais pas t'en priver, Bob.

– Boucle-la !

Je ne sais pas quoi dire d'autre. Les yeux me piquent et je n'en reviens pas. *Qu'est-ce qui se passe ?* Je tourne la tête et regarde par la fenêtre pour que Smitty ne puisse pas voir que je rougis. Ce n'est pas ainsi que j'imaginais nos grandes retrouvailles. Il se fiche de savoir qui me plaît et il ne croit assurément pas que ce soit lui. Donc, sur ce plan, je ne l'intéresse pas.

– En fait, je reprends, je ne suis même pas sûre de… faire confiance à Russ.

Smitty lève la tête.

– Non ? Pourquoi ?

Concentre-toi. Ça n'a rien à voir avec ta vie amoureuse. Totalement démoralisée, je fixe le paysage trempé.

– Il m'a empêchée d'aller sauver Alice.

Je me mords la lèvre. Maintenant que je l'ai dit, ça semble sans importance.

– Il m'a retenue, j'explique.

Smitty siffle, puis rit.

– Je n'en doute pas, Roberta. Il est du genre protecteur. Ça devrait te plaire. Il t'a pelotée ?

– Merde ! *Merde !*

La repartie spirituelle m'échappe toujours. Je lui tourne le dos et regarde de nouveau dehors.

On avance maintenant à bonne vitesse, laissant derrière nous les McZombies du pré. Le rythme du train est vaguement réconfortant et mes joues sont moins brûlantes. Au loin, un brouillard inquiétant couvre la mer. On n'a pas beaucoup de temps ; j'ai besoin de réponses. Je m'éclaircis la gorge.

– Tu ne m'as pas raconté ce qui s'est passé. Après l'accident.

Smitty lève les sourcils.

– Tu te souviens de quelque chose ? demande-t-il.

– Je me rappelle que tu essayais de m'aider, je réponds en le fixant droit dans les yeux. Puis j'ai perdu connaissance. Quand je suis revenue à moi, tu n'étais plus là. Il n'y avait que des hommes en noir.

– Xanthro.

– Sans doute. Tu t'étais caché ?

– Non ! proteste-t-il. Je suis allé chercher de quoi te libérer, ôter la saloperie qui coinçait tes jambes. On était dans le noir, au milieu des arbres, il y avait des corps partout… Plusieurs passagers s'étaient déjà transformés. J'ai erré dans la forêt, cherché encore un peu. Et, tout d'un coup, le noir.

– Tu t'es évanoui ?

– Non ! s'emporte-t-il. Ta mère m'a frappé. Avec une branche, à l'arrière du crâne.

– Vraiment ?

Je me retiens de rire. Mais je ne doute pas qu'elle l'ait fait. Elle ne recule pas devant les mesures radicales.

– Quand j'ai repris connaissance, on était dans une cabane au milieu des bois, raconte-t-il en tripotant un des leviers du tableau de bord. Je ne sais pas combien de temps je suis resté dans le cirage. Il faisait encore nuit. Ta mère m'y a laissé… une journée, je crois. J'étais dans un sale état, j'avais de la fièvre ; je ne pouvais pas me lever à cause des morsures. Elle est revenue ; elle a dû me donner quelque chose contre la douleur. Et elle avait… (le souvenir crispe son visage)… une aiguille et du fil.

Il remonte une des jambes de son jean.

– Elle m'a recousu, conclut-il.

Je regarde. Sa jambe est un vrai film d'horreur. Je me demande bien comment il a pu marcher et même courir. On dirait qu'il a été mordu par le grand requin blanc puis soigné par le Dr Frankenstein. Une ligne courbe, irrégulière, court de chaque côté de son mollet. Il y a des taches violettes, à vif, où, je suppose, la peau ne parvient pas à couvrir toute la largeur de la plaie. Au toucher, elles semblent mouillées. Et je perçois une odeur, une odeur que je sentais depuis un moment mais dont je découvre l'origine à cet instant. Une substance jaune s'échappe des traces laissées par les points de suture. Ce n'est pas beau à voir.

– Sexy, hein ? fait Smitty avec un sourire. Ça devait sûrement faire mal quand elle plantait l'aiguille. Heureusement que j'ai perdu presque toutes les terminaisons nerveuses. Tu crois que je vais devenir un hybride de zombie ?

Je ne sais pas quoi répondre.

– J'attends l'apparition de mes superpouvoirs, ajoute-t-il, moins démoralisé. Elle m'a recousu, puis on est partis. On est allés au refuge. Je ne reprenais connaissance que de temps en temps ; elle est restée, puis elle est partie. Je me souviens qu'elle a prononcé ton nom et dit que tu viendrais.

Je souris.

– Quel optimisme de sa part !

Smitty me regarde dans les yeux.

– Elle ne t'aurait pas abandonnée sur place sans raison, Bob.

– Pourtant, elle l'a fait, je réplique en secouant la tête. Et devine qui elle a envoyé à notre secours ?

Je ne lui laisse pas le temps de répondre et j'ajoute :

– Grace…

- Quoi ? s'écrie Smitty. La blonde du château ?

Il réfléchit, son visage s'assombrit et il poursuit :

– Bon sang ! C'est parfaitement logique. On est allés au bunker avec une motoneige et un traîneau.

Tu te souviens des étudiants du château ? C'est là qu'elle a dû rencontrer Grace, poursuit-il en secouant la tête. Pourquoi l'a-t-elle chargée de te faire évader ? Et pourquoi a-t-elle cru que tu lui ferais confiance ?

– Elle n'avait pas d'autre solution, paraît-il.

– Et qu'est devenue notre copine Gracie ?

– Les hommes de Xanthro l'ont abattue, je réponds d'une voix qui se brise un peu. Sous nos yeux.

Smitty soupire et se tourne vers la voie.

– Ça craint !

– Xanthro est divisé, j'explique. On a entendu des soldats le dire, dans l'hôpital. D'après Grace, la société est d'autant plus dangereuse. Je ne peux qu'être d'accord. Smitty (je ne peux pas tenir plus longtemps), pourquoi ma mère n'est-elle pas venue me chercher elle-même ? Pourquoi m'a-t-elle laissée là-bas ? Sur le territoire de Xanthro ? Pourquoi n'est-elle pas venue me sauver ?

Je ne peux réprimer un sanglot. Je déteste ça, mais il m'est impossible d'empêcher ce minuscule sanglot pitoyable de s'échapper.

– Elle m'a abandonnée, je reprends. Elle t'a sauvé… caché, parce que tu avais une valeur à ses yeux, et elle m'a laissée me débrouiller.

Smitty se tourne vers moi, ébahi, et l'expression triste de son visage me noue l'estomac.

– D'après elle, tu es une survivante, répond-il simplement.

Il se met soudain à pleuvoir des hallebardes et le bruit des gouttes sur le pare-brise nous fait sursauter. Smitty manœuvre plusieurs interrupteurs et un essuie-glace se met en marche. On le fixe pendant quelques instants, puis mon ami reprend enfin la parole :

– Tu veux que je te dise, Bobby ? Elle m'a confié qu'elle ne pouvait pas retourner là-bas. Selon elle, ils comprendraient, si elle tentait de venir à ton secours, et ils te tueraient.

– Vraiment ?

– Vraiment. De son point de vue, tu étais beaucoup plus en sécurité là-bas que dehors avec elle et elle pourrait t'aider à t'échapper le moment venu.

– Sauf que je n'étais pas en sécurité.

Je sors la feuille trouvée dans le bureau de Martha, où figurent mon nom et celui d'Alice.

– On a subi des analyses, Alice et moi. Je ne crois pas qu'on ait découvert des anomalies chez Alice mais, d'après mon dossier médical, moi, je serais porteuse du virus. Je pense que c'est pour ça qu'ils me traquent depuis tout ce temps. Je crois que ma mère le savait aussi. Alors pourquoi me mettre en danger ?

Ces idées me donnent la migraine.

Smitty lit, secoue la tête.

– Tu as intérêt à rester avec moi. Deux mutants ensemble…

Je dirige la conversation vers un sujet moins risqué.

– Tu as eu des infos sur ce qui se passait, quand tu étais avec ma mère ?

Il hausse les épaules.

– Quelques-unes. L'épidémie se répand très vite. Beaucoup de gens ont fui vers le sud, mais on a ensuite fermé la frontière. Pendant un moment, l'armée a recherché les survivants, puis c'est devenu trop dangereux et elle a renoncé.

Il change de position, sur son siège, et poursuit :

– Mais je n'ai pas eu de nouvelles depuis le départ de ta mère, il y a plusieurs semaines. J'ai décidé de t'attendre aussi longtemps que possible et d'essayer ensuite de la retrouver. D'essayer de me souvenir où elle allait.

Je sursaute.

– Tu sais où elle est ?

– Je n'ai pas dit ça, répond-il en levant les mains. Bon, elle me l'a dit, mais j'ai oublié.

– Quoi ?

– Elle m'en a parlé, mais j'avais de la fièvre.

Il lève les yeux au ciel quand il voit l'expression de mon visage.

– Ne t'en prends pas à moi ! proteste-t-il. J'étais dans un terrier de lapin, complètement défoncé à l'Osiris. Quand je suis sorti des vapes, je ne savais plus ce qui était réel et ce qui ne l'était pas.

– Tu viens de me raconter tout un tas de trucs. Pourquoi tu ne te rappelles pas ça ?

– Elle ne me l'a peut-être pas dit, je l'ai peut-être seulement entendu, je ne sais pas.

Il frappe le tableau de bord du pied.

– J'avais l'impression qu'elle cherchait un moyen de nous faire quitter l'Écosse, reprend-il. Et je me souviens… d'un lutin. C'est comme un rêve, soupire-t-il. J'ai eu une vision de lutins… Ils sortaient de la bouche de ta mère.

Je le dévisage.

– C'est un de tes fantasmes pervers, hein ?

– Je sais que ça paraît ridicule, admet-il en posant une main sur mon bras, mais je suis sérieux. Je suis désolé.

Je me lève et m'éloigne. Les larmes me montent aux yeux et je fixe la voie, me forçant à ne pas pleurer.

– Elle n'a pas dit que j'étais une survivante, hein, je marmonne, incapable de regarder Smitty. Ni que j'étais plus en sécurité à l'hôpital. Tu as inventé tout ça pour me rassurer.

Il garde le silence.

– Merci d'avoir essayé de m'aider, je souffle.

Durant quelques instants, on n'entend que le grondement du train et je voudrais que la pluie emporte tout, tous ces sales trucs, toute cette brume dans nos têtes, toute cette crasse dans nos cerveaux. Finalement, Smitty se lève et se tourne vers moi.

– Je t'ai cherchée, Bobby. Quand j'ai pu sortir de ma cachette, je me suis mis en quête de l'hôpital. Je ne l'ai pas trouvé et je me suis demandé si je l'avais imaginé, si ta mère m'avait vraiment dit que tu y étais et qu'il était tout près.

Il risque une esquisse de sourire :

– J'espérais repérer une ville pleine d'habitants minuscules qui expliquerait ma vision délirante de lutins sortant d'une bouche.

Ma gorge se serre et mon visage se vide lentement de son sang. L'expression de Smitty change, le demi-sourire laissant la place à l'inquiétude.

– Qu'est-ce qu'il y a ? Qu'est-ce que j'ai dit ? demande-t-il.

Très vite, je sors la carte postale de mon sac à dos. Au verso de la photo, les mots en minuscules lettres noires.

Je la donne à Smitty.

– Smitty, ne tiens pas compte de ce que j'ai dit, je fais d'une voix tremblante. Regarde le nom du phare.

Il retourne la carte postale, lit.

– Phare d'Elvenmouth[1]. Qu'est-ce que…

1. La bouche de l'elfe ou des elfes.

Puis il comprend. Incrédule, il secoue la tête.

– C'est à cause de ça que j'étais obsédé par les lutins, hein ? Elle m'a donné ce nom et la fièvre l'a rendu méconnaissable.

– On sait maintenant qu'il suffit de trouver Elvenmouth, je dis. Sur une carte… mais on n'en a pas.

– Tout de même, Bobby, c'est énorme, s'écrie-t-il, de nouveau souriant.

Il m'adresse un clin d'œil :

– Et mes fantasmes sur ta mère n'ont plus de raison de t'inquiéter.

– Quoi ? je bredouille. Pourquoi ils m'inquiéteraient ?

– Oh, je ne sais pas, Bob, répond-il, ses yeux pétillant d'une façon que je trouve toujours agaçante. Peut-être parce que tu commençais à paniquer ?

– Hein ? je m'exclame. Comme si…

Il tend soudain la main et touche mon cou. Puis, les yeux rivés aux miens, il me tire lentement vers lui. Je le laisse faire. Nos visages sont à un centimètre l'un de l'autre.

– Je t'ai manqué ?

Il sourit mais son regard est grave.

Je sens la chaleur de son corps. J'ouvre la bouche pour lancer une blague, mais aucune ne me vient à l'esprit. J'ai envie qu'il m'embrasse. Je me déteste. J'espère tout de même qu'il le fera.

Pete entre dans la cabine.

– Il faut que vous veniez voir ça.

On s'éloigne l'un de l'autre, comme pris en faute.

– Les zombies sont toujours prisonniers ? je crie, trop fort.

– Oui, oui, dit-il en nous faisant un signe de la main. Mais venez voir. Je sais où est ta mère.

Il nous entraîne hors de la cabine puis vers le fond du wagon, sautillant comme s'il ne pouvait contenir son impatience. On passe près d'Alice, qui ronfle doucement. J'aperçois Russ dans la voiture suivante. Il a barré la porte et fait les cent pas devant. Je frappe à la vitre et lui fais signe de nous rejoindre.

Il me sourit puis appuie sur le bouton d'ouverture de la porte.

– Ils sont six, annonce-t-il. Le contrôleur, une jeune femme et des vieux. Ils sentent très mauvais, mais je crois qu'ils ne nous poseront pas de problèmes si la porte reste barricadée.

– Bon, dit Pete, que l'attente angoisse presque. Ceci est la carte de la Grande-Bretagne.

Il tapote la paroi du bout d'un stylo. Une carte crasseuse, en carton, indiquant les villes principales et les voies de chemin de fer, y est accrochée, dans un mince cadre métallique.

– Bravo, Pete, fait Smitty d'une voix traînante. Quelle perspicacité !

Pete, impatient, soupire.

– Heureux de voir que tu as toujours le mot pour rire, Smitty.

Il trace une flèche à l'ouest d'Édimbourg et reprend :

– J'ai mémorisé les chiffres de la cachette de Smitty et voici ceux des deuxièmes coordonnées dont je me souviens.

Il écrit :

Smitty : 55, 46, 17 nord, 03, 28, 18 ouest.

Mère de Bobby : 55, 55, 00 nord, 00, ??, ?? ouest.

Il s'éclaircit la gorge.

– On peut donc dire que les deux endroits sont proches. Le deuxième se trouve plus au sud et trois degrés plus à l'est, explique patiemment Pete.

– Ouais ? je fais.

– Regarde, poursuit-il en traçant une verticale qui traverse Édimbourg. On sait que ceci est proche de trois degrés ouest. On va un peu plus à l'est…

Il trace une verticale passant par Londres.

– On sait aussi que Londres est à 0 degré, reprend-il.

– Ah bon ? demande Smitty.

– Oui, parce que 0 degré, c'est Greenwich, et c'est là que tout commence, explique Pete en battant des paupières. L'heure aussi. Ça date de l'époque où l'Angleterre était le centre du monde.

– D'accord, je te crois sur parole.

– Donc en résumé (Pete sait qu'il s'adresse à des crétins), on peut déduire que le second endroit se situe légèrement au sud et nettement à l'est du refuge de Smitty.

Il passe le bout de l'index sur la carte :

– Un peu au sud et à 0 degré, où je tombe ?

– 0 degré, c'est en mer, je dis sur un ton neutre.

– Oui, confirme-t-il en frappant la carte de la main. En pleine mer. 0 degré ne peut se trouver sur la terre ferme, sauf si on descend en Angleterre. Ce serait beaucoup trop au sud pour être encore proche de 55 degrés nord.

– On a mal déchiffré le code ? demande Russ. La deuxième série de chiffres a un autre sens ?

Tout s'éclaire soudain.

– Non, je dis. Elle est en mer.

Je regarde les visages ébahis qui m'entourent et explique :

– La frontière est fermée. Elle ne pourra pas nous faire passer clandestinement en Angleterre. Louer un avion serait un peu compliqué, même pour ma mère. Alors qu'est-ce qu'elle fait ? Elle se procure un bateau !

Je montre la carte postale représentant le phare et je conclus :

– Le thème maritime. C'est sa conception d'une idée géniale.

– Très bien, dit Smitty. On la rejoint à la nage, ou…

– 0 est en pleine mer, précise Pete. À des kilomètres de la côte.

– Elle s'est arrangée pour qu'il n'y ait pas de doute, pour qu'on devine qu'elle était à bord d'un bateau, je dis en hochant la tête. On va au phare. On l'allume, ce fichu machin, je ne sais pas. Elle aura prévu quelque chose.

– Je peux estimer sa localisation, mais sans GPS, il n'y a pas de certitude, dit Pete.

– Peu importe, on guettera un phare. On suit la côte. Quand on le verra, on s'arrêtera.

– Qu'est-ce qui se passe encore ?

Alice a choisi ce moment pour se réveiller et me fixe avec hostilité.

– Il va y avoir une tempête ? demande-t-elle.

– Aucun doute, Alice. La tempête se prépare et le phare nous montrera le chemin.

Dehors, je vois la plage et les plaques de brume.

– J'espère seulement qu'on ne l'a pas déjà manqué.

CHAPITRE 23

Smitty est de retour sur le siège du conducteur. Il a mis Alice au courant de ce qui s'était passé. Elle s'est ensuite enfermée dans les toilettes et en sortira sans doute éblouissante, comme d'habitude.

Dans le wagon précédant celui des zombies, Russ guette le phare, et Pete, dans ce wagon-ci, l'œil collé à la vitre, trace de temps en temps des lignes sur sa carte. Traînant près de la cabine, je voudrais qu'Elvenmouth apparaisse soudain. J'ai envie d'aller parler à Smitty mais, d'un autre côté, je ne veux pas montrer que j'ai envie d'aller parler à Smitty. Surtout pas à Smitty.

Alice revient. Elle n'est pas éblouissante, elle est blême.

– Ça va ?

Je m'attends à la réplique acerbe habituelle, mais elle se passe la main dans les cheveux.

– Non, dit-elle, en essuyant délicatement un coin de sa bouche du bout d'un doigt. J'ai encore dégobillé. Je ne dégobille jamais et, depuis quelque temps, je n'arrête pas. C'est dégoûtant.

– Enceinte, dit Pete sans quitter la vitre des yeux.

Je m'attends une nouvelle fois à ce qu'Alice fasse une grosse colère, mais elle se contente de lever les yeux au ciel sans enthousiasme. Je prends le risque de lui poser une main sur l'épaule et elle ne me repousse pas.

– Tu es tombée dans un ravin. Tu as été enlevée. Tu as sauté sur un train en marche. Ça fait une journée bien remplie.

Elle esquisse un sourire.

– Repose-toi, j'ajoute en ôtant ma main, gênée. On te réveillera quand on sera arrivés. Promis.

Je repère des boissons dans une caisse, sous la table.

– Hé, quelqu'un a soif ?

Je prends une cannette. Elle est rouge et orange vifs. « Necta ! » y est écrit en lettres rétro.

– Ça existe vraiment ? je demande. Ce n'est pas le nouveau jus de légumes ?

Alice la prend et l'ouvre.

– Non. Ça a été interdit dans plusieurs écoles parce que ça surexcitait les élèves. Trop de caféine et de sucre. Ça me fera peut-être du bien.

– Envoie !

Pete lève une main et je lui lance un soda.

– Je vais en donner un à Russ, je dis.

Pete acquiesce et je me dirige vers le wagon suivant. *Bien.* Ensuite, je pourrai en apporter un à Smitty. *Comme si j'avais besoin d'un prétexte.* Ridicule !

Je suis un peu dans la lune quand j'appuie sur le bouton d'ouverture de la porte et que je la franchis. Elle se referme derrière moi et je ne vois pas immédiatement Russ. Je garde un œil sur la mer, guettant le phare, et l'autre sur la porte opposée, barricadée, et les zombies qui se trouvent derrière. Ils y sont toujours, évidemment, oscillant au rythme du train.

– cement… contact… rap…

Une voix nasillarde m'arrête net. Où est Russ ? La voix venait de l'autre bout du wagon. J'avance sur la pointe des pieds. J'entends toujours la voix, même si le grondement du train et de la pluie la couvre presque.

– Situation… sation, terminé ?

Dernière rangée de sièges à gauche. Je ne vois toujours rien, mais j'avance vers le bruit, un poing glacé me serrant les entrailles. Un talkie-walkie. Le même son que celui de la morgue. Ce souvenir me glace le sang.

La voix s'est tue. J'arrive au bout de la voiture. Russ, accroupi, a quelque chose à la main. Il se retourne et, stupéfait, pousse un cri.

– Tu as failli me faire mourir de peur.

Il pose une main sur sa poitrine et cache celle qui tient l'objet derrière son dos. Je la montre.

– Qu'est-ce que c'est ?

Je guette une crispation ; ce minuscule plissement du front pendant la fraction de seconde où il cherchera quoi répondre. Mais il n'a rien à cacher ou bien il est vraiment très bon… son front reste lisse et il m'adresse un large sourire de soulagement.

– Content que ce soit toi. J'ai trouvé ça dans les affaires de Pete.

Il me tend le talkie-walkie.

Je ne savais pas que Pete avait des affaires.

– J'ai entendu une voix, je dis en scrutant son visage. Qu'est-ce qu'elle disait ?

– Je ne sais pas, répond-il, apparemment exaspéré. Je n'ai rien compris.

Il ment parce que, à plusieurs mètres de distance, j'ai clairement compris deux mots.

– C'est celui de la morgue ? je demande.

Il hausse les épaules.

– Possible. Il s'est peut-être dit qu'il pourrait nous être utile.

– Mais la portée de ces appareils est faible, hein ?

Instinctivement, je fais un pas en arrière. Je ne peux pas m'en empêcher. Mais Russ s'en aperçoit.

– Il a peut-être contacté quelqu'un, dit-il avançant dans ma direction.

– Possible, j'admets. Il le fait peut-être depuis le début et ça expliquerait pourquoi ils savent toujours où on est. L'hélicoptère…

– C'est parfaitement logique.

Il me fixe, le visage crispé, puis reprend :

– Bon… C'est dingue, mais de temps en temps, son comportement m'inquiète. Pas toi ?

Qu'est-ce que Pete a fait ?

Je crois pouvoir deviner, mais je ne dirai rien.

Russ grimace, comme si ce qu'il allait dire lui faisait de la peine.

– Il a démoli le GPS. Il a perdu le papier sur lequel les chiffres étaient notés. Et il a eu l'occasion d'effacer les coordonnées, sur la vitre de la Jeep.

– Mais il se souvenait des nombres.

– Pas de *tous*. Assez pour détourner les soupçons, mais pas assez pour que ce soit vraiment utile. Et le téléphone a disparu alors qu'il l'avait… Maintenant, ce talkie-walkie dans ses affaires…

Russ secoue la tête et ajoute :

– Xanthro l'a toujours fasciné, hein ? Il a peut-être été recruté à l'hôpital. Il s'est peut-être laissé convaincre de travailler pour eux.

Je sursaute. Mais, oui, j'ai eu la même idée.

Russ lève une main.

– On est sans doute simplement paranos, soupire-t-il en haussant les épaules. J'ai honte de douter de lui. Gardons ça pour nous. Pour le moment, je vais conserver le talkie-walkie.

Je reste silencieuse. Je ne sais plus où j'en suis et je ne peux m'empêcher de penser que Russ a retourné la conversation à son avantage pour diriger mes soupçons sur Pete. Mais, bon, c'est peut-être de la parano.

– Venez ! crie Pete depuis l'autre bout du wagon, et je sursaute violemment.

L'interruption nous arrange tous les deux et Russ glisse le talkie-walkie dans sa poche. Il pose une main sur la bosse qu'il forme. Moi aussi, j'ai un objet dans la poche, ne l'oublions pas. Je ne l'ai pas encore sorti, mais ça ne signifie pas que je ne le ferai pas. Je n'ai besoin que d'une excellente raison.

Pete, la carte à la main, est près de la porte de la cabine de conduite, en compagnie d'Alice. Je les rejoins aussi vite que possible.

– Ralentis, Smitty ! crie Pete en ouvrant la porte.

J'arrive juste à temps pour voir l'expression effarée du visage de Smitty.

– Ralentis tout de suite, insiste Pete. On est dans la zone.

– Qu'est-ce que tu racontes ? demande Smitty.

– Regarde, dit Pete en posant la carte sur le tableau de bord. J'ai réussi à localiser, à quelques kilomètres près, l'endroit indiqué par la mère de Bobby. Compte tenu de notre vitesse, des petites villes qu'on a traversées – et comme cette voie parallèle à l'autoroute longe la mer –, j'estime qu'on devrait bientôt avoir notre destination en visuel.

– Quelle est ta marge d'erreur, Pete ?

Il secoue la tête.

– Bobby, cette carte n'est pas détaillée. Et je travaille sans disposer de tous les chiffres. Elle pourrait faire dix, quinze kilomètres de diamètre.

– Alors on s'arrête ? crie Alice. On descend et on marche sur la plage en espérant apercevoir le phare ?

– C'est peut-être ce qu'il faut faire, je dis en approchant le visage du pare-brise.

Pas de morts-vivants en vue.

– Le brouillard s'épaissit, intervient Smitty. Simple constatation.

Il vient de la mer, comme une haute vague avançant au ralenti. Le train s'engage sur une légère descente et on découvre la baie. Elle est très différente de la côte légèrement accidentée qu'on a suivie jusqu'ici. C'est un croissant parfait de sable clair sur fond d'eau gris ardoise et de brouillard blanc.

Mon Dieu, maman ! J'ai envie de rire quand j'aperçois les maisons aux teintes pastel qui bordent le port. Je connais cet endroit, je m'en souviens.

– Le phare ! crie Smitty.

Le voilà, près du port, son sommet bien visible au-dessus du brouillard. Je me souviens d'une maison rouge en haut d'une colline, ressemblant à un visage dont les yeux auraient été les fenêtres… Je me souviens d'un coup de soleil, du marchand de glaces, d'avoir été piquée par une horrible mouche velue restée sur mon bras malgré les gestes de ma mère pour la chasser…

– C'est Elvenmouth, je dis. On est venues en vacances ici. Plus d'une fois, je crois, quand j'étais toute petite. Je ne savais même pas que ça se trouvait en Écosse. Mais je m'en souviens bien, maintenant. Elle savait que je me le rappellerais.

– Dieu merci, fait Alice. Et qu'est-ce qu'on fait ?

– On va au phare, on l'allume et on attend le bateau, dit Smitty, l'index tendu. Il faut s'approcher le plus possible, arrêter le train, gagner le port.

J'acquiesce et Alice hurle :

– Stop !

– Du calme, soupire Smitty. Laisse-moi…

Mais quand il se tourne vers le pare-brise, il n'a pas besoin de terminer sa phrase.

L'hélicoptère est en vol stationnaire au-dessus de la voie.

On hurle, Smitty freine brutalement et on est projetés contre le tableau de bord. Mais un train met du temps à s'arrêter.

– Tu peux reculer ? crie Pete.

– Aucune idée, répond Smitty en tripotant les commandes.

Le train s'immobilise enfin, l'hélicoptère toujours devant lui, trois mètres au-dessus du sol. On se tait, pétrifiés. On voit que ses occupants nous regardent et, bizarrement, ça nous transforme en statues.

– Qu'est-ce qu'on fait ? souffle Alice.

– On fonce. On les percute, je dis, pas tout à fait sérieuse. Ils ne croiront jamais qu'on en aura le courage. Ils s'écarteront à temps, vous verrez.

– Je ne crois pas qu'ils puissent se poser sur la voie, marmonne Pete.

– On ne bouge pas, propose Russ.

– On repart en marche arrière, suggère Alice.

– Je ne sais pas comment faire, grogne Smitty, les dents serrées.

– Ils ne peuvent pas rester indéfiniment en stationnaire, dit Pete. Ils devront s'éloigner pour se poser. À ce moment-là, on foncera.

– Je serai prêt, tu peux compter sur moi.

Smitty essuie son front couvert de transpiration. On attend.

Mais les portes de l'hélicoptère s'ouvrent et trois hommes descendent sur les patins, puis sautent sur le sol.

– Une solution de moins, constate Pete.

– Fonce, fonce, fonce ! crie Alice. Oblige-les à bouger !

Mais Smitty n'a pas le temps de pousser la manette. Tintement, craquement, et on plonge sur le plancher.

– Ils tirent !

– Levez-vous lentement, ordonne une voix amplifiée par un mégaphone. Tous ! Tout de suite !

On ne bouge pas.

– Ne nous obligez pas à aller vous chercher, reprend la voix. Levez-vous lentement et on ne vous fera pas de mal.

Smitty me serre dans ses bras.

– Je vais me rendre. C'est moi qu'ils veulent, après tout. Je vais me redresser très lentement, et vous fuirez par l'arrière.

– Ne sois pas aussi égocentrique. Tu n'es pas sûr que ce soit toi qu'ils veulent. Ils s'intéressaient de très près à nous avant qu'on te retrouve.

Il secoue la tête.

– Je vais me lever lentement, comme ils le veulent. Et vous filerez. Je ferai diversion aussi longtemps que possible. Profitez-en.

– Il a raison. On devrait partir, dit Russ, qui me tapote l'épaule puis passe près de moi à quatre pattes.

Smitty lève un sourcil.

– Bon sang, ça a été facile.

– S'il part, moi aussi, décide Alice, qui gagne la porte et l'ouvre.

– Comment ça va marcher ? demande Pete. Cette diversion ? Ils vont te tirer dessus.

– File, Pete, je dis. Je reste avec Smitty. On n'est pas encore battus. Fais-moi confiance.

Pete m'adresse un regard interrogateur, mais acquiesce et s'en va.

Il n'y a plus que moi et Smitty. Ce Smitty entêté, merveilleux.

– Tu es prêt ? je lui demande.

Clin d'œil.

– À trois ?

– Comme au bon vieux temps.

– Pas tout à fait.

Il se penche, pose une main chaude sur ma joue. Puis il m'embrasse.

– *Maintenant* c'est comme au bon vieux temps, dit-il.

Il m'embrasse de nouveau. Je ferme les yeux et voudrais que le monde entier disparaisse.

– C'est votre dernière chance, rugit le mégaphone. Levez-vous, qu'on puisse vous voir !

– Les pervers ! Ils veulent mater, dit Smitty avec un rire étouffé. Tu es prête ?

J'acquiesce. On lève les mains au-dessus de la tête et on se redresse lentement. Un soldat, debout près de la voie, braque un fusil sur nous. L'homme mystère cagoulé, à la voix rauque, est debout entre les rails, les bras croisés.

– Tu as envie de voir ce qui se passera si j'essaie de les écraser ? souffle Smitty.

– À ta place, je renoncerais, dit une voix, derrière nous.

On se retourne : troisième homme en noir, deuxième fusil.

– Bougez ! reprend-il, agitant son arme quand on passe devant lui pour entrer dans le premier wagon. Vous avez des potes ?

– Non, il n'y a que nous, je réponds.

J'espère que les autres ont eu le temps de s'éloigner.

Au-delà de la porte ouverte, les deux hommes postés quelques instants plus tôt sur la voie se tiennent à présent sur le talus. *Merde !* Alice et Pete s'y trouvent aussi, une expression très étrange sur le visage.

Essaient-ils de nous dire quelque chose ?

Puis je comprends : Russ est invisible. Cette confirmation me glace le cœur. Il a sûrement fait ami-ami avec les méchants. Il les a appelés avec le talkie-walkie et nous a livrés à eux.

L'homme mystère avance. Ses yeux brillent, mais sa cagoule ridicule cache son visage. Pourtant j'ai l'impression qu'il sourit. Il me fait signe de la main.

– Salut, Bobby ! C'est un plaisir de te revoir.

CHAPITRE 24

Smitty se tourne vers moi.

– Un de tes amis ?

L'homme lui adresse un bref regard.

– Salut, Smitty.

– Euh, salut, répond Smitty, les sourcils froncés. Pardonne-moi, mais ta voix rauque ne me rappelle rien.

Pendant un instant, j'ai l'impression de connaître cette voix. Elle est étouffée et enrouée, comme si l'homme avait très mal à la gorge. Mais m'est-elle familière ? Non, c'est seulement qu'il connaît nos noms. Ils veulent Smitty et ils me veulent. On est condamnés à devenir cobayes dans un hôpital souterrain secret.

– Comment ça va ?

Avec quelque difficulté, l'homme gravit les marches du wagon. Il n'y a pas beaucoup de place près de la sortie et je recule. Le type au fusil braque son arme sur moi. *D'accord, monsieur. Je ne bouge plus.* Je pose lentement mes fesses sur une table.

– Vous avez souvent réussi à nous échapper, continue l'homme. Et vous avez survécu. Il ne faut pas sous-estimer cela.

Sa voix, très éraillée, est inquiétante. C'est peut-être une nécessité dans son boulot.

– Je leur ai dit que vous étiez pleins de ressources, ajoute-t-il. Ils ne m'ont pas cru – pour eux, vous n'étiez que des gamins –, mais j'avais raison, hein ? J'ai toujours raison. Ils commencent à s'en rendre compte.

Bon, ça devient de plus en plus bizarre. Ses yeux… Ils me semblent familiers. Je sais…

– Permettez-moi de vous dire que je suis heureux que nous puissions enfin parler.

Il rit. Smitty m'adresse un regard ébahi.

– On ne s'est pas séparés dans les meilleurs termes, lors de notre dernière rencontre, ajoute-t-il.

Il est tout près et je vois ses yeux. Marron. La peau qui les entoure est rouge.

– Et j'aimerais, poursuit-il, qu'il n'y ait pas de rancune entre nous.

Il lève la main, touche mon crâne rasé puis, doucement, presque affectueusement, caresse ma joue du bout des doigts.

Smitty se jette sur lui et, aussitôt, je me retrouve dans la cuisine du château. Une main caressant ma joue. Une bagarre entre Smitty et un des étudiants. C'est déjà arrivé. Je comprends enfin qui c'est et j'ai envie de vomir.

Smitty et l'homme roulent sur le plancher, puis le soldat au fusil intervient. La bagarre n'est pas équilibrée, cette fois. Smitty est seul contre deux et moins bien entraîné. Le type au fusil le fait se relever et l'homme, resté au sol, éclate de rire.

– Tu sais qui je suis, hein ? dit-il à Smitty.

Puis il se tourne vers moi, porte une main à sa cagoule, prêt pour la grande révélation.

– Bobby, reprend-il, tu as l'air d'hésiter un peu.

– Pas tellement, Michael.

Je lui coupe l'herbe sous le pied. Sa main s'immobilise et sa cagoule demeure en place.

– Désolée de te gâcher tes effets, j'ajoute en avançant d'un pas. Tu as toujours été un peu plus lent que nous.

Il plisse les paupières et ôte sa cagoule. Je ne peux retenir un cri. Michael est méconnaissable. Son visage semble avoir glissé d'un côté, comme si la peau et les muscles avaient coulé. Il est rouge et noir ; ses sourcils ont brûlé et seules quelques touffes de cheveux se dressent sur son crâne couvert de croûtes. Ses lèvres sont fripées et sa peau est lisse là où la couche superficielle a disparu. Mais le plus choquant est le nez : il ne reste pratiquement que les narines ; le bout n'est plus là, comme s'il avait fondu.

Il est responsable de son sort. Tentant de faire fuir les hordes avec un bidon d'essence et une torche, il n'a réussi qu'à s'enflammer. La dernière fois qu'on l'a vu, il brûlait, et voilà le résultat. Il est plus horrible qu'un zombie et l'expression de son regard montre qu'il nous en tient pour responsables.

– Comment… ? (Je suis obligée de poser la question, je ne peux pas m'en empêcher.) Je te croyais mort.

– Oh, j'ai eu de la chance, se vante-t-il. Je connaissais un excellent hôpital.

– On a accepté de te soigner ? crie Smitty, immobilisé par deux soldats. Aux dernières nouvelles, Xanthro voulait ta mort !

Michael se tourne vers lui.

– Stupéfiant comme les choses évoluent, hein ? J'étais leur dernier lien avec Osiris. Grace disparue, sans doute transformée en zombie, Shaq devenu mort-vivant et ta mère… (il me montre du doigt)… en fuite. Ils savaient que le catalyseur et l'antidote n'étaient plus dans le labo, et puis ils ont retrouvé le catalyseur sur les lieux de l'accident de l'autocar.

Il se tourne vers moi et ajoute :

– Merci de l'avoir oublié, chérie.

Je mobilise mes dernières forces pour ne pas réagir. Il s'en rend compte, me tourne le dos et éclate de rire. Un mouvement attire mon regard.

Russ est dans le wagon suivant. Je distingue le haut de sa tête derrière la vitre, comme s'il était accroupi. Ses yeux sont dilatés et il est visiblement stressé au maxi. Puis je comprends pourquoi : derrière lui, des ombres avancent. Les silhouettes vacillantes des morts-vivants, à l'autre bout du wagon. Il les a libérés, a ôté sa barricade et, maintenant, il les attire vers nous. *Nom de Dieu !*

Michael ne s'est aperçu de rien.

– Ils ont fini par se demander où était passé l'antidote. Ils ont donc analysé des images de vidéo-surveillance, des appels téléphoniques interceptés, et vous savez quoi ? Le Dr Maman-de-Bobby était impliquée. Elle était revenue non seulement pour récupérer l'antidote, mais aussi pour sauver sa fille.

– Ah ouais ?

Je m'efforce de jeter discrètement un nouveau coup d'œil dans l'autre wagon. Russ s'y trouve toujours et les silhouettes approchent. Il mime des paroles que je ne saisis pas. Je me tourne vers Michael et lève un sourcil.

– Tu en as mis un temps à comprendre ! je constate.

– Ça leur aurait pris plus longtemps à eux. Au début, ils ne savaient pas qui tu étais. Mais comme j'étais à l'hôpital, j'ai pu les aider. Compte tenu du talent spécial de ton père, tu les intéressais beaucoup. Ils ont effectué tout un tas d'analyses pendant que tu étais dans le cirage. Tu as fait de beaux rêves ?

Il se penche vers moi. Son visage, à vif, suinte.

– Tu ne pouvais pas les en empêcher, ajoute-t-il. Tu les as laissé faire, c'est ça ?

Smitty crie et j'arme mon bras pour frapper le visage couvert de pus de Michael. Mais il est rapide, pour une fois, et dévie mon poing. Déséquilibrée, je tombe sur le plancher du wagon. Smitty se déchaîne et, pendant un instant, ils sont tous sur lui – même le type chargé de surveiller Pete et Alice – et personne ne me regarde. Je saisis ma chance. Je cours le plus vite possible à l'autre bout du wagon et je pénètre dans l'autre. Russ me regarde et, sans un mot, on se dirige vers la sortie ; on ouvre la porte et on saute sur le talus. Je lève le bras et referme la porte à l'instant où le premier zombie arrive… le contrôleur. Incapable de nous atteindre, il repère d'autres voyageurs sans billet et se dirige vers eux.

– Smitty ! je crie.

On remonte le train en courant, Russ et moi. Au moment où on arrive près d'Alice, qui se tient debout dans l'herbe, l'air ébahi, Smitty apparaît et bascule à l'extérieur. Russ appuie sur le bouton et la porte se referme automatiquement.

Des coups de feu claquent. Je crois tout d'abord qu'ils nous tirent dessus, mais ils s'en prennent en fait à nos compagnons de voyage, qui sont maintenant dans le premier wagon.

– Où est Pete ? crie Russ.

Une crête iroquoise blanche surgit dans l'encadrement de la porte de la cabine. Pete, souriant, saute.

– J'espère que c'était le bon moment. Je les ai enfermés à l'intérieur.

– Comment ?

Je suis déjà en train de courir.

– Les portes du wagon principal ont des serrures électriques, répond Pete, essoufflé. J'ai arraché tous les fils.

Je ne m'attends pas à ce que les portes tiennent longtemps. Et puis il y a l'hélicoptère qui, menaçant, tourne maintenant au-dessus de nous.

– Au port ! crie Russ, qui nous devance.

On traverse un pré de hautes herbes dont les tiges mouillées fouettent mes cuisses. Il y a une barrière en bois et, derrière, un chemin sinueux qui mène à une pelouse donnant sur la plage.

Devant nous : le brouillard. Venant de la mer, avançant vers le village et nous… Moins dense, çà et là, sur la plage et la jetée, mais, pour l'essentiel, épais et impénétrable.

On s'arrête net.

– Vous entendez les morts-vivants ? demande Alice.

Inutile de répondre : on les entend tous. Les plaintes. Quelque part, dans la soupe grise du port, de nombreux zombies vacillants nous attendent.

Le sommet du phare est tout juste visible au-dessus du brouillard. Impossible de contourner les morts-vivants.

– Ils ne peuvent pas nous voir, souffle Smitty. Prêts pour une partie de cache-cache ?

Je jette un coup d'œil derrière nous. Les zombies du train et les portes fermées ne retarderont les hommes qu'une minute ou deux ; ils seront vite sur nos talons.

– Silence et rapidité, je souffle aux autres. Le phare ou rien.

Il faut que je donne l'exemple ; j'inspire profondément.

– Par ici ! je dis.

Je m'élance dans le brouillard.

La brume m'enveloppe comme une terreur glacée. Aveugle, j'avance aussi vite que possible sur la pointe des pieds. Dans toutes mes aventures souterraines, jamais je ne me suis sentie aussi enfermée. Mains tendues, incapable de voir ce qu'il y a autour de moi, ce qui risque de surgir de ce blanc impénétrable. Je *sais* qu'ils sont là – parfois à quelques dizaines de centimètres –, je les entends, je perçois leur odeur, je distingue des silhouettes vacillantes, je sens presque leur souffle sur ma nuque. Mon cœur bat dans mes oreilles, un sang brûlant me monte à la tête et raidit mes doigts.

Smitty et Russ sont derrière moi, tout près ; de temps en temps, un cri étouffé couvre les plaintes et les gémissements. Alice suit. Si elle est là, Pete aussi. Je ne peux qu'avancer ; on ne peut que continuer. Le sol est parsemé de filets de pêche, de cordes enroulées, de casiers à homards ; on doit presque avoir atteint la jetée.

Je t'en prie, maman, sois là. Je t'en prie, sois dans un bateau, un bateau rapide, de préférence capable de se transformer en sous-marin et de nous emmener loin d'ici, loin des monstres, loin des hommes armés.

Mon pied heurte un muret. Je suis sur le port. J'entends le clapotis de l'eau. Puis j'aperçois des embarcations dans la brume. Je longe le muret jusqu'à un escalier. On est arrivés ; on a trouvé le phare d'Elvenmouth !

Dans la brume, je gravis rapidement les marches. Une porte bleu clair. *J'espère qu'elle n'est pas fermée à clé.* Je saisis la poignée ; elle tourne. Gagné !

Les autres, blêmes, me rejoignent. Sans un mot, je pousse lentement la porte, les nerfs à vif, convaincue de me retrouver aussitôt face à un monstre.

Mais il n'y en a pas. Seulement une pièce vide avec un escalier en fer et en cuivre derrière une porte métallique moderne surmontée de barreaux horizontaux. Russ se précipite, tourne la poignée, tire dessus. La porte ne pivote pas. Il la secoue, tente de la pousser, puis se tourne vers moi.

– La clé ?

Je tends mes mains ouvertes.

– Quelle clé ? Je n'en ai pas.

Russ se tourne alors vers Smitty.

– La mère de Bobby te l'a donnée ?

– Non, répond Smitty. J'en aurais déjà parlé, non ?

– Mon Dieu, je dis en faisant les cent pas. On aurait dû mieux fouiller l'abri.

J'ôte mon sac à dos et en palpe la doublure. Ma mère nous a forcément laissé la clé. Elle n'aurait pas commis une telle erreur.

– Elle est peut-être ici, suggère Alice, qui va et vient dans la pièce nue, passant les mains sur les murs en pierre. Ou dehors, sous un gros caillou. Les gens cachent toujours une clé sous un gros caillou.

– Je vais voir, dit Russ.

Pendant ce temps, Smitty a escaladé la porte et tire sur les barreaux. Un espace, de quelques mains de large, sépare le premier d'entre eux de la porte ; il tente de s'y glisser, mais il est trop corpulent.

Ce qui n'est pas le cas de tout le monde.

– Elle a prévu que je passerais par là, je dis, presque pour moi-même.

Russ rentre précipitamment.

– Les soldats approchent, souffle-t-il. Ils sortent du brouillard. Ils viennent par ici.

Je gagne la porte, la main dans ma poche.

– Il faut que quelqu'un passe entre les barreaux et monte allumer le phare. Pete, j'ajoute, l'index braqué sur lui, tu es maigre et futé, tu devrais y arriver. En avant !

Le moment est venu. J'espérais pouvoir éviter ça, mais je n'ai plus le choix.

Je sors le revolver de ma poche.

CHAPITRE 25

L'arme est dans son emballage en plastique. Bon sang, pourquoi l'ai-je remballée ? Pas vraiment pratique pour dégainer vite. Mais je sais qu'elle est chargée. Les doigts glacés, j'ôte l'adhésif en m'efforçant de ne pas la faire tomber.

– Qu'est-ce que tu fais ? demande Russ. Il n'est pas question que tu sortes.

– Fiche-moi la paix, je dis.

Russ fait un pas en arrière.

– Pete, je poursuis, monte, et *vite*.

Je finis de déballer le revolver, le dos tourné aux autres pour qu'ils ne le voient pas, et vérifie la sécurité.

– Qu'est-ce que tu vas faire ? gémit Alice. Cesse de nous donner des ordres !

– Bouge-toi !

Je pivote sur moi-même et braque l'arme sur elle. C'est horrible, je sais. Mais je n'ai jamais autant ri. Parce que, tremblante de trouille, elle tombe sur les dalles glacées. Si je dois mourir dans une ou deux minutes – ce qui est très probable –, j'aurai au moins eu ma revanche sur Alice.

Smitty avale sa salive.

– Qu'est-ce que…

– Toi aussi, je l'interromps. Je les maintiendrai à distance ; vous, allumez le phare.

Le regard que Smitty m'adresse – confusion, admiration, stupéfaction agrémentées d'un peu de désir et de terreur – me fait presque craquer. Mais il obéit. Parce que, face à un revolver, c'est ce qu'on fait.

Je sors dans la brume et me mets à plat ventre. On y est. J'ôte la sécurité. Je prends une profonde inspiration et frissonne sur la pierre humide et glacée. Je lève le revolver. Trois silhouettes, parfois visibles entre les plaques de brume, sur la plage. Mais elles atteindront bientôt le port et je tirerai à ce moment-là. Je ne suis pas un sniper armé d'un fusil. C'est une arme de poing. Si je veux les abattre, il faut qu'ils soient près, mais pas trop sinon le brouillard les cachera.

Michael montre la jetée du doigt. Il nous a vus, ou bien il a entendu les hurlements d'Alice.

Ils approchent. Encore quelques secondes. Je me cache derrière un casier à homards.

Il faut le faire. Tuer quelqu'un.

J'aimerais descendre Michael mais, même si je le hais, c'est plus difficile que je ne le croyais. J'aurais dû le mordre quand j'en ai eu l'occasion. Si j'ai raison, si je suis vraiment infectée, il se serait peut-être transformé. Ça aurait été plus facile alors de l'abattre de sang-froid.

Bon, pas lui. Au moins, je ne connais pas les autres. En plus, ils sont armés. Quand j'aurai tiré, ils le feront aussi. Il est donc plus logique de descendre l'un d'entre eux.

Am stram gram…

Finalement, je choisis le plus proche. *Désolée, monsieur.*

Je vise, appuie doucement. Rien. Le revolver est lourd et ma main douloureuse. J'appuie encore un peu. Il faut toujours presser un peu plus.

Une détonation retentit et les hommes sursautent violemment. Mais ils sont indemnes. J'ai manqué ma cible. Je me rends compte que je l'ai fait exprès. Je peux leur tirer dessus, mais je ne peux pas les tuer alors qu'eux m'abattraient sans hésiter.

Bon, peut-être dans la jambe…

Je vise, mais ils ont pigé et se sont mis à couvert. Je tire tout de même pour leur faire comprendre que c'est du sérieux. La bataille rangée commence.

Je ne peux que perdre, parce que ce sont des tueurs entraînés, armés de fusils, tandis que je ne suis qu'une collégienne douée, ne disposant plus que de trois balles et seulement protégée par un casier à homards.

Mais il s'agit de gagner du temps… Et ça marche. Une minute plus tard, un claquement retentit, puis un bourdonnement, et le phare s'allume. Pete a réussi ; je l'adore !

Je tire deux fois, recule jusqu'à la porte et l'ouvre. Smitty et Alice me rejoignent.

– Baissez-vous et courez jusqu'au bout de la jetée !

Je leur fais signe d'y aller et ils dévalent l'escalier, foncent vers l'eau. Je me tasse sur moi-même, à l'abri de l'épaisse porte en bois.

J'ai l'impression d'entendre un moteur de bateau au loin, mais c'est peut-être mon imagination.

Plus qu'une balle. *Fais-en bon usage…*

– Pete, Russ, je crie, sans quitter des yeux les endroits où les soldats sont cachés. Magnez-vous !

Les soldats reculent. Incroyable ! Comprennent-ils ce qu'on a fait ? Comprennent-ils qu'ils sont arrivés trop tard ? Qu'ils sont vaincus ? Ou bien attendent-ils des renforts ? Il ne reste que Michael qui sort de sa cachette derrière un mur et me regarde. Je pourrais le descendre. Il a peut-être même envie que je le fasse.

Du bruit à l'intérieur du phare. Je tourne la tête.

Pete et Russ gisent sur le sol près de la porte. Derrière les barreaux métalliques, un zombie barbu écume. Il hurle, passe les bras entre les barreaux. Mais mes amis sont hors d'atteinte.

Je les rejoins.

– Il était caché en haut, explique Pete, essoufflé. Il m'a attaqué, m'a poussé dans l'escalier.

– Mais tu as réussi, Pete. Tu as allumé le phare. Et tu es revenu en un seul morceau.

Pete semble angoissé.

– Je n'en suis pas sûr…

Il pose une main sur son flanc. Quand il l'en éloigne, elle est rouge.

– Une morsure, constate Russ.

– Je ne crois pas, dit Pete. Je me suis blessé en dégringolant dans l'escalier. Et aussi quand tu m'as tiré entre les barreaux.

– Il était sur toi.

Les yeux de Pete s'emplissent de larmes.

– Oui, mais… j'ai cru lui avoir échappé.

Russ se redresse.

– Il faut le laisser, déclare-t-il.

– Réfléchis, je dis. Les soldats ont battu en retraite. Alors on part, tout de suite.

– Pas avec Pete, insiste Russ. Il va se transformer.

Je serre très fort le revolver.

– Tu n'as pas compris, Russ ? Je ne laisse pas mourir les amis mordus.

– Pas d'antidote, cette fois, Bobby.

Pete semble accablé.

– On a Smitty. On a ma mère. Elle trouvera une solution.

Je braque le revolver sur Russ :

– Je déteste être obligée d'en arriver là. Mais bouge tes fesses. Parce que j'en ai marre de perdre du temps.

Russ rouvre la porte du phare et j'aide Pete à sortir, veillant à laisser mon arme pointée sur Russ.

Aussitôt dehors, on entend le grondement d'un moteur. Puis, dans la brume, j'entrevois un petit bateau venant dans notre direction. Sa silhouette est indistincte, mais je n'ai aucun doute.

– Elle est là, je dis. Elle vient nous chercher.

On rejoint Smitty et Alice, accroupis sur les marche en pierre descendant jusqu'à l'eau, et on attend. Les yeux rivés sur la mer, je voudrais que le bateau soit déjà arrivé. Un peu plus loin, j'aperçois une forme ronde flottant sur l'eau. Je crois tout d'abord que c'est une bouée, mais c'est beaucoup trop gros et un petit témoin rouge clignote dessus.

– Qu'est-ce…

– Une mine, bredouille Pete. Amarrée, sûrement, mais meurtrière. Elle explosera au moindre contact. Je me demandais comment ils avaient fermé les frontières maritimes.

Alice se tourne vers lui.

– Tu veux dire que c'est une bombe ?

Pete acquiesce, de grosses gouttes de sueur coulant sur son visage blême.

– Il y en a sans doute tout le long de la côte. Et sûrement d'autres au large. Elles sont surtout dissuasives.

Le bateau approche – il est si près que je distingue une silhouette à bord – et j'ai envie de crier à ma mère de faire attention. Mais elle contourne adroitement la mine. Je pousse un soupir de soulagement.

Mais je n'aurais pas dû.

Un cri, un hurlement… je me retourne : Pete, bras écartés et visage méconnaissable, tombe sur moi.

Il s'est transformé ? Déjà ?

Il me percute, plaquant le revolver contre mon corps. Puis une main me saisit, me tire en arrière. Je bascule dans les marches, laissant échapper mon arme, qui heurte la pierre. Le coup part. Je me crispe en prévision de l'eau glacée. Puis c'est le noir.

CHAPITRE 26

Sur le dos, je flotte sur des eaux grises et tumultueuses.

Je suis ballottée par les vagues. Je devrais avoir peur et froid, le sel devrait me piquer les yeux et la gorge. Mais ça va. Très heureuse d'être là, impuissante, et de me laisser aller. C'est pas formidable ? Cesser de lutter. Sourire, même. Laisser la houle me lancer vers le ciel, la mer me précipiter contre les rochers ou me noyer dans ses profondeurs obscures. Ça me va, vraiment. Parce que je ne sens plus rien, je me fiche de tout et c'est génial.

C'est à ce moment-là que je tourne la tête et vois Smitty. Il flotte, lui aussi, mais ne bouge pas. Sur le ventre, bras écartés, torse montant et descendant. Je me redresse, saisis son blouson en cuir et tente de le retourner pour qu'il puisse respirer, pour qu'on chevauche les vagues ensemble, qu'on se batte jusqu'au bout.

Il est très lourd. Gorgé d'eau. Mes muscles protestent ; je prends conscience du froid et je me rends compte que c'est à peine si je parviens à rester à la surface, alors nous y maintenir tous les deux...

À quelque distance : un bateau énorme. Je l'aperçois chaque fois qu'une vague nous soulève. L'espoir dilate ma poitrine. Ça sera très dur, mais on l'atteindra. Il faut seulement qu'il m'aide.

– Smitty, je hurle en le secouant pour le réveiller. Smitty !

À l'instant où je crois que tout est perdu, une vague vient à mon secours et il se retourne, tête oscillant mollement, cheveux noirs sur le visage. Je saisis les revers de son blouson et le tire vers moi. Je passe une main sur sa figure, écarte les cheveux.

Yeux ouverts. Sourire.

Ce n'est pas lui. C'est moi.

J'ouvre la bouche, mes poumons s'emplissent d'eau et je coule.

Ce n'est qu'un rêve.

Je me réveille, le souffle court.

Je suis dans un lit. Les seuls bruits que j'entends sont ma respiration précipitée et les battements de mon cœur dans mes oreilles. Les mains crispées sur les bords du matelas, je fixe le plafond blanc, me cramponne parce que la pièce monte et descend ; je patiente, j'attends que ça se calme.

Ça n'arrive pas.

Où suis-je ?

– Il y a quelqu'un ?

Lumière vive. Chambre. Murs blancs.

Encore ? Je suis de retour à l'hôpital ?

La bile me monte à la gorge et j'essaie de m'asseoir. Je tends une jambe, jure quand mes orteils heurtent le pied du lit. Je découvre, près de moi, un petit tableau de commandes. « Appel » est indiqué sous un des boutons.

– Bon. Appelons.

Deux minutes passent. Peut-être moins. Puis la porte s'ouvre et une tête apparaît.

Ma mère.

Bon sang, je rêve toujours. *Réveille-toi !* Il faudrait que je me pince.

Puis elle est près du lit, comme si elle n'avait pas eu besoin de traverser la pièce, comme si elle avait flotté, tel un ange, et ça ne me trouble pas du tout, parce que c'est un rêve et que dans les rêves, tout est possible.

Elle me regarde. Elle prend mon visage entre ses mains ; elle bat des paupières et de grosses larmes roulent sur ses joues, tombent sur les miennes. Mon Dieu ! Quelle scène ! Maintenant je sais que je dois absolument me réveiller.

– Bobby ! Je me suis fait tellement de souci pour toi ! Je suis désolée, ma pauvre petite.

Nouvelles larmes. Les grandes eaux ne font pas peur à cette mère de rêve.

La porte s'ouvre de nouveau et Smitty entre. Ensuite, c'est Pete et Russ. Puis un type musclé, en noir, que je ne connais pas, et, enfin, une femme en blouse blanche qui tripote un de mes poignets. Mon Dieu ! Suis-je toujours en train de rêver ?

– Aïe !

L'infirmière vient de me faire une piqûre.

– Désolée, fait-elle avec un sourire.

– Ce n'est qu'une prise de sang, Bobby, dit ma mère. Ne t'inquiète pas. Comment te sens-tu ?

– Tu nous as fait peur, explique Russ. Tu t'es cogné la tête dans le bateau. Du sang partout.

– Pas cool, Bobby, dit Smitty en me souriant.

– Après la fusillade, il semblait injuste que tu manques la suite, ajoute Pete.

– Une minute, je dis en saisissant les bords du lit pour m'asseoir. On est où ?

Je pose les pieds sur le plancher froid, essaie de me lever, montre Pete du doigt et reprends :

– Tu as été mordu. Tu t'es transformé, tu t'es jeté sur moi.

Le plancher ondule. Je vacille et j'ai la nausée. Ma mère et l'infirmière m'aident à me rallonger.

– Pete va bien, dit ma mère. Il a été blessé, pas contaminé.

– On m'a recousu, Bobby.

Pete hésite un instant puis lève son T-shirt.

– Je vais très bien, ajoute-t-il. Ça s'est passé si vite que c'est un peu flou... J'ai dû glisser et tomber sur toi.

– Et on est en sécurité ?

Je me tourne vers ma mère.

– C'est un navire hôpital, explique-t-elle. On est en mer du Nord. On ne risque rien.

Je regarde la pièce. Il y a un hublot. J'aurais dû comprendre. Mais il y avait des papillons tropicaux dans l'autre hôpital, et qu'est-ce qu'on pouvait en déduire ?

– Donc nos coordonnées étaient bonnes.

La chambre monte et descend toujours, mais je sais à présent que ça ne vient pas de moi. Je me tourne vers ma mère :

– C'est ici que tu nous attendais ?

– On surveillait la baie. Quand on a vu le train arriver, j'ai eu l'intuition que c'était vous. En général, vous vous débrouillez.

Elle secoue la tête comme si ça l'étonnait.

– Je savais que c'était le seul endroit où on serait en sécurité, ajoute-t-elle. Je me suis arrangée. On restera à bord jusqu'à ce que le pire soit passé.

– Les soldats ?

Maman ne répond pas immédiatement.

– On les a dissuadés de nous suivre.

– D'accord… Où est Alice ?

Ma mère esquisse un sourire.

– Elle a… le mal de mer. Elle va rester allongée jusqu'à ce qu'il passe. Tu devrais te reposer, toi aussi.

Je plisse les paupières.

– Tu veux parler de ce genre de repos où tu me fais dormir, et puis, quand je me réveille, tout le monde a disparu, sauf ceux qui se sont transformés en monstres pendant que je roupillais ?

– Non, Roberta. Pas du tout. Quand tu auras dormi, rejoins-nous sur le pont principal et on se mettra quelque chose sous la dent.

Je la fixe.

Elle lève une main.

– Je pensais simplement à un sandwich.

Quelque chose me tracasse.

– Attends ! Quand tu as dit « Alice a le mal de mer », pensais-tu en réalité : « Alice est contaminée, va se transformer en zombie et dévorer nos cerveaux, en commençant par celui de Bobby parce que c'est elle qu'elle déteste le plus ? »

Ma mère secoue la tête.

– Sois tranquille. Elle a subi des analyses… comme vous tous. Elles ont été réalisées dès votre arrivée à bord. C'était une des conditions pour qu'ils acceptent de vous recevoir.

Elle se passe la langue sur les lèvres et poursuit :

– Bon, ils connaissent la situation particulière de Smitty mais, à part ça, vous êtes tous sains. Maintenant dors.

L'infirmière et elle poussent Russ et Pete vers la porte, mais Smitty s'attarde près de mon lit.

– Je me suis dit exactement la même chose que toi, à propos de Malice. Je suis plutôt content qu'elle ne soit pas contaminée.

Il sourit et ajoute :

– Morte-vivante, Alice serait encore plus insupportable.

Ma mère, l'infirmière et le type inconnu se dirigent vers la porte en parlant de mon état de santé. Je souffle à Smitty :

– Bizarre que Pete n'ait rien. Russ était sûr qu'il avait été mordu. Il voulait l'abandonner.

Smitty secoue la tête.

– Il ne fait pas confiance à Pete.

Je réfléchis.

– Et toi ? Russ prétend avoir trouvé un talkie-walkie dans les affaires de Pete. Un de ceux qu'utilisaient les soldats de Xanthro. Pete a-t-il glissé sur les marches ? Ou essayait-il de se débarrasser de moi ?

Smitty lève les sourcils.

– L'Albinos est avec nous depuis le début. C'est un intello et un casse-pieds, mais je lui confierais ma vie. Ce que dit Russ ? C'est l'attitude habituelle des tas de muscles : ils n'aiment pas les types intelligents.

Je le fixe, les paupières plissées.

– Tu es dans quelle catégorie ?

– Tu me connais, Bobby, répond-il avec un clin d'œil. Je ne suis ni l'un ni l'autre. J'ai seulement du charme et une belle gueule.

Je grimace.

– Et du sang de zombie dans les veines.

– Ouais, bon, fait-il. Ils vont me soigner, ici. C'est un hôpital, hein ? En plus, ils ont Fallout 5 sur Xbox ; on peut facilement passer une ou deux semaines ici.

Il se penche vers moi :

– Tu vois ce type ? C'est mon garde du corps. Il semblerait que je sois en ce moment la personne la plus importante du monde et il est chargé de me suivre partout. Ça risque de nous poser des problèmes.

Il m'adresse un regard entendu et conclut :

– Sauf si tu aimes qu'on te regarde.

Il me refait un clin d'œil. J'essaie de le gifler, mais il esquive. Comme toujours.

Beurk ! Devant ma mère et tout.

Il rit, m'envoie un baiser et s'en va. Mon visage est écarlate. Je me demande si mon crâne rasé rougit, lui aussi. Je parie que oui.

L'infirmière m'apporte un verre de jus d'orange puis s'en va. Ma mère adresse un signe de tête au type posté dans un coin et il sort, lui aussi.

– Tu as un garde du corps, maintenant ? je demande. Ou c'est moi ?

Je bois le jus d'un trait et elle prend ma main.

– Je suis fière de toi. Tu ne sauras jamais à quel point, dit-elle. Il a vraiment fallu que je me fasse violence pour te laisser à l'hôpital. Mais je savais que tu y serais en sécurité tant qu'ils ignoreraient que tu étais ma fille.

– Ils l'ont appris, je réponds en la regardant dans les yeux. Michael y était aussi.

Elle hoche la tête.

– C'est ce qu'on m'a raconté. Je l'ignorais. Comme tu étais blessée, j'ai pensé que l'hôpital était l'endroit le plus indiqué. Et si tu n'avais pas réussi à t'évader, je serais revenue. Avec des forces considérables, tu peux me croire.

– Grace a été abattue, je dis.

Elle hoche une nouvelle fois la tête.

– Regrettable. Je n'aurais pas dû l'envoyer te chercher ; et elle n'aurait jamais dû libérer les personnes contaminées.

– C'est sûr. Enfin, tu as bien fait d'éloigner Smitty. Ils étaient prêts à tout pour lui mettre le grappin dessus.

– Oh ! non, fait ma mère. Ils ne savaient pas que son sang contient le catalyseur et l'antidote. Comment l'auraient-ils su ? Ils n'ont pas assisté à la scène. J'étais seule à savoir.

Elle secoue la tête :

– Non, il n'a jamais été vraiment en danger…

– Dans ce cas, pourquoi on nous pourchassait ? je demande en serrant sa main. J'ai subi des analyses à l'hôpital, maman. Je sais que je suis différente. C'est pour ça qu'ils nous traquaient, hein ?

– Tu es bien loin d'avoir tous les éléments. Repose-toi. Je te dois des explications, je sais.

Elle se lève, serre ma main puis la lâche.

– Mais pas toutes en même temps, ajoute-t-elle. On se retrouve sur le pont dans quelques heures. Je répondrai à toutes les questions.

Elle s'en va.

Vraiment ? Bon, je n'ai sans doute jamais été aussi fatiguée et je suis sûre que l'infirmière a ajouté un somnifère à mon jus d'orange, mais il n'est pas question que je roupille « quelques heures » après tout ce qui est arrivé. Dans vingt minutes, je serai sur le pont…

Je dors. Pas de rêves, cette fois. Quand je me réveille, la lumière est faible et j'ai la bouche sèche. Mais je sais que c'est la réalité : j'ai mal partout.

Je me lève. Quelqu'un a pensé à laisser un pyjama et une robe de chambre à mon intention. Un peignoir blanc en tissu-éponge et des pantoufles assorties. Mes vêtements ont disparu, sauf mes bottes et ma veste. Je réfléchis, préfère les bottes humides et nauséabondes aux pantoufles. Si la vie m'a appris une chose, ces dernières semaines, c'est qu'il faut toujours être prêt à fuir.

Elle a dit qu'ils seraient tous en haut, sur le pont principal. J'imagine ma mère derrière un gouvernail énorme, une casquette de capitaine sur la tête, et tout le monde se cramponnant désespérément. J'ouvre la porte, sors dans le couloir. Pas beaucoup de lumière. Et un silence de mort. Pas un hôpital bourdonnant d'activité. Mon infirmière est assise à un bureau, dans une lumière orange, au bout de la coursive. Elle lève la tête et me sourit.

– Ça va ?

– Euh, oui. Merci.

Je me dirige vers elle en essayant de ne pas me tenir aux parois, au cas où elle croirait que j'ai du mal à garder l'équilibre.

– La mer est un peu forte, ce soir, dit-elle avec un sourire. Mais en ce moment, il vaut mieux être ici que sur la terre ferme. Ils sont là-haut, indique-t-elle en montrant un panneau où « pont principal » est indiqué, sous une flèche.

J'acquiesce et suis la flèche. Je gravis un escalier métallique en tenant la rampe froide. Nouveau couloir, nouvelle flèche, puis un panneau sur une porte en bois sombre. J'ouvre.

Pas de gouvernail et ma mère ne se prend pas pour le capitaine. C'est un vaste salon avec des fauteuils en velours et une moquette dont le motif donne la migraine. Des baies vitrées s'ouvrent sur l'avant, à bâbord et à tribord, et des portes, également vitrées, donnent sur le pont ; il fait sombre, dehors, et il pleut. Smitty et Pete sont assis devant une cheminée où le feu semble réel ; Alice est installée dans un fauteuil, sous une couverture, mais ça ne l'empêche pas de flirter avec Russ. Le mal de mer ne semble pas l'avoir détournée de son objectif. Le garde du corps de ma mère et de Smitty, ainsi que deux de ses potes, se tiennent à l'autre bout de la pièce.

Quand j'entre, ma mère se tourne vers moi ; j'ignore pourquoi, mais j'ai l'impression qu'elle savait que j'allais arriver.

– Bobby ! dit-elle. Ça va mieux ?

Elle me rejoint et me prend par le bras .

– Viens t'asseoir. On peut commencer ; tout le monde est là, maintenant.

Bon sang ! C'est comme si elle allait dévoiler l'identité du meurtrier ! Je m'assieds près de Smitty, sur un canapé moutarde.

– Merci de votre patience, dit maman, debout au milieu de la pièce. Ça ne sera pas long et ensuite, vous pourrez manger, c'est promis. Vous avez beaucoup couru et vous devez être affamés.

La blague ne fait rire personne. Je meurs de honte. Alice gémit et Smitty m'adresse un sourire compatissant. Ma mère ne se rend compte de rien et poursuit :

– Sachez que vous êtes en sécurité ici. Vous pourrez rester là jusqu'à ce que nous décidions quelle est la solution la plus sûre. L'Écosse est toujours en quarantaine, mais le reste du Royaume-Uni n'est pas affecté. Une partie du Northumberland est désormais un no man's land, cependant l'Angleterre n'est pas touchée par l'épidémie. Vos familles sont saines et sauves. Nous avons pris la liberté de les contacter.

Alice éclate en sanglots, Pete rit. Je regarde Smitty. Il fixe le plancher et hoche la tête. J'étais si préoccupée par mon drame familial personnel, jusqu'ici, que je n'avais pas pensé aux familles des autres.

– Vous pourrez bientôt les appeler, reprend ma mère, satisfaite de la façon dont la nouvelle a été accueillie. Nous espérons que cette situation ne durera pas, et votre retour chez vous sera notre priorité dès que nous aurons confirmation de la stabilité de votre état de santé.

Smitty lève la tête.

– C'est vous qui déciderez quand on rentrera, pas nous ?

Ma mère bat des paupières.

– Exactement. C'est une mesure destinée à assurer votre sécurité.

Elle se dirige vers la porte et ajoute :

– Inutile de s'attarder là-dessus… Le moment est venu de vous présenter, ou de vous *re*-présenter, une personne capable de vous donner plus d'informations que moi.

Elle frappe légèrement contre la porte.

Celle-ci s'ouvre et Martha entre.

CHAPITRE 27

Je me lève d'un bond, me demandant s'il faut combattre ou fuir. Martha me fait apparemment toujours cet effet.

Pete, près de moi, sautille sur place.

– Qu'est-ce qui se passe ? bredouille-t-il. À l'hôpital… on a vu votre bague par terre, dans une mare de sang.

Matha esquisse un sourire indulgent.

– Si ma présence vous bouleverse, j'en suis désolée.

Combien de soi-disant morts vont débarquer ? Si ça continue, ma mère va tirer un rideau noir et dévoiler mon père faisant un bœuf avec Elvis et Michael Jackson.

– Smitty, intervient ma mère, voici le Dr Martha Wagner. Les autres t'ont sûrement dit qu'elle s'occupait d'eux, à l'hôpital.

Il acquiesce. Ma mère lui adresse son sourire le plus chaleureux.

– Elle dirige les installations médicales sur ce navire, explique-t-elle. Elle a la gentillesse de nous accueillir… jusqu'à la fin de la crise.

Martha, à son tour, nous sourit.

– Je suis heureuse de tous vous recevoir. Anna était mon étudiante à Cambridge, et nous avons travaillé ensemble pendant de nombreuses années, chez Xanthro. Il lui est sans doute arrivé de regretter de s'être laissée convaincre de me rejoindre au sein de cette société.

Cela les fait sourire toutes deux, comme si cette réunion était une agréable soirée entre amis.

– Attendez… attendez, je m'écrie, toujours debout. Vous étiez à l'hôpital. Vous travaillez pour Xanthro. Vous m'avez dit que ma mère était morte. Vous nous avez abandonnés, quand les zombies se sont échappés, et on a failli être dévorés, abattus et noyés. Plus tard, on a été attaqués par un oiseau mort-vivant et traqués par un hélicoptère.

Je me tourne successivement vers les autres, reporte mon regard sur Martha et demande :

– Est-ce que je suis folle ? Ça ne fait pas de vous notre ennemie ?

Elle lève une main délicate.

– Je vous dois mille excuses. (Elle se tourne vers ma mère.) Et à toi aussi, Anna.

Elle se dirige vers moi de sa démarche souple et silencieuse, tend les mains comme pour prendre les miennes. Je ne réagis pas et elle soupire.

– Je t'ai dit que ta mère était morte pour éviter qu'ils ne découvrent que tu étais sa fille. Et je ne vous ai pas abandonnés. Au début, la situation ne me semblait pas désespérée. Quand j'ai compris qu'elle l'était, j'ai pensé que vous seriez provisoirement en sécurité dans vos chambres. Je me suis dépêchée de détruire tout ce qui me liait à ta mère et de réunir ce dont nous avions besoin pour que ce navire puisse devenir un service opérationnel de Xanthro. Puis je suis allée vous chercher, mais les couloirs grouillaient de personnes contaminées ainsi que de soldats, et vous aviez disparu…

Smitty se lève.

– Une minute… Ce bateau appartient à Xanthro ? J'ai bien entendu ?

– Bien sûr, répond-elle, étonnée. C'est maintenant une de nos principales installations. Ce navire abrite la majorité des recherches sur Osiris. Tout ce qui a pu être sauvé dans le château et l'hôpital.

– Vous êtes sérieuse ?

– C'est le comble de la connerie !

– Je veux partir !

On est tous debout et chacun craque à sa façon. Ma mère intervient.

– Le *bon* Xanthro, Bobby, le *vrai* Xanthro. La société pour laquelle on a travaillé, Martha et moi, pas les gens qui ont disséminé le virus dans la population et sacrifié des vies pour le profit. Nous cherchons un *traitement*. Nous ne voulons pas qu'on utilise ce que nous avons créé pour faire le mal. Nous devons réparer les dégâts et veiller à ce que cela ne se reproduise plus jamais.

Pete lève une main.

– Excusez-moi. Vous faites des recherches sur ce bateau, c'est ça ?

Martha et ma mère acquiescent.

– Hon hon, fait Pete. Ça implique donc des expériences sur le vivant ? Ou, plutôt, le mort-vivant ?

– Quoi ? je m'écrie, prise de panique. Il y a des zombies à bord ?

– Un petit groupe, reconnaît Martha. Une trentaine d'individus. Enfermés et traités humainement. Il n'y a aucun danger…

– Très bien, dit Alice en se dirigeant vers la porte vitrée. Je veux partir immédiatement.

– Il n'y a absolument aucune raison de s'inquiéter, proteste Martha.

– C'est ce que vous avez dit la dernière fois ! hurle Alice.

– Vous devez tous la vie à Martha, intervient ma mère. Elle a coordonné l'évacuation après l'accident du car, caché la vraie identité de Bobby et veillé à ce que vous ne soyez pas contaminés. Quand il m'est devenu impossible de la joindre, je ne me suis pas inquiétée parce que je savais qu'elle était avec vous. J'étais sûre qu'elle vous protégerait, le temps que nous prenions des dispositions, et qu'elle faciliterait votre évasion le moment venu.

Je la dévisage.

– Mais pourquoi les messages codés ? Pourquoi ne nous a-t-elle pas simplement fait sortir ?

Ma mère secoue la tête.

– Il était préférable que vous partiez séparément. Préférable aussi que Martha ne soit pas soupçonnée et qu'elle ignore où se trouvait Smitty.

Je m'assieds, complètement effondrée.

– Waouh. Alors, Martha, sur les lieux de l'accident, vous n'avez pu sauver que quatre personnes ? Pardon, six en comptant maman et Smitty. Vous devez être très fière !

– Bobby ! s'écrie ma mère, furieuse.

– J'aurais voulu faire mieux, avoue Martha. Cinq, ce n'était pas un bon résultat.

– Cinq ? demande Pete.

– Non, je réponds. Je compte maman et Smitty. Elle nous a dit, au début, qu'il y avait quatre survivants. Mais, en fait, on était six.

Russ secoue la tête.

– Je n'étais pas dans le car.

– Quoi ? je fais.

– Bien sûr que si, dit Alice. Tu as la mémoire qui flanche, c'est tout.

Je me tourne vers ma mère.

– Qu'est-ce qui se passe ?

Russ se tord les mains.

– Je peux leur expliquer, Anna ?

Ma mère a un sourire sans joie.

– Je crois qu'il le faut, Russ.

– Oh, c'est *génial !* ironise Smitty.

Russ a l'air gêné.

– J'étais, en fait, pour ainsi dire infiltré.

– Comme un espion ? demande Alice.

– J'ai voulu qu'il se joigne à vous pour aider Martha, reconnaît ma mère. Il devait s'assurer que vous sortiriez tous sains et saufs de l'hôpital. Il a été formé par l'armée et appartient à un petit groupe travaillant de temps en temps avec moi depuis que Xanthro est sur la mauvaise pente. Vous vous souvenez comment j'ai pris contact avec vous, au château ? C'était grâce à son équipe ; elle m'assiste.

– Pas si vite, je dis en me tournant vers ma mère. Tu as chargé Russ de nous protéger ?

Elle hoche la tête.

– De vous aider à vous évader. J'ai réussi à le contacter après l'accident, et il est arrivé sur les lieux quelques heures plus tard, errant dans les bois comme si la première équipe de secouristes ne l'avait pas vu. Martha a veillé à ce que la deuxième le ramène.

– Quel âge as-tu ? demande Alice, ébahie.

– Vingt et un ans, répond Russ avec un sourire. Mais mes amis disent que je fais très jeune.

– Mon Dieu ! s'écrie Alice.

Impossible de savoir si elle est dégoûtée ou enthousiaste.

– Bobby, reprend ma mère, j'ai pris ton téléphone sur les lieux de l'accident et j'ai eu quelques heures pour relever les coordonnées puis les entrer dans la mémoire. Russ a donné l'appareil à Martha, qui l'a caché dans tes affaires.

Je me tourne vers Russ.

– Tu étais au courant pour les messages ? Tu savais ce qu'ils signifiaient ?

– Non. Anna ne m'avait rien dit. Je savais que le téléphone était important, mais je supposais qu'elle voulait pouvoir t'appeler.

– Et tu connaissais Martha ? s'enquiert Pete. Tu savais qu'on était sous terre ?

– J'avais quelques informations, reconnaît Russ. Pas autant que tu crois. J'étais chargé de protéger Bobby à tout prix et de la faire sortir sans compromettre ma couverture. Mais je n'avais aucun contact avec Anna. Une fois dans l'hôpital, il m'était impossible de savoir ce qui se passait dehors.

– Et à quel moment de l'histoire Grace est-elle entrée en scène ? je demande.

– Elle… représentait un risque, répond ma mère. L'équipe m'a aidée à évacuer Smitty, puis je suis allée au château. Grace s'y trouvait, en piteux état. Elle s'était cachée à l'arrivée de Xanthro et ne savait pas où se réfugier. Je ne pouvais plus contacter Martha. Je lui ai proposé d'aller à l'hôpital et de vous faire sortir. Elle y avait travaillé et possédait encore les codes d'accès. Elle prenait un gros risque, mais j'ai promis de la protéger contre les factions corrompues de Xanthro si elle parvenait à vous faire évader. Elle se savait recherchée et en danger de mort.

– Xanthro n'a pas eu besoin de la chercher bien loin, dit Pete.

– Michael l'a tuée, explique Smitty à ma mère. Je parie que vous n'aviez pas prévu sa réapparition.

C'est Martha qui répond cette fois :

– Ils l'ont trouvé au château. Il est resté plusieurs semaines en soins intensifs. Quand il a été capable de parler, j'ai compris qu'il représenterait une menace pour nous.

À cet instant, le téléphone intérieur mural sonne. Un garde du corps décroche, écoute pendant quelques instants, puis raccroche.

– Docteur Wagner, dit-il, il y a un petit problème dans la cale. Un début d'incendie, apparemment.

Ce n'est pas grave, mais nos collègues ont besoin d'aide.

– Génial ! soupire Pete. Quelqu'un est sorti de sa cage, peut-être ?

– Impossible, proteste Martha en secouant la tête. Allez-y, ajoute-t-elle à l'intention des gardes du corps. On se débrouillera.

Il faut que j'en arrive vite à l'essentiel.

– Bon, maman, pourquoi Michael nous poursuivait-il en hélicoptère ? Seulement pour qu'on le conduise jusqu'à toi ? Xanthro ne savait pas que Smitty est porteur du virus et du traitement. C'était moi qu'ils pourchassaient, hein ? J'ai lu mon dossier, à l'hôpital. Il indique que les analyses permettant d'isoler Osiris n'ont pas pu être menées à bien en raison de la « présence d'autres facteurs ». Je suis comme papa, hein ? Je suis porteuse du virus, mais immunisée ?

Tout le monde sursaute. Russ m'adresse un regard dur.

– Tu as le virus ?

Ma mère se lève.

– Bobby...

– Mon Dieu ! s'écrie Alice, tu es contaminée ?

– Peut-être, je réponds. Vous vous souvenez que le petit Cam s'est transformé en zombie au château ? Vous vous êtes demandé comment il avait été contaminé à L'Étape gourmande. On a supposé qu'il avait été mordu. Mais je saignais du nez. Mon sang est tombé sur son visage et entré dans sa bouche. J'ai le virus, mais je suis immunisée naturellement. Même si un zombie me mord, je ne me transformerai pas.

– Ce n'est pas… dit ma mère.

– Non, maman, c'est bon. Maintenant, tout est sur la table.

– Incroyable ! s'exclame Russ, qui se lève, serre les poings, fait les cent pas devant la cheminée. Xanthro était au courant ?

Je hausse les épaules.

– Je crois qu'ils savaient que je suis spéciale et pensaient que je leur serais utile.

Russ acquiesce, puis a un petit rire bizarre et secoue la tête.

– Et je ne me suis douté de rien !

Ma mère lève une main.

– Permettez-moi de mettre un terme à ça tout de suite.

Elle me rejoint et pose les mains sur mes épaules :

– Bobby, tu te trompes. Tu n'es pas porteuse du virus.

Je la dévisage.

– Mais les analyses ! J'ai lu…

– Tu as une mononucléose.

– Mon Dieu ! Qu'est-ce que c'est ? demande Alice en s'éloignant de moi.

– Une infection, explique maman. Un virus relativement inoffensif. Très fréquente chez les ados, qui surnomment parfois cette affection « la maladie du baiser », parce que c'est souvent ainsi qu'elle se transmet.

Je rougis et veille à ne pas regarder Smitty. Je sens qu'il fait de même. Ma mère poursuit :

– On se sent fatigué, sans énergie, parfois sans force, mais les symptômes disparaissent au bout de quelques semaines. Rien à voir avec Osiris, crois-moi.

– Alors pourquoi ils nous pourchassaient ? je marmonne.

– Eh bien, oui, ils voulaient vous capturer pour me faire sortir de ma cachette. Mais ce n'était pas la seule raison. Je comptais faire ça différemment, mais…

– Quoi ? je demande.

– Ce n'est pas toi qui es porteuse du virus. C'est Alice.

Une pichenette et je m'étale.

– Quoi ? je fais.

Smitty jure et Pete aussi.

– Moi ? Quoi ? s'écrie Alice en fixant ma mère comme si elle n'avait pas compris.

– Ce n'est pas grave, dit maman sur un ton rassurant. En fait, c'est une excellente nouvelle. Tu es la porteuse du virus. Et grâce aux installations dont nous disposons ici, tu ne tomberas pas malade et on pourra extraire les anticorps. Tu es la clé du traitement, Alice. Avec toi et Smitty, on trouvera.

Alice se lève et recule.

– Je suis un zombie ? Vous allez *extraire* des machins ? Vous voulez que je *fasse* des trucs avec Smitty ? (Elle fond en larmes.) Non ! Je veux seulement rentrer chez moi.

Maman fait un pas dans sa direction et elle se met à hurler.

– Ne m'approchez pas !

– Tout va bien, Alice, dit-elle, apaisante. Tu n'es pas comme ces monstres. Tu ne te transformeras pas. Et tu es entre de bonnes mains.

– Mais, mais… sanglote Alice, le papa de Bobby… était porteur du virus et il est mort. Je vais mourir ?

Ma mère secoue la tête.

– On a fait de gros progrès, ces derniers jours, et tu n'as rien à craindre.

Russ prend Alice par le bras.

– On va sortir. L'air frais t'éclaircira les idées.

– Quoi ?

Alice le regarde comme s'il était fou et je m'interroge, moi aussi… C'est la tempête, dehors.

– Non ! Je ne veux pas ! proteste-t-elle.

Il l'entraîne tout de même vers la porte.

– Viens, ça te fera du bien.

– Qu'est-ce qui te prend ? râle Alice.

Il ouvre la porte vitrée coulissante.

– Non ! s'exclame Alice.

– Hé ! s'écrie Smitty en se levant et en se dirigeant vers Russ. Elle ne veut pas.

– Ouais ? Tant pis !

Russ passe une main dans son dos et je comprends aussitôt ce qu'il va faire. Il sort une arme. Je la reconnais. C'est celle que je croyais avoir perdue sur le port.

– Et tu sais quoi, Smitty ? ajoute-t-il. Tu viens aussi. Sortez ! Tous les deux !

Il braque le revolver sur Smitty et Alice.

– Qu'est-ce qui se passe ? demande Alice, figée.

– Bon sang, dit Pete. La trahison classique. Tu m'as mordu, hein ? Dans le phare, pendant la bagarre avec le zombie. Tu voulais que les autres croient que j'étais contaminé. Ça n'a pas marché et tu m'as poussé dans l'escalier pour voler le revolver de Bobby.

Russ éclate de rire.

– J'ai pensé que c'était la meilleure solution, Pete. Je croyais que tu m'avais démasqué. En fait, c'était moi qui étais parano.

Il se tourne vers ma mère :

– Désolé, Anna. Mais le Xanthro corrompu paie beaucoup mieux que vous, même avec votre fille en prime. Alice vient avec moi. Merci d'avoir confirmé ce qu'on pensait. En fait, les analyses réalisées à l'hôpital n'étaient pas aussi fiables que vous le croyiez. On savait que l'une des deux était porteuse du virus, mais pas laquelle. Merci de m'éviter de les emmener toutes les deux. Maintenant, je peux aussi leur livrer Smitty. Bonus. Les patrons n'en reviendront pas.

Il nous adresse son plus joli sourire de gentil voisin, fossette comprise.

Puis les sirènes retentissent.

CHAPITRE 28

– Dites-moi que c'est l'alerte incendie, s'écrie Smitty.

Russ ricane et secoue la tête.

– Non, mon pote. Pete avait raison. Comme toujours. Tu devrais écouter ce qu'il dit. J'ai posé une petite bombe incendiaire sur la porte du quartier d'isolement. D'une minute à l'autre, une trentaine de monstres vont débarquer ici.

– Russ, non !

Le visage de ma mère exprime l'horreur.

– Mon Dieu ! souffle Martha.

– Désolé, mesdames. Il faut que je file.

Puis il pousse Alice dehors. Smitty avance sur lui mais s'arrête quand Russ braque l'arme sur son visage. Ils sortent tous les trois et Russ ferme brutalement la porte coulissante.

Ma mère fonce décrocher le téléphone intérieur et appuie sur un bouton. Russ, derrière la vitre, lui sourit. Le visage d'Alice est méconnaissable ; elle hurle à pleins poumons.

Ma mère crie dans le combiné et je me précipite vers la porte. Russ me fixe, impassible ; il pose le canon du revolver sur la tempe d'Alice. Je m'immobilise.

– Comment pourra-t-il s'enfuir ? demande Pete.

– Un hors-bord de chaque côté du navire, répond Martha. Il va en mettre un à l'eau.

On les regarde longer les baies vitrées, courbés face à la pluie et au vent. On ne peut rien faire.

Quelque chose me chatouille le cerveau, une idée, un souvenir…

– Six ! je m'écrie. Il n'y avait que six balles.

Sans attendre les questions des autres, j'ouvre la porte, me lance à la poursuite de Russ, Alice et Smitty sur le pont glissant. Ils sont presque arrivés au hors-bord. Je suis sûre d'avoir tiré six fois. Une fois sur la chèvre. Quatre sur les soldats. Et le coup qui est parti tout seul quand je suis tombée à l'eau. Je suis certaine qu'il n'y avait que six balles. L'arme de Russ est vide.

Enfin, si je me souviens bien.

Et peut-être Russ avait-il des munitions… Mais si c'était le cas, il aurait sans doute aussi une arme. Je joue ma vie – ainsi que celles de Smitty et d'Alice – sur la conviction que le revolver de Russ est vide.

Ils ont atteint l'endroit où un des hors-bord est suspendu sous deux potences équipées de poulies. Russ appuie sur un bouton et l'embarcation commence sa descente. De grosses vagues font tanguer le navire et je me cramponne au bastingage glacé, continue d'avancer. Russ force Alice à s'engager sur l'échelle permettant d'accéder au hors-bord. Je ne suis qu'à quelques mètres quand il pivote et braque le revolver sur moi.

– Tu n'as plus de balles ! je crie.

Je sens, derrière moi, la présence des autres.

Il éclate de rire et secoue la tête.

– Tu crois que je n'ai pas vérifié, Bobby ? Seul un amateur se risquerait à ne pas le faire.

– Tu as peut-être vérifié, je réponds sans cesser d'avancer, mais tu as cru que je ne me souviendrais pas de combien de fois j'ai tiré. Erreur !

Il pose le canon sur la tempe de Smitty.

– Tu veux jouer ton va-tout, Bobby ? Risquer de perdre la seule source restante d'antidote ? Ton *petit ami* ?

Je voudrais qu'on arrête de l'appeler comme ça.

– Russ, comment peux-tu faire ça ? hurle Alice, agrippée à l'échelle. Tu t'es occupé de nous. Tu es venu me chercher quand les jeunes m'ont emmenée.

– Je suis allé chercher la Jeep, idiote. La voiture était le meilleur moyen de sortir de la ville. Anna est si parano qu'elle ne m'a pas dit où elle nous attendait et, comme vous, j'ai été obligé de me fier à ces énigmes ridicules.

Ma mère a un rire sans joie.

– J'avais bien raison d'être parano.

– Ouais, bon, fait Russ, qui jette un coup d'œil autour de lui.

Je suis son regard. Au loin, trois points noirs avancent dans le ciel. L'hélicoptère est allé chercher des amis. Russ sourit.

– J'apprécie cette petite conversation, mais le temps presse, dit-il en braquant son arme sur Alice, qui descend dans le hors-bord. Toi, maintenant, ajoute-t-il en menaçant Smitty.

Une silhouette apparaît alors derrière lui, bras tendus, bouche ouverte, dents prêtes à mordre.

J'ouvre de grands yeux, recule.

Russ ricane.

– Bien joué, Bobby. Mais je ne tomberai pas dans ce panneau vieux comme le monde.

C'est Smitty qui débloque la situation. Il jette un coup d'œil autour de lui, pousse un cri convaincant et s'écarte alors que le monstre avance sur Russ. Russ est un être humain ordinaire ; il se retourne.

Cette diversion suffit. Je me rue sur lui, le projette contre le bastingage et il laisse échapper le revolver. Il est surpris, mais beaucoup plus fort que moi et il reprend ses esprits en quelques secondes. Le zombie profite de l'occasion pour sauter sur lui. Il soulève Russ, s'apprêtant à planter ses dents dans son ventre. Mais une vague soulève le navire. Russ et le zombie basculent par-dessus bord, tête la première. Au dernier moment, Russ attrape une corde. Il se balance et me regarde.

– Bobby, hoquette-t-il, à l'aide…

Mon cœur se serre. Je ne peux pas l'abandonner à son sort. Je tends une main.

Mais à cet instant, le navire se soulève de nouveau et Russ ne peut saisir ma main. Il tombe, les yeux rivés sur moi, une expression de surprise et d'irritation sur le visage. Il touche l'eau presque sans un bruit. C'est comme si la mer n'avait fait qu'une bouchée de lui.

– Où est-il ? crie Alice, dans le hors-bord.

Je n'en sais rien. J'attends qu'il refasse surface, comme lorsqu'on observe un oiseau plonger pour attraper un poisson. On fixe l'endroit où il a disparu, mais on est très étonnés de le voir réapparaître ailleurs. Je scrute les vagues, l'estomac noué. Mais Russ ne remonte pas.

Un monstre sort sur le pont, puis un autre.

Je prends ma décision.

– Dans le hors-bord, je crie à Pete.

J'entraîne Smitty par le bras et m'engage sur l'échelle.

– Où allez-vous ? hurle ma mère.

– Zombies. Hélicoptères, je réponds sans cesser de descendre. On file. Jusqu'ici, ça nous a permis de survivre.

– Non, crie Pete, toujours près du bastingage. On devrait rester ; ces gens peuvent nous aider. Le *bon* Xanthro, Bobby, le bon Xanthro !

– Revenez ! ordonne ma mère.

Martha est arrivée en compagnie d'hommes armés. Ils tirent sur les monstres tandis que Pete et ma mère s'accroupissent au pied du bastingage.

J'appuie sur un bouton et le hors-bord heurte les vagues avec force éclaboussures.

– Conduis ! je crie à Smitty. Après le train, ça ne devrait pas te poser de problème.

– On laisse Pete ? demande-t-il. Ta mère ?

– Ils ont pris leur décision.

En plus, je suis sûre que ma mère viendra. Parce qu'elle m'a laissée de trop nombreuses fois me débrouiller seule pour ne pas me suivre maintenant. Qu'elle le fasse ! Et on remontera sur le *Titanic* seulement lorsque le « bon » Xanthro aura fait le ménage. En attendant, il faut filer.

Smitty a démarré et fonce. Me cramponnant au bord du bateau, je rejoins Alice, assise à l'avant, silencieuse. Quel changement ! Elle n'est plus seulement la fille la plus populaire de la classe, mais la fille la plus populaire du monde. Smitty et elle sont le roi et la reine des chercheurs travaillant sur Osiris. Je me demande si on les obligera à faire des enfants immunisés. Cette idée me donne envie de dégobiller.

– Viens avec nous, je lui dis.

Elle acquiesce. On retourne auprès de Smitty et on s'assied côte à côte.

– Ce n'est pas fini, hein ? soupire-t-elle sans quitter la mer des yeux. Ça ne le sera jamais.

– On se dirige vers l'Angleterre, je réponds avec assurance. Ils seront obligés de nous accueillir, on n'est que des ados.

– On pourrait aussi aller en Norvège, suggère Smitty. Il n'y a que des trolls, là-bas. Du gâteau à côté des zombies.

Il se tourne vers moi et, pour une fois, son visage exprime la peur.

– Mais pour moi et Alice, ça ne finira jamais, hein ?

Le brouillard s'est dissipé, mais la nuit tombe. En direction de la terre, des formes sombres volent dans le ciel. On dirait des corbeaux à la recherche de charognes. Est-ce mon imagination ou bien y a-t-il vraiment un point noir ballotté par les vagues, au loin ? Est-ce que ça pourrait être Russ ?

– Je voudrais rentrer chez moi dit Alice. Pendant que c'est encore possible.

Je la prends par les épaules et la serre contre moi.

– On en est loin. Mais ça arrivera. Promis.

– Lâche-moi, débile, gronde-t-elle, mais elle pose la tête sur mon épaule.

Le bruit des hélicoptères se fait plus fort et les moteurs du bateau rugissent, poussés à pleine puissance.

– Ils nous poursuivent, dit Smitty. Ta mère ne nous laissera pas partir.

Je me retourne.

Est-il possible de distancer Xanthro ? On l'a fait jusqu'ici, mais là, à bord de notre bateau minuscule, on est désavantagés. Toutefois, ils ont des problèmes plus pressants ; les hélicoptères ont atteint le navire et l'un d'entre eux tente de se poser.

Une énorme explosion retentit ; instinctivement, on se jette à plat ventre. Smitty lâche la barre et notre embarcation pivote lentement en direction du navire.

– Mon Dieu ! dit Smitty d'une voix étranglée, ils ont dû toucher une mine.

Il coupe le moteur au moment où une vague énorme arrive sur nous. Heureusement, on lui fait face ; notre petite embarcation la chevauche sans chavirer, monte et descend au rythme des ondes de choc. Le navire brûle et une colonne de fumée noire s'en échappe. Sur le pont supérieur, un hélicoptère est sur le flanc, son rotor de queue tournant toujours.

– Maman, je souffle.

– Là-bas !

Alice montre un point venant dans notre direction. Deux personnes à bord. La première tient la barre, la deuxième est debout à la proue, crête iroquoise au vent.

– Ils sont sains et saufs.

Je me remets à respirer. Smitty me serre dans ses bras et m'embrasse.

– Dégoûtant, fait Alice. Prenez une cabine.

Il me lâche et on regarde le bateau approcher. Ma mère semble furax. Cette fois, elle ne me pardonnera pas.

– On les attend ? demande Smitty.

– On fonce, je réponds. Aussi vite que tu veux. Mais fais attention aux mines.

Ma mère n'a qu'à me poursuivre pendant quelque temps. Ça nous fera du bien à toutes les deux.

On ne peut pas s'arrêter. C'est la règle maintenant. Si on bouge, on peut tenir une journée de plus. Si on reste immobiles, on devient un mort-vivant.

REMERCIEMENTS

Tout d'abord, et surtout, merci à mes lecteurs. Blogueurs, twitteurs, facebookeurs et e-maileurs, mes fans. Les remerciements et l'approbation me font plaisir et je suis très heureuse de pouvoir vous proposer ce deuxième épisode.

Je n'aurais pas terminé ce livre sans les encouragements et la passion de petits fanas de monstres : John Mawer, Socorro Garcia Hernandez, Sarah « Dah » Fattal, Pat Mawer et Didi McKay. Je les remercie de tout mon cœur.

Aux super-agents, Veronique Baxter et Laura Wes, un grand merci pour être allées toujours un peu plus loin.

À l'équipe de Chicken House. Je vous aime. Ma fabuleuse éditrice, Imogen Cooper, l'incomparable Barry Cunningham, vous tous… Sans oublier ma complice ès zombies, Tina Waller. Merci pour tout.

Un grand merci à Charlie Higson pour la gentillesse de ses propos, par écrit et de vive voix.

Les Gripers, une fois de plus. Grâce à votre talent et votre soutien, j'ai l'impression d'avoir de la chance.

Merci à tous ceux, proches ou moins proches, qui m'aident à garder la tête sur les épaules : Emma et Jen, encore, Johanna McCreadie, Penelope Woodman, Charlotte Howard, Dori Parmelee, Hannah Kaye Willmott, tous mes amis, anciens et nouveaux, et surtout Cath Smith qui m'a prêté Smitty.

Enfin, Victoria Banner. J'aime à croire qu'un peu de ton esprit transparaît dans ce livre ; personne n'était plus courageux que toi et, face à toi, les zombies auraient pris leurs jambes à leur cou.

Composé par Nord Compo Multimédia
7, rue de Fives, 59650 Villeneuve-d'Ascq

Achevé d'imprimer en mai 2013
par CPI Firmin Didot à Mesnil-sur-l'Estrée
Dépôt légal : juin 2013
N° 109647-1 (116801)

Imprimé en France